玻璃太陽

N

oir

譽田哲也——著
王蘊潔——譯

※目錄※

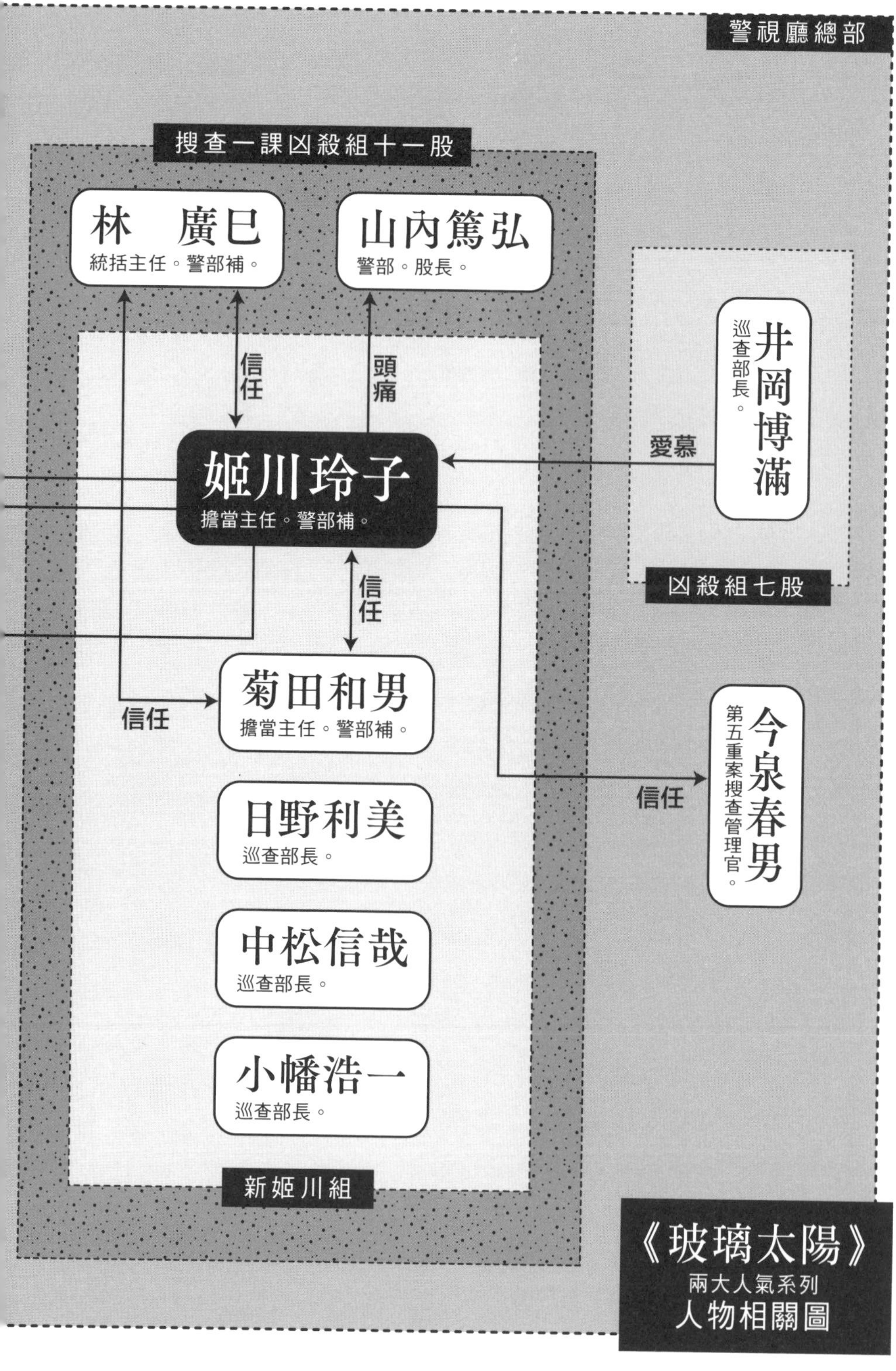
警視廳總部
搜查一課凶殺組十一股
林　廣巳
統括主任。警部補。
山內篤弘
警部。股長。
信任
頭痛
姬川玲子
擔當主任。警部補。
信任
菊田和男
擔當主任。警部補。
信任
日野利美
巡查部長。
中松信哉
巡查部長。
小幡浩一
巡查部長。
新姬川組
井岡博滿
巡查部長。
愛慕
凶殺組七股
今泉春男
第五重案搜查管理官。
信任
《玻璃太陽》
兩大人氣系列
人物相關圖

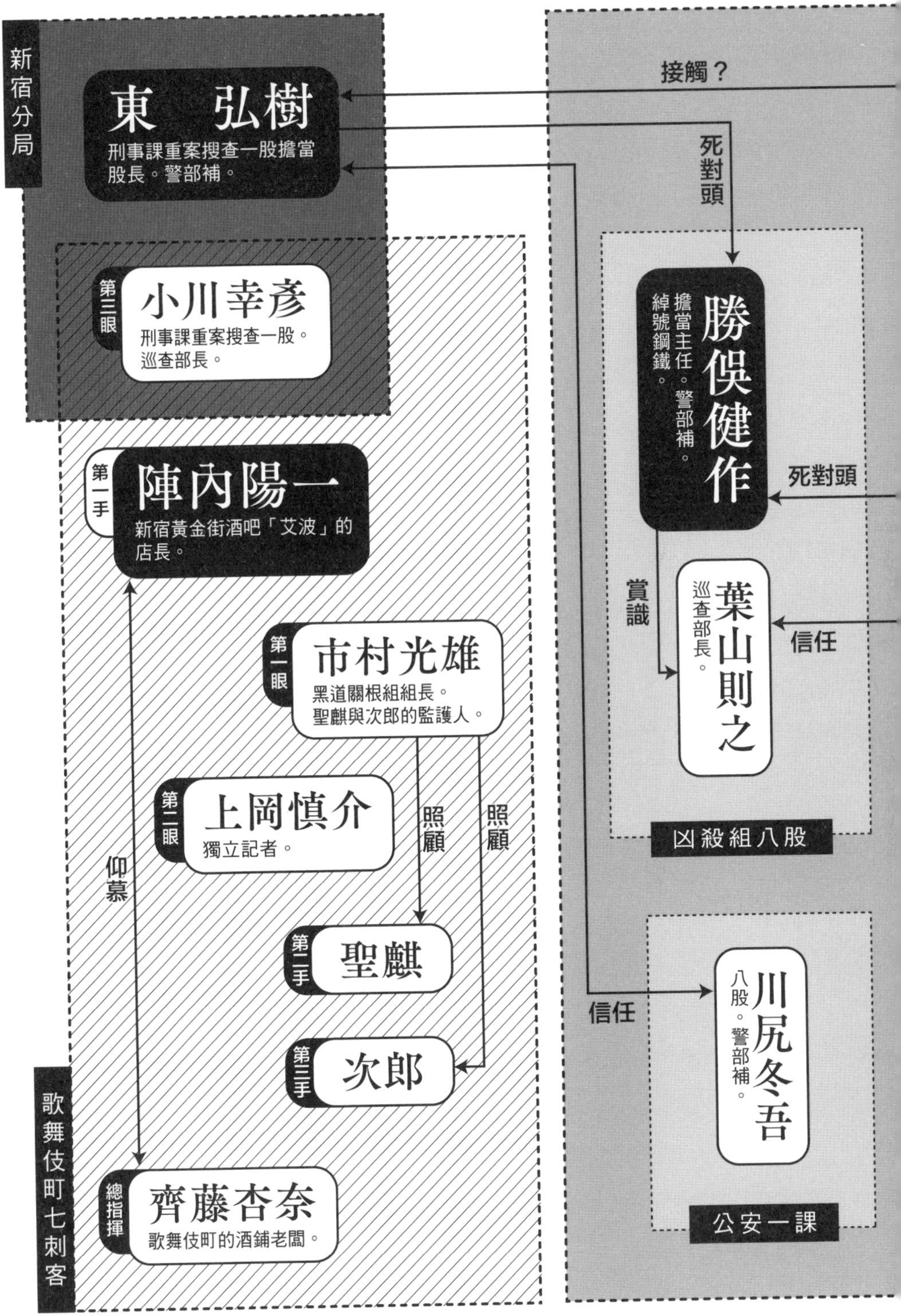
新宿分局
東　弘樹
刑事課重案搜查一股擔當股長。警部補。
第三眼
小川幸彥
刑事課重案搜查一股。巡查部長。
第一手
陣內陽一
新宿黃金街酒吧「艾波」的店長。
第一眼
市村光雄
黑道關根組組長。聖麒與次郎的監護人。
第二眼
上岡慎介
獨立記者。
照顧
照顧
仰慕
第二手
聖麒
第三手
次郎
總指揮
齊藤杏奈
歌舞伎町的酒鋪老闆。
歌舞伎町七刺客
接觸？
死對頭
勝俣健作
擔當主任。警部補。綽號鋼鐵。
死對頭
賞識
葉山則之
巡查部長。
信任
凶殺組八股
信任
川尻冬吾
八股。警部補。
公安一課

第一章

1

簡直就像在看失焦的無聲老片。

如果可以這麼想，不知道有多輕鬆。

只有電視螢幕微弱的閃爍，照在貼著白色壁紙的牆壁和同色天花板上。我根本不想看螢幕的畫面，也不想知道自己以何種樣態出現在螢幕上。然而，光靠移開視線，並無法改變眼前的狀況。

「……對不起……對不起……」

我無力的道歉等不到任何回應。只感受到顫抖。

那天晚上，那個女孩應該也像此刻般渾身顫抖。當她被塞進汽車的後座，連慘叫聲也被吞噬，感受著自己這個人將遭到摧毀的恐懼，只能不停地發抖。

聽我說，這已經是我第二次遇到這種情況了，但我每次都以自身的安全為優先，只要祈禱著這個世界的地獄消失在黑暗的遠方，只要屏息斂氣，就能夠躲過一劫嗎？

妳會原諒這樣的我嗎？

因為工作的關係，我通常自己開車。雖然平時也會搭計程車，但不搭計程車時，不管是自己的車子還是租來的車，我都會自己開。

當時，他們叫我坐在後座的左側。光是這件事，就讓我渾身很不自在。我的確身處極度異常的狀況和處境，而且片刻都不允許我忘記。我覺得甚至連旁邊那輛跑車的駕駛也指著我說，你被捲入大麻煩了。就連燈火明亮的便利商店招牌，似乎也在象徵日常生活離我遠去。身穿西裝、步履蹣跚地走在街上的男人、在工地指揮交通的警衛，都過著寧靜而平淡的夜晚，讓我羨慕得想要流淚。

我的右側躺了一個頭上戴了黑色尼龍袋的女孩。因為擔心被車子外的人看到，所以我用右手按住了她的頭。她的雙手被膠帶綁住了。但牛仔裙下，穿著及膝黑色內搭褲的雙腳是自由的。我不知道這麼做是否有什麼原因。

開車的是安里龍二，但他禁止我叫他的名字。因為擔心女孩會記住。他也沒有叫我的名字。

「他媽的，竟然遇到臨檢……喂，後面有毛毯，用毛毯蓋住她。」

雖然他這麼說，但後座已經是這輛車子最後方的空間。頭枕後方的平台也是空的，不要說毛毯，連面紙盒也沒有。

「動作快一點……把扶手拉下來，從行李箱把毛毯拿出來。」

原來這樣就可以通到後車廂。

我微微推開女孩的頭，騰出空間，拉下扶手，再打開和後車廂之間的隔板，把手伸向後方，立刻摸到了厚實的化纖布料。

我把從後車廂拉出來的深灰色毛毯蓋住女孩。雖然我的腦海中浮現出：「不要亂動」或是「不要亂叫」的句子，但並沒有說出口。即使我這麼說了，她想要亂動時就會亂動，更何況我內心很希望她這麼做。

安里繼續將車子往前開，把汽車音響的聲音開得更大。他事先採取了預防措施，即使女孩稍微發出聲音，也不會被別人聽到。車內充斥著哀號、怒吼和金屬樂器的聲音，說真的，我覺得演奏者精神有問題，但我相信其實是很冷靜、謹慎而正確地演奏，一切都是精心計算出來的瘋狂演出。

車子繼續前進，幾個頭戴白色安全帽的警察將發出紅光的指揮棒橫擺，示意把車子停下。其中一個人把頭探向駕駛座。安里打開車窗，冰冷的空氣立刻吹進車內。

那名警察微微點了點頭，似乎為此表達歉意。

「不好意思，我們正在實施酒駕臨檢，可不可以請你吐一口氣？」

安里默默吐了一口氣。

「……好，謝謝，請小心開車。」

並沒有發生任何我期待的事。女孩開始掙扎、大叫，警察發現事態不尋常，探頭向後座張望時問：「怎麼了？」然後發現毛毯下有人遭到綁架，安里和我被警察從車上拉下來，遭到逮捕，女孩順利獲救——完全沒有這種情況發生。

雖然把女孩塞進行李箱時費了一點工夫，但之後並沒有任何麻煩，三個人順利進入了房間。那是一間很普通的公寓。

安里把沉重的行李箱拖進來後，關上了門。鎖好門之後，安里率先走到走廊，打開了室內所有的燈。

安里走回來後，彈著食指，指著我說：

「你搬那一頭。」

「喔，好……」

我們兩個人把行李箱搬到客廳中央，打開了蓋子。

安里立刻拉下蓋住女孩腦袋的黑色尼龍袋。因為靜電的關係，她綁著馬尾的頭髮都豎了起來。塞在她嘴裡的綠色毛巾有點濕。她的長睫毛也濕了，但現在並沒有在哭。

女孩看著行李箱的扣環，看都不看我們一眼。

安里回頭看著我說：

「辛苦了，你先去洗澡吧。」

「喔……好，那我先去洗……」

打開原本以為是浴室的門，沒想到是儲藏室。旁邊那扇相同形狀的拉門，才是浴室的門。

從現在開始，我可以獨處一會兒了。光是想到這，就鬆了一口氣。

走進浴室，關上了拉門。然後把身上的衣服一件一件脫下來。衣服上並沒有濺到血，也沒有扯破的痕跡，身上也沒有受傷，更沒有沾到沙塵或泥土。但我還是覺得自己的身體很髒。這和在烈日下，連續好幾個小時舉著相機時流的汗完全不同。和情緒激動地辯論日本要何去何從時流的汗也不一樣。又冷又黏的汗水滲進所有的衣服。我並沒有帶換洗衣服，洗完澡後，還是要把這些衣服穿回身上。我再度發現，自己已經回不去了。

打開鑲著霧玻璃的折疊門，走進乾燥的浴室。打開水龍頭，我知道不會馬上有熱水流出來，但還是站在蓮蓬頭下。

我並不覺得冷水很舒服。相反地，我覺得不夠冷。我希望水可以像冰一樣冷，好洗清已經侵蝕我整個身體的罪惡靈魂。希望能用針刺進我全身的毛孔，把汙穢的血都擠出來。

但是，期待中的一點譴責漸漸變得溫熱，隨即變成和血相同的溫度。如果一直轉到紅色的極限，用熱水燙全身，不知道會有什麼結果？而且不是一下子而已。是要忍住尖叫，持續淋五分鐘、十分鐘的熱水。到時，全身應該都會燙傷。安里看到我整個背上都是粉紅色的水泡，不知道會說什麼。他會感到驚訝，問我在幹什麼嗎？還是冷笑一聲說，你腦筋有問題嗎？

不。如果我有這樣嚴懲自己的膽量，事情就不會發展到目前的地步。我無法明辨是非，認為「盜賊亦有三分理」，他們必定有不得已的苦衷，才會採取這樣的行動。這種自以為是的理解，才是導致自己落到目前境地的真正原因。

關了水龍頭，甩掉頭髮上的水，雙手撐在牆上，低下頭，看到了中年男人開始鬆弛的下半身。自己已經變得這麼齷齪、寒酸與無能，卻仍然害怕受到傷害，不願意身體承受任何痛楚。

走出浴室，地上放了一條白色浴巾，應該是安里為我準備的。我毫不猶豫地拿起來用，但隨即發現，我的衣服不見了。那些吸了汗水的內褲、長褲和襯衫都不見了。該不會是安里拿去洗了？我不知道這個房間哪裡有洗衣機。雖然我不知道安里是否會好心地為我準備換洗的衣服，但如果沒有準備，把我的衣服拿去洗，就很傷腦筋了。雖然他沒有告訴我要在這裡停留幾天，或是幾個小時，但只裹著一條浴巾也未免太令人不安了。

「請問……」

我走出脫衣間，不知道安里是否開了空調，客廳暖和得有點熱。但不知道為什麼，所有的燈都關了。幸好並不是一片漆黑，牆邊的電視開著，螢幕上是一片藍。只有左上角顯示了【錄影1】。

「喂……」

剛才用來搬女孩的行李箱已經挪到遠離電視那一側的牆邊。女孩和安里在房間中央扭在一起。

安里沒有回答。但即使他不回答，也一眼就看清楚了。女孩身上的連帽衣、T恤和內衣都被脫光，裸著上半身。她坐在地上，安里從後面壓住了她，抓著她白皙的纖細手腕，再度用膠帶綁了起來。

「喂……你在幹嘛？」

「別站在那裡發呆，也過來一起幫忙啊。」

安里長滿鬍渣的臉上露出邪惡的笑容。被他壓在下方的女孩雙腳拚命掙扎，不顧一切地抵抗。塞在她嘴裡的毛巾可能鬆動了，她發出像呻吟般的叫聲。

即使不需要我幫忙，安里的動作也有條有理。他抱住女孩的下半身，脫下她的牛仔裙，扒下那件內搭褲，甚至脫下了她的內褲。

「喂，你不要對她動粗……」

「啊？什麼叫動粗？我既沒有打她，也沒有踹她，完全是紳士作風。」

女孩被脫光後，立刻心灰意冷地安靜下來。一方面是因為安里重新塞好了她嘴裡的毛巾，而且，還用膠帶在她的腳踝上繞了好幾圈。

接著，安里走向丟在房間角落的背包。那個背包很大，背在身上時，上端幾乎和頭一樣高。他從背包裡拿出圓圓的、像是尼龍袋的東西。

原來是筒形攝影機。他用熟練的動作拿在手上，打開側面的液晶螢幕。螢幕的亮光打在安里的臉上，他的臉浮現在房間的角落，簡直就像隻野獸。他似乎對自己的邪惡，自己的毫無慈悲感到沾沾自喜。

他又從背包裡拿出其他東西。布條？繩索？不，是電線。他把電線的一端接在攝影機上，拿著另一端走向電視。

「在哪裡……這個嗎……不對，在這裡。」

原本藍色的螢幕頓時變得雪白，但明亮度馬上恢復正常，映照出室內的樣子。

「喔喔，感覺很不錯喔。」

安里立刻把鏡頭對準了女孩。女孩抱著膝蓋和頭，似乎想要把自己的臉、自己的胸部完全都遮起來，安里用攝影機不停地拍著她。雖然我眼前的女孩靜止不動，但女孩的後背、纖細的手臂和雙腿，無法完全遮住的側臉，以及坐在地上的屁股都不停地旋轉，出現在電視螢幕上。

「喂，你在幹嘛？」

「你現在還裝什麼好人？我看……你的屌都硬了。」

被他這麼一說，我竟然忍不住低頭檢查，覺得自己實在太沒出息了。我沒有勃起。只是因為我沒穿內褲，只圍著浴巾，所以看起來好像翹了起來。

安里仍然用攝影機戲弄著女孩。

「喂，把頭抬起來……快，看這邊。比起被打得鼻青臉腫，臉變得好像妖怪一樣，還不如漂漂亮亮地上鏡頭，對不對？」

女孩仍然一動也不動。

「喂，妳沒聽到我說話嗎？」

安里把攝影機放在地上，突然騎在女孩的肩膀上。

「嗯哰。」

女孩的雙手被拉了起來，她的臉和胸部都露了出來。那是一對小孩子的乳房，尚未成熟，起伏還很不明顯。安里高舉著女孩的雙手，把她甩來甩去。女孩緊夾著雙腿，身體時左時右地倒向兩側。安里又一把抓住女孩的頭髮，讓她趴在地上，把她的臉壓在地上。

「對，把屁股抬起來……笨豬，像這樣，這樣……對，保持這個姿勢別動，我會幫妳拍得很撩人。」

這根本就是犯罪。我在心裡想道。這已經和當初的動機或是最終的目的沒有任何關係。目前所做的這一切，只是犯罪，只是可怕的性暴力。

浴巾。

「住手，好了啦，別這樣。」

「……啊？我才不會住手，你腦筋有問題嗎？你也要上啊，過來。」

我不理會他，安里走了過來。

我心想──他會打我，我立刻縮起肩膀，就在那個瞬間，他扯下了我圍在腰上的浴巾。

「啊……」

「搞屁啊，原來沒硬啊。」

我用左手遮住下體，右手想要把浴巾搶回來，但沒搶到。安里甩著浴巾，露出「你真沒種」的眼神看著我。

「那裡！你跪在她後面。」

「……啊？」

「臀背位啊。你從後面操她。聽不懂嗎？你該不會一把年紀了，還是處男？」

女孩的確被擺出那樣的姿勢。

「這和我們當初說的不一樣，你說好不會亂來……」

「所以啊，我不出手啊。你也不需要真做，只要做做樣子就好。反正你也硬不起來，想操她也沒辦法吧。」

啪。他手上轉動的毛巾打在我的屁股上。我應該趁勢抓住，可惜沒抓到。

安里露出凶惡的眼神。

「聽好。你不願意的話，就換我操她。這對我根本就小事一樁。不管是小學生還是八十歲的老太婆，我都可以把她們操得哇哇大叫，爽得翻白眼。這樣比較好嗎？如果換我上，就是真槍實彈。我和你不一樣，不是把那根軟趴趴的屌在外面磨來磨去做做樣子而已，我會用我的大屌，把她插得滿屁股都是血……」

「我知道了，別說了，我……知道了。」

我忍不住閉上眼睛。即使不需要看，安里的奸笑仍然烙在我的視網膜上。另外，他應該還會伸出舌頭舔一舔嘴唇。

「對嘛，知道就好。」

當我睜開眼睛，發現安里已經舉起了攝影機。

「……來，動作快一點，好好疼她一下。」

我的下半身變得很沉重。腰部以下好像浸泡在冰冷的河水中，我彷彿正逆著水流走路。

但是，現在只能走過去——。

女孩雙膝跪著，上半身趴在地上，屁股抬得高高的，一動也不動。我向她走了一步，又走了一步。我覺得這是畜牲的行為。我相信社會正義，遵守法律，明知道自己能力微薄，但仍然努力追求理想和理念。此刻，我感受到為此努力至今的自己脆弱地崩潰了。
我來到女孩的正後方，按照安里的指示，跪在那裡。
「很不錯啊……看起來很有那麼一回事。」
我的下腹部碰到了女孩的屁股。彼此的肌膚都很冰冷。
「用手扶著她啊，通常不是會這麼做嗎？」
我順從地把雙手放在女孩的腰上，感覺像是從左右兩側抱住她，讓畫面看起來好像是那麼一回事。
「……好，搖屁股啊。」
我做不到。
「快啊，趕快搖屁股啊。嘿咻、嘿咻。」
我做不到。我做不到——。
「豬頭，動作快啊。我不是說了嗎？如果你不做，就換我操她。」
就是這樣。沒錯，每次都這樣——。
我無可奈何，只好把腰向前挺，下腹部頂住女孩的屁股。安里用攝影機捕捉了我的動作。用電線連結的電視螢幕上映照出我們兩個人的身影。
醜陋。身為動物，我實在是太醜陋了。
「動作快一點，啪啪啪啪、啪啪啪啪。」

我把視線從電視螢幕移開。但也不敢直視安里的攝影機。看向左側空無一物、空無一人的方向。

白色的牆壁和天花板，只有電視的亮光閃爍。

簡直就像在看失焦的無聲老片。

如果可以這麼想，不知道有多輕鬆。

安里允許女孩穿上衣服，那只行李箱放在她旁邊。她選擇了牆邊這個位置。我覺得她好像在說，趕快把我裝進行李箱，趕快帶我回家。

事實上，我也很想這麼做。而且，我必須這麼做。然而，此刻的我到底能做什麼？我有好幾個把柄落在別人手上，簡直就像被人狠狠抓住每一個內臟器官，而且還被拍下了凌辱少女的影片，我到底還有什麼反抗的手段？

不，不能放棄。努力思考，努力思考。一定有什麼方法。

現在還來得及。一定有什麼方法可以讓她逃離這裡，之後也能安全無虞。或許只有萬分之一的可能，但也許找得到這種方法。

2

雖然連自己都搞不懂五十歲後才改變生活習慣到底有多大的意義，但東弘樹最近盡可能不喝加了糖的咖啡。

不久之前的健康檢查結果顯示，內臟脂肪在標準值以下，但畢竟隨著年紀，身上有了相應的贅肉，而且他自己也覺得，和年輕時相比，腰圍變粗了。不光是贅肉的問題，而是內在的問題，好像有什麼東西從身體內側擠了出來。原本以為是「內臟脂肪」，沒想到它竟然低於標準值。但是，低於標準值就可以高枕無憂了嗎？每個人的情況應該不太一樣，更何況自己最瞭解自己的身體，還是多注意點比較好。

「……東股長，這個可以嗎？」

這個月被調來刑事課重案搜查第一股的小川巡查部長把一罐咖啡交給東。

「喔，謝謝。」

熱的藍山嚴選烘焙綜合咖啡，微糖。他曾經多次挑戰這個品牌的黑咖啡，但都無法接受。在咖啡店時，已經習慣喝黑咖啡，只是至今仍然無法適應罐裝的黑咖啡。雖然這麼說很對不起咖啡飲品開發部門的人，但真的一點都不好喝。

小川坐在東斜左前方的辦公桌前，大口喝著號稱有燃燒脂肪效果的綠茶飲料。小川今年三十六、七歲，身材偏瘦。東記得自己像他那個年紀的時候，身材比他現在更好。那時候也不胖，但身材相對結實。沒想到小川這麼早就開始注意自己的身材，開始喝具有燃燒脂肪效果的綠茶。看來自己在喝罐裝咖啡時，至少應該喝黑咖啡才對。

「小川……上星期那起闖空門的案子，已經交接完成了嗎？」

在新宿分局這種轄區分局，通常每六天就要住在局裡一次值晚班。值班的日子，不管是重案搜查股或是竊盜搜查股，只要是刑事課的課員，就要處理所有刑事事件。遇到加害人很明確的暴力事件，或是嫌犯已經確定的搶案，就可以迅速處理完畢，但像是店員在傍晚去店裡上班，發現金庫被人撬開，現金不翼而飛的事件，就不可能在一、兩天內解決。遇到類似需要持續偵辦的事件時，就會交給專門的部門。像小川之前接獲報案的闖空門案子，就由刑事課竊盜搜查股接手搜查。

小川很有自信地點了點頭說：

「對，交給福井長（巡查部長）了。」

那就好。

東從零錢包裡拿出一百一十圓遞給小川。小川鞠躬收下了錢，然後數了一下。東剛好沒一百圓，所以給了他很多十圓硬幣。

「對，沒錯……對了，我剛才出去的時候，看到警備的松丸股長押著人進來，發生什麼事了嗎？」

警備課押人進來，所以是逮捕了誰嗎？

「是嗎？最近因為示威遊行的關係，警備課也很忙，搞不好有可能。」

和小川之間的對話到此結束，東將視線移回筆電，看到了引起他注意的新聞。

目前，東京都內到處舉行「反美軍基地」的示威遊行。根據新聞報導，除了東京都，還在橫濱、福岡和青森等地舉行，但東京的規模最大。不用說，沖繩也頻繁舉行同樣的示威遊行。

事情起源於一名要求撤離美軍基地的老年社運人士，在沖繩縣宜野灣市的普天間基地附近，被美軍憲兵隊的車輛撞到，最後不幸身亡的事件。如果光是這樣，只會成為眾多美軍相關人員引起的車禍之一，或是濫用《日美地位協定》的案例之一，最多只有沖繩的地方報紙稍微報導一下而已。至少，不可能傳遍全國各地。

然而，這起車禍不一樣。

東不記得詳細的日期，但在車禍發生後不久，據說有人拍到了事發時的照片，於是引起了廣泛的討論。據說消息來自網路的社群網站，但如今已經無法考證。東在逛網路時，曾經看過應該是複製的圖片。的確有一輛車身側面寫著大大的【POLICE】字樣的車子，撞到了一個身穿淺色衣服的男人，只不過東當時認為，那張照片並不能成為憲兵隊車子撞死老人的證據。

果然不出所料，美軍完全否認這個傳聞，並正式聲明，美軍與那起車禍無關。沖繩縣警也表示，雖然的確有這起死亡車禍，但並無證據顯示，加害的車輛屬於美軍憲兵隊。

然而，輿論很可怕。

每次都對美軍士兵的犯罪放任不管。明明有證據，美軍和日本政府卻不願承認事實，而美軍就用這種方式蹂躪沖繩。日本政府也是幫凶。美軍目前仍然持續占領日本，這不只是沖繩的問題，如果不趕走美軍，這個國家沒有未來。滾出去，滾出去，美軍滾出日本——參加示威遊行的所有民眾，都滿臉憤怒地控訴，甚至有人淚流滿面。

東雖然覺得某些部分可以認同，但這些主張基本上偏離了重點。

美軍從第二次大戰後至今，的確持續駐留日本，GHQ的占領結束之後，美軍仍然在日本國內有多個據點，持續展開活動。但是，把「駐留」說成是「占領」則違背了事實。如果「駐留」就是「占領」，那美國等於占領了全世界。因為美軍並非只在日本這個國家駐兵。

美軍還駐留在鄰近國家的韓國，還有中東、澳洲、歐洲各國。最近這幾年，美軍駐留在德國的人數有逐漸縮小的傾向，但不久之前，人數還遠遠超過日本。

但是，示威遊行的主張完全不提這些事實。

可憐的沖繩、窩囊的日本。我們軟弱無力而又悲慘，不敢違抗可怕的美國。正因為這樣，所以必須團結一致，大聲高喊，美軍滾出去，美軍滾出去。我們必須靠自己的雙手，把日本奪回來──。

老實說，主張的內容是什麼根本不重要。對警察來說，隨著示威遊行逐漸激烈，各地暴力事件頻傳，才是眼前最大的問題。

東猜想，警備課帶回來的，應該也是參與這些活動的人。

下班後，東前往新宿郵局對面的一家咖啡店。不，那家店從傍晚之後開始賣酒，所以應該稱為咖啡酒吧。他和獨立記者上岡慎介約在那裡見面。

第一次見到上岡，應該是在兩年前，得知歌舞伎町一丁目的町會長高山和義在路上離奇死亡事件的時候。當時對上岡並沒有特別的印象。只覺得他是歌舞伎町常見的那種靠寫一些八卦消息賺點小錢的「狗仔」。

沒想到最近這一年來，上岡偶爾會打電話給東，只要東有空，就會和他見面聊一下。有時候在咖啡店聊三十分鐘，有時候會在居酒屋坐一、兩個小時。

他們聊天時並沒有固定的內容。有時候上岡會打聽目前正在搜查的案子，有時候東反過來向他打聽歌舞伎町的情況。有時候上岡會打聽最近有沒有什麼有趣的消息，有時候也會告訴東，新宿分局的副局長之前在馬路上小便。

東交換情資的對象，也就是所謂的「線民」並非只有上岡一人而已。東來新宿分局已經多年，這些年來，遇到了不少幫派分子、已經退出幫派的人、色情業者、餐廳業者、遊民、房屋仲介、本地議員，還有普通的上班族，以及轄區內的居民，也和他們交換了各種情資。有時候對喝醉酒鬧事，或是盤查時發現皮包裡有刀子這種「輕微犯罪」睜一隻眼，閉一隻眼，然後讓對方成為自己的線民。雖說是睜一隻眼，閉一隻眼，但其實原本就不是可以移送檢方的事情，然後擺出一副「我放你一馬」的態度，讓對方心存感激，藉此建立關係。

但是，上岡和這些「線民」不太一樣。不光是因為他是獨立記者，原本手上就掌握了很多內幕消息，而是他整個人散發出一種獨特的「氣味」。而且是這一年來突然有了這種氣味。雖然很難具體形容，但就是有某種氣味，強烈地刺激了東身為刑警的嗅覺。

走進約定的那家店，在店內巡視一周，立刻發現了上岡。他坐在後方的開放式包廂座位向東揮手。

「……歡迎光臨，請問您約了人嗎？」

「對，我已經看到了。謝謝你。」

東筆直走了過去，走到一半時，上岡站了起來。

「……東股長，請坐。」

「別這麼客氣。你也坐吧。」

在這種店裡，座位並沒有上座和下座之分。

東脫下大衣，在上岡的對面坐了下來。上岡已經在喝熱葡萄酒，菸灰缸裡有兩個菸蒂。

東找來了服務生，點了燒酒兌熱水。

「我們有麥燒酒和地瓜燒酒兩種。」

「我要麥燒酒。」

上岡看著服務生鞠躬後離去的背影，露出了苦笑。

「……怎麼了？」

「沒有啦，我只是在想，你總是一臉嚴肅的表情。」

有嗎？

「你一直這麼覺得嗎？」

「對啊，第一次見面時就這麼覺得。你很少笑吧？」

「那是因為你沒說任何可以讓我笑的話啊。」

「即使這樣，也可以基於禮貌笑一笑啊。」

刑警為什麼要基於禮貌露出笑容？雖然東這麼想，但並沒有說出口。這只是雙方的見解不同，或者說生活方式不同而已。和獨立記者為這種事爭辯根本沒意義。

「先不說這些，今天有什麼事？有什麼想要確認的事嗎？」

「不，剛好相反。我剛好確認到你一直很關心的事，所以想說跟你說一聲。」

上岡說完，揚起單側嘴角，露出意味深長的笑容。

就是這個——。

並不光是這個笑容而已，是此刻的表情，體現了東所感受到的「氣味」。

從容、隱情、內幕、試探——。

既是所有這一切的總和，又好像都不是。

「……我關心的事？哪一件事？」

「就是成和會那個在前年『藍色謀殺事件』之前消失的濱本啊。」

東的確很關心濱本的事。

「藍色謀殺事件」是一起奇怪的連續殺人事件，池袋黑道上有頭有臉的人物竟然都接連消失。在那起事件曝光前不久，成和會的成員，也是東的「線民」濱本清治突然消失。「藍色謀殺事件」的特徵，就是大部分被害人甚至沒有屍體。當時許多突然消失的黑道分子或是混混，都被懷疑「是不是死於藍色謀殺事件？」也有傳聞認為濱本也是其中一人。

上岡說「確認了這件事」，到底是什麼意思？

「濱本該不會還活著？」

「對，他還活著。」

「目前人在哪裡？」

「在北海道的室蘭。」

「你見到他了嗎？」

「見到了，他活得好好的。」

「為什麼跑去室蘭。我記得他是愛媛人。」

上岡露齒一笑，點了點頭說：

「……是女人。他金盆洗手，決定和女人一起重新開始。只不過濱本瞭解太多幫派內幕了，所以才遠走他鄉。」

沒錯。濱本瞭解成和會的所有底細。正因為這個原因，東才會把濱本收編為「線民」，濱本應該也是基於同樣的理由，想要遠離成和會。

但是，太好了。既然他還活著，而且和心愛的女人過著幸福的生活，那真是太好了。

「啊！」突然上岡叫了一聲。

「怎麼了？」

「沒有……只是突然覺得，原來你也會露出那種表情。」

啊呀。

「那種表情是什麼表情？我剛才露出怎樣的表情？」

「就是很溫和的表情。」

什麼意思啊？

「難道……你一直覺得我是惡魔嗎？」

「我並沒有這麼想……但是，發現你也會露出這樣的表情，我心中稍稍鬆了一口氣。」

當然會有這種表情啊。我又不是從樹上長出來的。老家還有父母和兄弟，雖然因為某些原因離了婚，但也有和前妻生下的一個女兒。

「……少來。別說這些訴諸感情的話，我可不會跟著起舞。很不巧，目前也沒有可以餵你的情資。」

「沒這回事吧？」

上岡突然探出身體。果然不單純。濱本的事只是誘餌，上岡一開始就想要打聽什麼事。

「真的沒有。這一陣子都是一些闖空門、強制猥褻、暴力傷害、吃霸王餐……連社會版最角落都擠不進去的無聊事件。」

「不不不，今天下午不是有狀況嗎？」

「今天、下午？沒有啊，沒什麼特別重大的案子。」

「明明有啊……警備課啦。」

「嗯？警備課怎麼了？」

「咦？你真的不知道嗎？」

「我真的不知道警備課的事，我自己的工作都忙不過來了。」

「即使這樣，至少應該聽到消息吧？」

該不會是小川說的那件事？

「不，我什麼都沒聽說。……幹嘛，你想問什麼就明說吧。你問了之後，搞不好我會想起來。」

「又來了……東股長，你真難搞。」

「不知道就是不知道。我只是實話實說，你說我難搞是什麼意思？」

「原來你真的不知道……真傷腦筋。」

這時，剛才的服務生終於把燒酒兌熱水送了上來。

「……別賣關子了，如果你不說，我喝完這杯就回家了。」

「啊，真是的……好啦，我說……就在剛才，我聽說新宿分局警備課把矢吹近江帶走了。這個名字你應該聽過吧？」

「嗯，是被稱為『左翼大老』的老頭吧？」

上岡點了點頭。

「沒錯，就是那個矢吹近江。在反基地示威遊行愈演愈烈的這個節骨眼逮他，不是很驚人嗎？」

「有什麼好驚人的？」

「那不等於火上澆油嗎？一旦消息曝光，遊行的聲勢一定更大。因為那些人原本就沒什麼主義或是主張，只是想要鬧事，自以為是有發言權的國民。」

即使是這樣，東也沒什麼好說的。

更何況他真的現在才知道，那個矢吹近江被抓了。

隔天，東像往常一樣到警局上班，朝會結束後，才剛在自己的座位上坐下來，刑事課長飯坂警視就走過來拍他的肩膀。

「……東，現在方便嗎？」

「方便啊，有什麼事嗎？」

他站了起來，飯坂用眼神示意他去門口。

東點了點頭，兩個人一起來到走廊。

飯坂立刻把臉湊了過來。

「……你現在馬上去找老爺子。」

這句話的意思是，叫他去局長室。

「幹嘛？我做錯了什麼事嗎？」

「不是……是有點麻煩，想找你想想辦法。」

「……啊？」

目前，由高柳警視正擔任新宿分局的局長。他之前好像是關東管區警察局總務監察部的首席監察官。東從來沒有和他單獨說過話，所以也不太清楚他是怎樣的人。

「好，我現在過去。」

他直接從樓梯下去二樓，敲了敲局長室的門。

「打擾了。我是刑事課……」

「請進。」

「打擾了。」

推開看起來十分厚重的木門，發現高柳已經從辦公桌前站了起來，走向前方的沙發。

「不好意思，一大早就把你找來。來，請坐。」

「好，謝謝。」

局長室裡面放了兩張面對面的三人沙發，內側放了一張單人沙發。高柳坐在單人沙發上，東微微欠身後，坐在左側那張三人沙發上。

高柳雖然微微皺著眉頭，但表情並沒有很嚴肅。飯坂剛才說的「麻煩」，到底是哪種程度的麻煩？

「嗯，」高柳清了清喉嚨：

「我想長話短說。你聽說我們的警備股逮捕了矢吹近江的事嗎？」
「不，我現在才聽說。」
至少是第一次聽分局內的人說這件事。
「你應該知道矢吹是什麼人吧？」
「嗯，只知道他是長期參與左翼運動的人。」
「嗯……是啊，不瞞你說，這次的逮捕有點撈過界了。說白了……就是失策。」
東大致瞭解高柳想表達的意思。
左翼分子涉及政治問題，由警視廳公安部公安總務課負責掌管，如果是極左的幫派，則屬於公安第一課的管轄範圍。在東京以外的道府縣警總部，「公安」指的是「警備部公安課」，但在日本首都的警察機關警視廳內，公安部門則從警備部獨立，成為獨立的組織「公安部」。
雖然不知道來龍去脈，總之，轄區分局新宿分局的警備課人員，竟然逮捕了被公安部鎖定的左翼分子矢吹近江。
高柳繼續說道：
「逮捕的罪嫌是妨礙公務執行。也許立刻移送到警視廳就解決了，但沒想到媒體很快就有了動作。我猜八成是矢吹的人向媒體爆料……如果現在移送去警視廳，絕對會因為另案逮捕的問題遭到抗議，所以，我們必須在這裡偵訊矢吹……我想請你負責這件事。」

東雖然對目前的狀況深表同情，但無法接受。

「既然這樣，找局裡公安的人去偵訊他不就好了嗎？」

新宿分局也有警備課公安股這個專門的部門。

沒想到高柳搖著頭說：

「不知道為什麼，警視廳指定由你負責偵訊。」

「公安部的哪個人說的？」

「這我就不知道了。畢竟是我們出了紕漏，即使對方提出有點無理的要求，我們也只能接受。」

高柳就任新宿分局局長還不到半年，所以並不知道東很討厭公安，但這種事，東當然不可能就這樣點頭答應。

「……不好意思，我覺得很沒道理。」

「我也這麼認為。但這也無可奈何。」

「你要我幫警備擦屁股，聽公安的使喚嗎？」

「這要看話怎麼說。這都是警視廳內部的事。能不能請你視為在組織內部發揮應有的彈性，幫忙處理這件事？」

很遺憾，沒辦法。

「而且，說是妨礙公務執行，應該只是把警察的手推開之類的程度吧？」
「沒錯，應該是矢吹的右手碰到了警備股松丸警部補的右側臉頰。」
「那我要調查什麼？」
高柳噘著嘴，微微斜著腦袋說：
「我也只能說……一切交給你處理。」
簡直太莫名其妙了。

3

今晚，次郎的搭檔是市村。他是黑道幫派的老大，同時也是「歌舞伎町七刺客第一眼」。
次郎從晚上九點就開始在現場附近待命。半夜十二點半剛過沒多久，接到了市村的電話。
『他剛才在六本木上了計程車。你差不多該進去了。』
「……知道了。」
這次的目標之一井筒章宏，住在中野區東中野一丁目一棟三層樓公寓的三樓邊間。市村不知道從哪裡搞到了備用鑰匙，把鑰匙交給了次郎，次郎用那把備用鑰匙溜進了井筒家。他的鞋底貼了特殊橡膠製的膠帶，所以不必擔心會留下任何腳印。只要離開時，注意不要擦掉井筒的腳印就好。

他脫下鞋子走進屋內。今天也穿了防止靜電的襪子。如果鑑識作業非常仔細，應該會發現腳印，但只要死亡現場不要讓警方產生這方面的疑問就好。警方沒那麼閒，不可能在無論怎麼看都像是自殺的現場，花好幾個小時進行鑑識作業。

他進入室內後再度等待。這間公寓有一間廚房兼飯廳和臥室，以及另一間西式房間和衛浴。西式房間有一個夾層，有一排看起來不怎麼牢固的柵欄。把他掛在那裡應該最自然。

必須先用毛巾之類的東西綁起來，做成上吊用的繩子。他走進浴室，發現乾淨的毛巾數量不夠，所以從洗衣籃裡又抽出兩條毛巾。雖然有點霉味，但只能湊合著用了。

井筒未必從六本木直接回家。也許會去找女人，也有可能去別家酒店續攤。但是，次郎知道，他一定會回來。他不可能一整天都不回家。為什麼？因為井筒是高級熱帶魚的魚奴，每天必須餵兩次飼料。所以，他一定會在天亮前回家。

市村再度打來電話。

『他上了首都高速公路。應該直接回家了。』

「……瞭解。」

次郎從西式房間走進廁所。把廁所的拉門完全拉開，他要在這裡等井筒走進家門。

接到市村的電話三十分鐘後，井筒踏進了家門。

隨著喀嚓一聲門鎖打開的聲音，門被用力推開了。門外的光微微照在通往飯廳的走廊上。同時聽到了脫下的鞋子掉在門口水泥地上的聲音，和手扶著牆壁的沉悶聲音。井筒可能喝醉了。

沉重的腳步聲慢慢靠近。不管井筒有沒有發現廁所的門敞開著，都不影響自己要做的事。

「……嗚嗯。」

首先抓住他的右肘向後扭，然後把他壓在對面的牆上，讓他的左手臂也無法動彈。因為沒有完全壓制住，一旦掙扎，他的左手就可以發揮作用，但次郎會在此之前奪走他的意識。只要讓他雙手同時無法發揮作用，問題就解決了。

次郎將戴了手套的右手放在井筒的喉嚨上，用張開呈「V」字形的大拇指和食指，再加上中指的力量，從左右兩側同時壓迫頸動脈。這並不是要掐死他，而是阻斷流向大腦的血液，短暫奪走他的意識而已，為了避免留下痕跡，只要輕輕壓迫即可。

三秒鐘後，井筒全身無力。

唯一傷腦筋的是，井筒是體重接近九十公斤的壯漢。如果他倒在地上意外受傷，事後處理就會很麻煩，所以次郎在他膝蓋發軟之前，繞到他身後，雙手扶著他的腋下，支撐他的體重。然後抱著他，好像在玩人偶一樣，左、右、左、右地走在走廊上，讓他自己走向死亡地點。

走進西式房間，讓他跪在夾層下方，同時使他的身體保持微微前傾的角度後，再繞到井筒前方，壓在他身上。左手按住井筒的右肩，自己的胸口抵住井筒的後腦勺，好調整位置。之後再將用毛巾綁起的繩子穿過井筒的下巴，稍微調整他的姿勢，讓他的脖子和繩子之間沒有縫隙。用自己的胸口、腹部和手臂抱住井筒的頭部。最後，用右腳壓住井筒的雙腳，以免他的下半身移動。

再一下子就好——。

次郎用力把井筒的脖子拔離他的身體，胸口附近響起混雜了「啵喀」、「喀哩」和「噗哩」的聲音。

次郎又稍微拉扯了一下，確認是否成功。井筒的脖子被拉得很長。沒問題了。順利拔斷了，頸椎完全脫離了頭蓋骨。這是和絞刑相同的手法。據說是最沒有痛苦的死法，但因為沒有實際體會過，是真是假就不得而知了。

接下來，只要把毛巾繩綁在夾層閣樓的柵欄上，把井筒掛上去之後，自己也跟著懸空，並同時扯斷柵欄。井筒約九十公斤再加上自己七十五公斤的體重，柵欄至少要承受一百六十公斤的重量。

「……咻。」

果然不出所料，柵欄的一根縱向木條斷了，井筒的身體頓時掉在地上。雖然不希望巨大的聲響會遭到樓下住戶的懷疑，但井筒和黑道走得很近，身材又這麼壯碩，樓下的鄰居應該不會馬上出來抗議。

這裡算是搞定了。

井筒利用夾層閣樓的柵欄自殺，在上吊的同時頸椎扯斷致死，柵欄無法承受他的體重斷裂，屍體倒在地上。這就是他的自殺情節。

接下來，只要再拿一張倒在旁邊、可以讓他站上去的小凳子就好了。

＊

聖麒今晚的目標是名叫小森貴也的混混，或者說是痞子一般的一個不怎麼樣的傢伙。

他去歌舞伎町的泡泡浴店爽完之後，向非法藥草店買了「危險毒品」。然後走向位在偏僻角落的投幣式停車場。小森不喝酒，也沒有一起玩的朋友，應該打算直接回家。

新宿分局的小川今晚要值勤，所以不參加這次的行動。由目前算是「歌舞伎町七刺客」的總指揮杏奈擔任今晚行動的「眼」。

「……總指揮，把車子開去職安大道。」

『好，我已經停在那裡了。』

最近那個小女生已經很能派上用場了。

因為知道小森要去哪裡，所以聖麒全速跑向職安大道，尋找杏奈的車子，馬上就找到了。那是一輛金屬灰的日產Note，杏奈可能也發現了她，立刻熄了雙黃燈。

一坐上後座，聖麒立刻簡短地說：

「住家。」

「瞭解。」

杏奈放下手煞車的同時，小森開的那輛金屬藍的馬自達Atenza剛好從前面的街角駛出來。

「來得早不如來得巧。」

「一切按計畫進行的感覺真好。」

接下來的跟蹤行動很簡單，只要交給汽車導航系統就可以搞定。

小森有一點讓人佩服。雖然他幾乎每天開那輛車在東京都內竄來竄去，但即使買了毒品，也不會在外面吸毒。這一點值得稱讚。他都會回到住家附近的月租停車場，坐到後座後才開始吸，算是很有原則的毒蟲。

唯一的意外，就是小森在回家路上去了加油站和便利商店。因為車子停在有一小段距離的地方觀察，所以不知道他去便利商店買了什麼。

終於抵達了月租停車場。小森的開車技術很不錯，來回倒了三次車，順利停進了停車場角落一個很不好停的位置。接下來，就是小森今天的快樂時光。

他手上抱了一小包東西，走去後座。雖然四處張望了一下，但並沒有特別警戒。事先調查後發現，這附近沒有任何監視器。不知道對小森來說，到底是幸運還是不幸，至少今晚算是「不幸」。

等了一分鐘，車內有亮光閃爍。不知道是用火點燃了捲在紙裡的毒品，還是用力吸的時候讓火苗變亮了。總之，差不多該去找他了。

聖麒穿上塑膠雨衣，準備就緒。

「……那我去一下。」

「好，麻煩妳了。」

杏奈負責把風，所以留在原地。

聖麒走下後座，過了一線道的馬路，走進停車場。如果小森發現自己，立刻走下車，就會採取相應的措施，但這種情況應該不可能發生。小森目前的靈魂正在混沌的樂園遊走，無論再怎麼定睛細看車外的情況，也無法瞭解狀況。

果然不出所料，即使聖麒站在後車門旁，也不見任何反應。聖麒伸手抓住門把時，車內也沒有任何動靜。

但是，當車門打開的瞬間。

「……呃啊！」

菸草的焦味撲鼻而來，握著刀子的左手也同時衝了出來。然而，小森的慣用手是右手，刀子當然不可能刺中聖麒。

「老兄……沒想到你竟然有這種好東西。太好了……省了我不少事。」

聖麒抓住他的左手腕向內扭的同時，將刀尖對準了小森的方向。小森大聲尖叫起來，所以必須以最快的方法解決他。

聖麒一把抓住他的亂髮，讓他的頭轉過去。

「希望你……可以去真正的極樂世界。」

接著把小森手上的刀子舉到他左耳下十公分左右的位置。

然後，用全身的體重把刀子刺進去。正確地說，是把刀子壓進去。

沒想到那把刀子很利，一下子就埋進了小森的脖子。

「呃啊……嗯哞……」

聖麒特地穿了雨衣，但幾乎沒什麼血濺出來。也沒有用到事先準備的刀子，更不需要偽造現場，讓警方認為他是吸毒造成精神錯亂而自戕至死或自殺。至今為止，從來沒有這麼簡單就搞定的目標。

「……去極樂世界好像有點難。」

聖麒還是為他關上了車門才離開。

＊＊

陣內陽一正在歌舞伎町二丁目角落的一家賓館房間內。他並不是帶女人來這裡。和他在一起的是獨立記者上岡。耳朵裡塞了可以聽到竊聽器聲音的耳機。

「……這把鑰匙真的沒問題嗎？」

上岡從剛才開始，就把玩著市村準備的備用鑰匙，小聲嘀咕著。

「這家賓館簡直就像是市村開的，所以不必擔心。」

「就像是他開的，和實際是他開的大不相同。」

「那你可以事先確認一下，這把鑰匙能不能打開。」

「嗯……是沒錯啦。」

這次的目標名叫渕井敏夫，是一個上了年紀的變態男人。

渕井經常向曾經是幫派分子的井筒章宏，以及在歌舞伎町當皮條客的小森貴也買女人上床。如果只是這樣，當然不需要「歌舞伎町七刺客」出馬，雖然妓女有合法、非法，有牌照和無牌照之分，但這種行為本身只是單純的買春而已。

但渕井的性癖好脫離了常軌。

他向井筒、小森買了超過十個女人。其中有兩個人被認為已經死亡，至今仍然下落不明。另外三個人雖然保住了小命，但裝了人工肛門，還有兩個女人喉嚨的軟骨折斷，有好幾個月無法發出聲音，還有一個女人右手臂無法活動，一個女人十根手指都被折斷，一個人失明。

上岡從那個失明的女人口中聽到了這些。

「據說井筒會先要求女人簽書面保證。絕對不會對外透露和客人之間的行為，但當然完全沒有提到可能會受傷，甚至可能會送命。因為交易價格優渥到完全不符合行情……淵井不是有三家小鋼珠店嗎？對他來說，錢完全不是問題……我猜想那些女人以為要陪政治人物或是藝人。因為一晚就有五十萬圓或是一百萬圓，當然會動心。

但是，陪淵井的女人必定會受傷。即使事後找他理論，他也說事前已經簽了保證書，根本不理會她們。井筒那麼胖，而且不知道他背後有誰在撐腰，誰都會感到害怕……那些女人只好忍氣吞聲。

如果就這樣結束也就罷了。問題是過了一陣子之後，井筒會再度找上門。說淵井很中意她，還想要找她，而且非她不可。那些傢伙使用了很常見的手法，為女人拍了裸照，還錄了影，所以女人想拒絕也拒絕不了。

那個女人一開始手指被折斷了。淵井輕聲細語地對女人說，求求妳，讓我折妳的手指，只要一根手指就好……結果折斷了一根手指。女人痛得要命時，淵井開始做愛。下一次又說，讓我折兩根手指，讓我掐妳的脖子，愈來愈得寸進尺，最後甚至要求把拳頭塞進女人的肛門……還把手指插進女人的眼睛。女人當然不可能同意，但渕井興致一來，完全不管當事人同不同意，都會硬著來。」

上岡準備了三百萬圓。

「我在市村的協助下見到了那個女人，也談好了條件。對方當然不知道我的名字，也看不到我的長相。這不重要，總之，她希望可以向渕井、井筒和小森報仇……我也拜託大家，請接受這個委託。」

所有人一致通過，接下了這個委託。

此刻，那個失明的女人正在隔壁房間，渕井即將上門。

比預定的時間晚了三分鐘左右。上岡戴著的耳機中傳來了堅硬的鞋底走路的聲音，接著傳來了輕盈的電子聲。

「……他來了。」

「嗯。」

陣內站了起來，上岡擔心地看著他問：

「真的不需要我一起去嗎？」

「別擔心，你只是『眼』……只要注意觀察走廊的情況就好。」

陣內確認了戴在手上的皮手套後，走向玄關。

他靜靜地打開門，來到走廊。通常來到這種地方的人，都不希望在走廊上遇到別人，櫃檯也知道這一點，所以不會接連讓客人進入同一個樓層。只有當客人提早離開時，才會在走廊上撞見，但陣內來到走廊時，並沒有遇到這種客人。

他小心翼翼地把市村準備的鑰匙插進鑰匙孔，然後緩緩轉動，盡可能避免發出聲音。他事先準備了尼龍繩，即使室內掛上門鏈，也可以打開，但這次並沒有派上用場。

接著，他小心翼翼地打開了門。

這時，他聽到了渕井的聲音。

「景子，謝謝妳，謝謝妳……真的很謝謝妳還願意見我。」

沒錯，他對女人說話時的確輕聲細語。

室內亮著燈。陣內沿著走廊走了進去，看到一個穿著西裝的渾圓背影，坐在床的角落。他的對面坐了一個身穿乳白色毛衣的纖瘦女人。她一頭棕色長髮，戴著墨鏡，右手纏著繃帶。

「……我可以把這個拿下來嗎？可以拿下來嗎？」

渕井問，女人輕輕點了點頭。渕井也點了一下頭，雙手小心翼翼地拿下了女人的墨鏡。女人睜著雙眼，但眼睛無法聚焦。

「好漂亮……妳好漂亮。景子……妳真的太漂亮了。」

他丟掉墨鏡，雙手撫摸著女人的臉頰，然後順著脖頸、肩膀，一路摸到了胸口。

他雙手揉著女人的雙峰，但突然用力，連同內衣一把用力抓住。

「嗚啊！」

「嗚嗚，一定很痛吧，是不是很痛……喔喔，好了，好了，我現在來好好欣賞一下。」

他讓女人躺在床上，自己面對著女人，跨坐在女人的腰上，把她的毛衣掀了起來，把和胸罩連在一起的內衣也掀了起來。女人失焦的雙眼一直看著天花板，臉上沒有任何表情。

陣內不想繼續看下去。

他壓低了身體，躡手躡腳地走向渕井。

床的周圍裝了好幾面鏡子。雖然不可能完全不被鏡子照到，但還是盡可能避開。即使渕井發現，陣內也完全可以應付，只是接下來會變得有點慌亂。這種麻煩事，當然能避則避。

終於來到了渕井的正後方。

他提起上半身，用左手快速堵住渕井的眼睛和鼻子。

「嗯咯。」

陣內站直了身體，稍微用力一拉，渕井馬上張開了嘴。

陣內右手拿了一根用鎢合金製作的細針。針的表面異常光滑，連水滴都無法在上面停留。只要使用得宜，可以在不傷害皮膚的情況下貫穿內臟。

陣內把針尖插進渕井的喉嚨深處。

然後，從內側直接刺向腦幹，並在內部畫了半徑兩毫米左右的圓形。

腦幹掌管控制器官的中樞神經系統，腦幹一旦遭到破壞，就會在轉眼之間死亡。心臟當然也幾乎同時停止跳動。屍體看起來就像是心臟衰竭死亡。

陣內拔出細針，確認了針尖。和往常一樣，完全沒有沾到血跡或黏膜。

為了以防萬一，他把手指放在渕井的喉嚨確認脈搏。沒問題。他死了。

渕井躺在女人身邊。女人這次沒有看向天花板，而是看著更遠的地方。

這個女人早晚會打電話通知櫃檯渕井出現異狀。櫃檯將通知警察，警察將會驗屍，到時候一定會得出這樣的結論——性猝死。也就是俗話所說的「馬上風」。在歌舞伎町，這種死法並不罕見。

女人突然轉頭看向陣內的方向。雖然眼睛仍然無法聚焦，但臉的方向完全對著陣內。看來雙眼失明，的確會讓其他感覺變得敏銳。

「……你是、歌舞伎町、七刺客嗎？」

陣內當然不可能回答她。

「這下子……愛莉、千春終於可以瞑目了……謝謝你。這件事，我保證一輩子不告訴任何人……」

一滴眼淚從女人的右眼滑落。

陣內默然不語，和剛才進來時一樣，悄然無聲地來到走廊。

然後用鑰匙鎖好門，轉身離去。

無人的走廊上，好像有好幾個亡靈佇立在那裡。

4

最後，東因為「這是局長命令」這句話，不得不負責偵訊矢吹近江。

「……告辭了。」

他一鞠躬，關上了局長室的門。他打算先回刑事課。

警備股的松丸淳一警部補逮捕了矢吹。東不認識松丸這個人。猜想應該是那個一看就是柔道體型，總是理著平頭的那個人。但今天無法直接確認，因為松丸外出，要傍晚時才回來。

回到刑事課，直屬上司篠塚統括股長問：

「東哥……局長說什麼？」

篠塚每次都這樣。可能他對東深感佩服，所以說話的語氣，好像他才是東的下屬。雖然在刑事課共事已經三年多，但他始終用這種態度對待東。從某種意義上來說，是個奇怪的上司。

「喔……局長要我負責偵訊昨天警備股逮捕的矢吹近江，說是局長命令。」

「果然。」

東忍不住皺起眉頭看著篠塚。

「你早就知道了？」

「對，昨天傍晚，局長和我們談這件事。但我和飯坂課長都拒絕了。說你最討厭公安了。」

原來他們不同意，局長才直接找自己。東不知道前面這段故事。

「是這樣啊……除此以外，局長還有沒有說什麼？」

「你指什麼？」

「就是警備股為什麼要逮捕他，或是矢吹最近有什麼動向。」

「沒特別聽說什麼。但我猜想應該和目前反美軍基地的示威遊行有關。」

這種事，東當然也想得到。

篠塚好像突然想起了什麼事，說了聲：「等一下」之後，便走回自己的座位。然後拿了一張不知道什麼資料走過來。

「這是……矢吹的辯錄。」

辯解紀錄。這是在逮捕、帶回警局後，最先製作的文件。

「我看一下。」

東接過篠塚遞過來的文件，從內側口袋裡拿出眼鏡戴了起來。

【　辯解紀錄

地址　東京都港區南青山三丁目△番▲號

職業　公司高階主管　顧問

姓名　矢吹近江

昭和◎◎年七月十三日生（七十八歲）】

喔，七十八歲了，年紀這麼大。

東跳過了制式的內容，直接看他的辯解。

【1　我並沒有對警察動粗。

2　我要求見律師。

矢吹近江㊞】

原來他否認罪嫌。

「有沒有安排他見律師？」

「昨天晚上好像已經安排了。」

「是這樣啊……」

因為篠塚是直屬上司，所以特地向他確認：

「統括……我做這種事，真的沒問題嗎？」

「這種事是指？」

「這根本只是『跌倒妨公』啊。」

所謂「跌倒妨公」，就是警察遇到無法當場逮捕的對象，自己故意跌倒，謊稱對方「你推我，你妨礙公務執行」而逮捕對方的行為，也是典型的「另案逮捕」。

「不，我是不知道是不是『跌倒』……」

「假設是這麼一回事。逮捕一天之後交給我，他們到底想幹嘛？明天早上就要移送檢方，逮捕矢吹的真正目的是什麼。」

篠塚微微偏著頭。

「嗯，我猜想……應該是希望刑事課留住人吧……」

問這個上司，也問不出背後隱藏的真正理由。

東看到小川沒什麼事，就要求他和自己一起去三樓的拘留管理課。

「矢吹近江是怎樣的人？」

「我也不太清楚。」

來到拘留事務室，東讓小川填寫被拘留者出入登記簿。

「麻煩一下十七號矢吹近江。」

等了三、四分鐘後，警員從後方拘留室出入口把矢吹帶了出來。矢吹身穿灰色開襟衫、白襯衫，下面穿了一件深灰色長褲。他當然沒有繫領帶。目前是拘留期間，他身上應該也沒有繫皮帶。

小川接過連在他手銬上的腰繩。

「……我們走吧。」

東走在前面，把矢吹帶回四樓的刑事課。因為第一偵訊室有人在使用，所以就隔了一間，使用第三偵訊室。

用好像隔板般的薄牆隔開的室內只有一張桌子。東讓矢吹坐在對面，小川將腰繩的一端綁在椅子上後，為他解開了手銬。矢吹的態度始終老神在在。不愧是投入左翼運動多年的人。被警方問案、偵訊的經驗應該也不止一、兩次。他緊閉雙眼，垂著嘴角，雖然看起來有點不悅，但可以感受到他的不以為然。

想怎麼玩，就放馬過來吧——。

如果用言語表達出來，應該就是這個意思。

東在矢吹的對面坐了下來。小川坐在東的右後方，擋住了出入口的門。

「早安，我姓東，是刑事課的人，他是協助我的小川。」

「請多指教。」

矢吹閉著眼睛，沒有反應。

「這是第一次偵訊，所以根據《刑事訴訟法》第一百九十八條第二項的規定，你有拒絕供述的權利。也就是如有對你不利的事，你有權利不回答。你知道吧？」

矢吹還是沒有反應。

「呃……因為你妨礙公務執行，」

「在此之前，」

矢吹閉著眼睛開口了。他的聲音低沉而堅定，好像是從喉嚨深處擠出來的聲音。

「是。」

聽到東的回應，他緩緩張開了眼睛。不知道他是否有白內障，黑眼珠有點混濁。

「……你要不要給我名片？我還遞了一張名片給逮捕我的股長。」

原來如此。原來他是這種類型的人。

「失禮了。」

東拿出名片夾，矢吹看到小川沒有動靜，用下巴指著他說：「還有你。」

兩個人分別遞了一張名片給他。

「我是刑事課重案搜查股的東。」

「我也在相同部門，我姓小川。」

矢吹沒有低下頭，垂著眼睛，看著名片。

「重案股不是專門調查暴力行為，或是傷害這種事件的部門嗎？」

「你瞭解得真清楚。」

「我可沒有做這種危險的行為。」

「是啊，所以我們接下來要調查這件事。」

「怎麼調查？」

「逐一問你事件前後的狀況。」

「我不是可以不必說對自己不利的情況嗎？」

「也不能回答當時你在哪裡嗎？」

「這就不知道了……要經過仔細考慮，才能夠判斷說出來之後，是否會對我不利。」

他要採取這種態度也無妨。

「那就請你仔細思考之後再回答。」

矢吹的嘴角露出淡淡的笑容。

「喔……這麼淡定啊。沒想到現在的刑警都這麼閒。」

「不，這也是我工作的一部分。就好像跟監，也不是為了消磨時間。在得到想要的結果之前，我們願意耐心等待。這就是刑警的工作。」

「哼。」矢吹用鼻孔冷笑一聲。

「這麼說，不是和公安那些人一樣嗎？」

他有半輩子都奉獻給左翼運動，比起刑警，他當然和公安更熟。

既然這樣，東也有話要說。

「不，我們只是想要分清黑白而已。我們沒那種閒工夫咬著手指，進行定點觀測，等待灰色變成黑色。關鍵在於有沒有心讓結果見分曉……這是我們和公安最大的不同。」

公安的主要任務是蒐集和監視對象組織的情資，搜查和立案並非重要課題。但刑警的工作就是搜查刑案和立案，絕對不能混淆。

矢吹的上唇露出諷刺的笑容。法令紋變得更深了。

「……刑警先生，看來你不喜歡公安。」

「矢吹先生，你喜歡嗎？」

「我沒有什麼喜歡不喜歡的，只是覺得他們很礙事。」

「太巧了，我也完全有同感。」

這句話是說謊。東痛恨公安。

矢吹收起了嘴角的笑容。

「……東先生，我似乎和你很聊得來。」

「很榮幸讓你有這種感覺。」

和這個老人閒聊一下似乎也不壞。

雖然不知道矢吹年輕時的狀況，目前在偵訊時，不要說請嫌犯吃炸豬排飯或是抽菸，甚至無法提供一杯茶，還真是沒意思。

矢吹用滿是皺紋的手抓了抓下巴。

「老實說，被那些還沒搞清楚國家的中間在哪裡的人說什麼左翼或是右翼，真是太莫名其妙了。」

這句話真是太中肯了。

「那，矢吹先生，你認為這個國家的中間在哪裡？」

「嗯……簡單地說，就是那些官員，但雖然想這樣說，問題是那些人還不足以成為這個國家的卵葩。雖然，他們可能自認為是。」

不知道是因為東不瞭解矢吹近江這個人，所以能夠這樣交談，還是更加深入瞭解之後，可以聊得更徹底？目前還無法下定論。

「所以，你不認為自己是左翼分子嗎？」

「我不認為。所以，我經常說，在說我是左翼之前，先告訴我哪裡是中間，哪裡是左，哪裡是右，但大部分人都答不上來。這裡的警備股長也是這種貨色。」

該不會是因為這樣的爭論，最後以「跌倒妨公」的罪名，把他逮捕了？

「松丸股長說了什麼？」

「他說了什麼呢……我不希望我說的話成為把柄，而且我也不記得他當時說的原話，反正他不知道向誰現學現賣，認定我是『左翼大老』。真是個無聊的小狸貓。」

八成沒錯。那個柔道體型，理著平頭的傢伙一定就是松丸。

「原來如此……原來是小狸貓。」

「難道你不覺得嗎？」

「被你這麼一說，發現他長得的確有點像狸貓。」

「是不是形容得很貼切？」

「但現在說別人『狸貓臉』，通常都是指可愛的臉，不是嗎？」

「哼，」矢吹搖了搖頭。

「他一點都不可愛。我想要表達的，是那種……信樂燒的狸貓擺設。比那個擺設的臉更醜一點，更不可愛……差不多就是那種感覺。」

東也完全同意。

「松丸的長相問題就先聊到這裡……請問你覺得別人為什麼說你是左翼分子？」

矢吹兩道像毛筆般的漂亮白眉抖了一下。

「你為什麼要我回答這種問題？」

「沒為什麼。只是突然對你的政治信仰產生了興趣，所以才會這麼問。」

「喔……真的嗎？」

東點了一下頭。

「是真的。我不會問了之後，說你妨礙執行公務，至少我不會用這種不入流的方式。」

「希望如此。」

矢吹抱著手臂，思考了片刻。

「嗯，政治信仰……但我不是政治人物，也許你不是很瞭解，我沒有組織任何活動團體，只是一家公司的高階主管。新年的時候，會在門口掛太陽旗，參加孫子的畢業典禮時，也會和大家一起唱《君之代》。有些人會說，你這樣簡直就是右翼，說這種話的人，我看了就想吐。老實說，國旗的圖案根本不重要，只要能在風中飄來飄去就行了。……難道因為我們是戰敗國，把中間的太陽拿掉，變成白旗，那些老師就會高興地起立嗎？如果不是唱《君之代》，而是唱《不瞭解戰爭的孩子們》，大家就會一起唱嗎？莫名其妙……我不想被人認為和那種只會做表面工夫的膚淺鬼一樣，才不稱自己是左翼。」

聽他說的這番話，不難理解那些人會說他：「你這樣簡直就是右翼」的心情。

「即使這樣，你還是覺得有某些共鳴吧。」

「不管是誰，或多或少都有共鳴。那些被認為是右翼的人，或是標榜自己保守、中立的人也一樣。反而很少有人可以完全與之有共鳴，民自黨內部也有不同的派系，還有新民黨、公民黨……只要掀開內幕，就會發現大家都朝向不同的方向。但是，把所有參加示威遊行，主張反美、反基地的人都視為左翼分子，所有的左翼分子都列為公安的監視對象……我只是認為這也未免太武斷了。」

這些意見讓人無法苟同。

東雖然完全是門外漢，也知道矢吹近江是左翼分子，同時也是幕後黑手。這種認識當然可能有誤，但公安不可能因為他以某種方式參與反美軍基地示威遊行，就為一介公司高階主管貼上「左翼大老」的標籤，這個消息也不可能傳遍警察內部。

東認為自己必須先做點功課。

傍晚，把矢吹送回拘留室，走上樓梯，準備回四樓刑事課時，樓上突然傳來聲音。

「東股長。」

說話的人從樓梯緩緩走了下來。大屁股，白襯衫的袖子繃得緊緊的，一頭短髮，正是東認定是松丸的那個人。

「辛苦了。」

反正絕對沒什麼好事。東用眼神示意小川：「你先回辦公室」。小川點了點頭，繼續走上樓梯，消失在四樓的走廊上。

東也走上樓梯，和松丸一起站在樓梯口。
「有什麼事嗎？」
「你還問我什麼事，我知道由你負責偵訊矢吹。」
這個人到底在想什麼啊。
「是啊，那又怎麼樣呢？」
「矢吹的情況怎麼樣？」
「我沒有理由向你報告。」
松丸用力皺起眉頭。
「是我逮捕了矢吹。為什麼不能問你偵訊的內容？」
「我不是受你之託，或是因為警備課長的指示偵訊矢吹。我是因為局長的命令，才無可奈何地做這件事。」
「什麼？」
「而且順便告訴你，我並不打算幫警備擦屁股，也無意聽公安的使喚。既然由我負責偵訊，矢吹就是我的嫌犯。我不打算向你報告搜查的進度。……現在沒這個打算，以後也不會有。」
東正準備朝走廊走去，松丸抓住他的右手肘說：「你等一下。」
「……你想幹嘛？」

「你聽好了。你們刑警做的事，和我們工作的意義有著根本性的不同。」

東完全不知道松丸以前的經歷，但從他剛才的發言，可以大致猜到。

松丸原本應該是公安的人，可能也曾經有一、兩次調到警視廳總部的公安部。但調到新宿分局之後，不知道為什麼，沒有被分配到公安股，而是安排在警備股。也許是人員超額的關係，更何況分局內的人事由局長安排，其他人無權置喙。但松丸還自認為是「公安」，所以才會犯下用「跌倒妨公」這種罪名逮捕矢吹的紕漏——如果要揣測的話，差不多就是這麼一回事。

即使這是事實，東也沒有理由給松丸什麼好臉色看。

東狠狠瞪著松丸，好像要瞪爛他的眼睛。

「……我當然知道刑警和警備工作的不同，這種事，連警察學校的學生也知道。當然也很清楚警備和公安的不同。……我勸你再用功點，我是說多學一點社會常識……高層把你爭取到的工作交給別的部門處理，你稍微動動腦筋想一下，通常會怎麼解釋這種情況。如果你想清楚這個問題，我相信你就知道，自己沒資格突然跑來問我偵訊的情況。相反地，應該帶上逮捕手續資料、案發當時的情況報告、嫌犯的身世、前科，以及相關證據的搜查報告，低頭拜託我幫這個忙。」

東說完這番話，停頓了一秒，撥開了松丸的手。

「……小心別在這裡跌倒了。會一路滾到樓下受重傷。」

東努力開玩笑，但松丸完全笑不出來。

5

交給陣內經營的酒吧「艾波」位在新宿黃金街的「花園三番街」。花園三番街中間，有一家名叫「巴班巴」的店，是喜歡七〇年代民謠音樂的人聚集的地方，沿著「巴班巴」旁邊的樓梯走到二樓，就是這家「艾波」。違建閣樓的狹小空間除了吧檯的六個座位以外，只有沙發和桌子而已。

酒吧沒有固定的公休，但如果要休息，通常都定在星期一。陣內一個人張羅這家酒吧的大小事，所以在這方面很輕鬆。

「……陣哥，這張沙發差不多該換了吧？」

不知道今天吹什麼風，杏奈竟然在中午之後，來店裡幫忙打掃。她剛才就用抹布仔細地擦拭閣樓的地板。

「嗯……我之前打算買沙發套回來蓋在上面。」

「這樣不行啦，海綿已經完全塌了，邊緣也都磨破了，你看，連線頭都冒出來了……客人根本沒辦法久坐，而且看起來很寒酸。」

杏奈目前姓「齊藤」，但其實她是陣內的親生女兒。

十六年前，陣內是「歌舞伎町七刺客」的成員，在一場大樓火災中失去了妻子，自己也受了瀕死的重傷。「歌舞伎町七刺客」也在不久之後自然滅亡了。之後，陣內變了臉，也改名為「陣內陽一」。兩年半後，他和杏奈重逢，但他並沒有告訴杏奈，自己是她的父親。杏奈也叫陣內「陣哥」，彼此的關係也僅止於同住在歌舞伎町的居民而已。

兩年前，在歌舞伎町一丁目的町會長高山離奇死亡的事件後，「歌舞伎町七刺客」重現江湖。只有陣內和市村兩個人是以前的成員。聖麒、次郎、上岡和小川四個人加入了他們。杏奈也幾乎同時以「總指揮」的身分加入。

在高山的死引發的一連串事情中，陣內不小心讓杏奈發現自己是她的父親。但杏奈至今隻字未提過這件事，仍然叫陣內「陣哥」，表面上和以前沒什麼兩樣，繼續維持著酒吧店長和酒鋪店員的關係。如果硬要說有什麼改變，就是杏奈已經從「店員」升格為「老闆」，但他們之間的互動並沒有改變。

這樣很好，自己和杏奈不需要建立父女關係。陣內接受了目前的狀況，即使說再多冠冕堂皇的話，自己終究是殺手，沒資格成為別人的父親。唯一的煩惱，就是杏奈也同樣踏上了「殺手之路」。

如果說，「龍生龍，鳳生鳳」這句話是真理，陣內也沒有資格要求杏奈「退出『歌舞伎町七刺客』」。因為只要杏奈說：「我爸爸是殺手，我為什麼不能成為幫凶？」陣內就無言以對了。

真是諷刺，實在太諷刺了。雖然陣內這麼想，但杏奈來店裡幫忙打掃，還是掩不住開心。而且和普通人一樣，很希望這樣的時間可以持久一些。

這時，杏奈突然從閣樓探出頭問：

「要不要我陪你去買？」

「沙發嗎？」

「嗯。」

「去哪裡買？」

「去宜得利家居買就好了吧。反正不可能去大塚家具買那種高級貨。」

陣內並不討厭室內裝潢，所以也會去大塚家具的新宿展示空間參觀，但那家店的高級貨的確不適合這裡。

「……宜得利家居在哪裡？」

「我記得赤羽好像有一家，北區的赤羽。」

從新宿搭埼京線，或是湘南新宿線，只要一班車就可以到赤羽。既然要買沙發，當然不可能自己扛回家，可以請店家送貨上門，搭電車去比開車更合理。

搭電車和杏奈一起去買東西。

或許是個好主意。

那天像往常一樣，在傍晚六點多開了店。第一個走進店裡的是在泡泡浴店上班的老主顧敦子。

「陣哥，早安……我今天的晚餐有什麼？」

敦子是有點奇特的客人，她在這裡向來不喝酒，但在上班之前，會先來這裡填飽肚子。她每天會用陣內製作的下酒菜，搭配她從便利商店買回來的白飯一起吃。

「今天晚上有加了大量蔥花的酸橘醋醃豬排，湯豆腐加生薑味噌，有辣油涼拌豆芽菜、紅燒鰻魚……還有醬菜，好像還有洋芋沙拉……對，還有洋芋沙拉。」

敦子皺著眉頭，搖了搖頭。

「嗯、嗯，等一下，你剛才說湯豆腐加什麼？」

「加生薑味噌。生薑味噌直接加在白飯上也很好吃，我可以煮一碗高湯給妳，妳加在白飯裡，然後再加生薑味噌，有點像生薑味噌茶泡飯，味道很不錯喔。」

「這個好，那我要酸橘醋醃豬排、湯豆腐，加很多生薑味噌，還有高湯。」

「瞭解。」

敦子填飽肚子後，七點半左右回家了。不，她是去店裡上班。八、九點時，只接到詢問包場的電話，完全沒有客人上門。

十點多時，四個像是大學生的男女走了進來。他們可能想要裝成熟，體會一下大人的世界。帶頭的男生先點了酒，「我要麥卡倫加冰塊」，其他三個人立刻起鬨，發出「喔」的鬼叫聲。之後，另一個男生點了海尼根，兩個女生分別點了柳橙金巴利和皇家基爾。

「好，沒問題。」

上岡差不多在這個時候走進店裡。

「歡迎光臨。」

「喔，累死了。」

他把看起來很沉重的肩背包放在地上，和那幾個學生之間隔了一個空位，坐了下來。

「今天看起來好像做了不少工作。」

「不是看起來，而是我真的在工作。」

陣內在為那幾個學生調酒的同時，也問了上岡要喝什麼。

「那就先喝啤酒吧。今天穿太多，流了好多汗。」

上岡在說話時，扭著身體，脫下了身上那件舊的皮夾克。

「今天很暖和……你要Dry，還是Lager?」

「我要Lager。」

那幾個學生稍微安靜了下來。可能看到老主顧上門，第一次感覺到「大人酒吧的門檻」之類的東西。

「……讓你們久等了。」

陣內把海尼根、麥卡倫、皇家基爾和柳橙金巴利分別遞給那幾個學生。因為他們是學生，所以附贈了綜合堅果。

「啊……好好喝。」

女生喝了一口皇家基爾後，滿臉笑容地看著陣內。

「是嗎？謝謝妳。」

陣內喜歡在皇家基爾中加黑醋栗利口酒，剛好很合她的口味。這杯皇家基爾中加了少許Charles Vanot、Mazarine和Lejay，作為基酒的氣泡酒不是什麼高級品牌，只是一瓶一千幾百圓的便宜貨。

「你的Lager。」

這一瓶要七百圓。

上岡嘟起嘴說：

「……我也要綜合堅果。」

「別鬧了，五十歲的大叔還撒什麼嬌。」

「不要這麼小氣嘛。」

喝柳橙金巴利的女生聽到他們的對話，噗哧一聲笑了起來。上岡立刻對她說：

「是不是很小氣？」她沒有點頭，也沒有搖頭，只是露出微笑。
陣內無可奈何，只好配合演出說：
「……你不要在第一次上門的客人面前丟人現眼。」
他假裝很不甘願地把綜合堅果放在上岡面前。
喝麥卡倫的男生聽了之後，舉起手說：「其實我是第二次來這裡。」
「啊，是這樣啊。不好意思，你上次是什麼時候來的？」
「好像是上上個月，就是『龐貝劇團』慶功宴的時候。」
「喔，就是美嘉他們那一次。」
「對對對，就是那次。」
他們針對共同的熟人熱鬧地聊了十五、二十分鐘左右，但學生和兩個五十多歲的大叔還是自然而然地產生了距離，之後的話題也就沒有交集了。
那幾個學生坐了一個半小時後離開了。
「謝謝，今天很開心。」
「我也很開心……謝謝，酒很好喝。」
「謝謝，歡迎下次再度光臨。」
當他們的腳步聲消失在樓梯下方後，上岡嘆了一口氣。
「……昨晚辛苦了。」

「對啊，累死了。之後沒什麼狀況吧？」

「嗯，小川說，以離奇死亡結案。只是沒有認為是馬上風，但可能驗屍後，顯示了這樣的結果吧。……『呵欠龍』。一如往常地漂亮完成了任務。」

「別調侃我。」

陣內有點在意，所以看向上岡腳下放著沉重肩背包的方向，只是他無法實際看到。

「你帶了很多東西啊，裡面裝了什麼？拉鍊都快撐破了。」

「喔，今天多帶了很多東西。相機、鏡頭，剛才和編輯見面，還有文稿和換洗衣服。真的塞了很多東西。」

「聽起來很忙啊。」

「嗯。」上岡像小孩子一樣點了點頭。

「最近沖繩相關的示威遊行，不是愈演愈烈嗎？」

「對，最近每逢假日都有遊行。」

電視上也經常看到高舉著「美軍從沖繩滾出去」、「沖繩要和平」、「不要把日本捲入戰爭」、「還我安全的天空和大海」、「徹底廢止日美安保」等標語的隊伍走在大街上。陣內也實際遇過兩、三次。其中一次甚至差點發展為暴力衝突。遊行隊伍看起來只有一百人左右，但媒體報導時聲稱「超過五百人」。

陣內拿起Lager的酒瓶，為上岡的杯子加了酒。

「接下來喝什麼？再來一瓶同樣的？」

「不，我喝地瓜燒酒兌熱水。」

「瞭解。」

上岡把雙肘放在吧檯上，吃著綜合堅果，一臉無趣地問：

「陣哥……你覺得遊行為什麼突然激烈起來？」

給他喝新買的「烤地瓜浪漫」吧。

「不是因為那件事嗎……美軍的車子撞死了在沖繩投入反對運動的老人，引發了這次遊行。」

「嗯，外面都這麼說。」

「什麼？難道不是這樣？」

「關鍵就在這裡。既然大眾都是這麼認為，那我的採訪就有價值了。」

陣內把加了水的酒壺放在電熱器上。

「怎麼回事？你少在那裡故弄玄虛。」

「我靠這個吃飯，當然要故弄玄虛啊。」

又有客上上門了，樓梯上傳來輕盈的腳步聲。聽起來像女生，但不像剛才那些學生那麼年輕。是誰呢？是老主顧？還是第一次上門的客人？

因為並不是在聊「歌舞伎町七刺客」的話題，上岡也就放心地繼續說了下去。

「我希望趕快寫出來，投下一顆震撼彈。順利的話，搞不好還可以寫一本沖繩基地相關的書。」

入口的門緩緩打開，探頭進來的竟然是土屋昭子。

「兩位好……你們好像在聊很有搞頭的事啊。」

這個女人和上岡一樣，自稱是獨立記者，只是不知道她到底做了多少工作。但是，她的角色不光是這樣而已，目前已經知道，她和九年前引發「歌舞伎町封鎖事件」的組織「新世界秩序」有關。也就是說，對陣內和上岡來說，這個女人是「敵人」。

上岡轉頭看向右後方，面不改色地把頭轉回陣內的方向。他變堅強了。

上岡雖然背對著土屋昭子，但還是回了一句：

「原來是妳啊……現在還不知道有沒有搞頭。」

他似乎打算用同行的態度對待土屋昭子。這是聰明的判斷。土屋昭子已經確實掌握了陣內和聖麒是「歌舞伎町七刺客」的成員。陣內猜想她應該也知道次郎和市村。只是可能還不知道上岡、小川和杏奈。既然這樣，當然最好裝糊塗。

雖然其他座位也空著，但土屋昭子選擇坐在上岡旁邊。

「有什麼獨家？不介意的話，讓我也摻一腳……陣內先生，我要熱紅酒。」

陣內點了點頭，故作驚訝地問：

「喔？原來你們兩個人認識？」
上岡不發一語。
土屋瞪大了眼睛，抬頭看著陣內。
「在歌舞伎町工作，當然認識啊……上岡先生是名人。」
呿。上岡做出吐口水的動作。
「妳也相當出名啊……聽說妳是中老年男人的女神。」
土屋收起了笑容。但並不是真的動怒。只是假裝生氣。
「好討厭，你說得我好像是『老頭殺手』。」
「難道不是嗎？」
「才不是呢。只是因為我喜歡的人，剛好年紀大了點……這種情況倒是曾經有過。」
土屋說話時，再度看向陣內。陣內假裝沒有看到，默默地把紅酒放在電熱器上。
土屋繼續說道：
「……你要寫什麼書？」
「我才不告訴妳。」
「別這麼壞。我們不是同行嗎？搞不好我們可以合作啊。」
「開玩笑吧。妳太危險了，我才不會和妳合作。」

土屋再度假裝生氣。

「我哪裡危險？我好歹也在這個行業混了十年，有不少人脈，也有很多人想和我合作。」

「那妳就和那些老頭合作啊，我敬謝不敏。」

「真是的。」

覺得她生氣的樣子很可愛的男人絕對不在少數。

土屋嘟著嘴，繼續說道：

「不過，我剛才稍微聽到了一些。……該不會和沖繩的基地有關？你打算靠這個新聞投下震撼彈嗎？」

她似乎聽到了不少內容。

上岡故意用力皺著眉頭說：

「妳根本都偷聽到了啊。」

「是你自己說得那麼大聲。」

「並不是只有這件事而已。」

「什麼？還有其他獨家好料？」

「是不是好料就不得而知……嗯，我對『祖師谷一家命案』有點興趣。」

祖師谷一家命案——這是兩、三個月前發生的命案，母親、女兒和兒子同時遭到了殺害。

陣內也忍不住插嘴問：

「你在採訪那起駭人聽聞的命案嗎？」

問完之後，他才想到眼前這兩個人心裡一定覺得自己很滑稽。如果殺害一家三口算「駭人聽聞」，陣內至今為止所做的一切，又該怎麼形容？

只是這兩個人也正在演三流戲碼，所以並沒有任何明顯的反應。

上岡輕輕點了點頭。

「嗯，已經掌握了某種程度的線索。」

土屋轉頭看著身旁問：

「那起事件的線索嗎？警方調查了三個月，都沒有找到任何線索。」

上岡沒有回答她的問題，「嘿喲」一聲，從高腳椅上跳了下來。

「我沒辦法繼續忍受別人免費打聽我的獨家，所以先告辭了……陣哥，對不起，我的燒酒兌熱水幫我取消。」

「嗯，沒關係……謝謝光臨。」

上岡結完帳，穿上皮夾克，背上肩背包離開之前，都沒有看土屋一眼。土屋向他道「晚安」，他也沒有理會。陣內不知道這是他身為「七刺客之眼」的態度，還是對同行的姿態。

上岡離開之後，土屋探頭向吧檯內張望。

「……你在調燒酒兌熱水嗎？」

「嗯，只是燒了熱水而已。」

「我的熱紅酒呢？」

「馬上就好了。」

「那我們在下一個客人來之前，一起喝酒吧。」

這個女人太不可思議了。

自己是美女，有很多男人喜歡自己。她完全不掩飾這種自信，也很清楚周圍的人很討厭她，但她絲毫不改這種態度。陣內甚至覺得她故意惹人討厭。

這讓陣內感到有點悲哀。

「讓妳久等了，給妳。」

「陣哥，你也一起喝啊。」

「那好……我喝一杯。」

陣內把剛打開的燒酒倒進溫度適中的熱水中，地瓜甜甜的香氣隨著熱氣飄了過來。這杯酒應該很好喝。

「那……乾杯。」

「乾杯，辛苦了。」

土屋喝了一口熱紅酒後，瞇起眼睛嘀咕說：
「那種事……最好不要涉入太深。」
陣內一時不知道她在說哪一件事。
「啊？什麼？妳是說上岡採訪的事嗎？」
「嗯，是啊……沒錯。」
「妳是說哪一件事？美軍基地？還是滅門命案？」
「嗯……兩者都是。」
陣內也不太瞭解她這番話的目的。
同行的嫉妒？建議？還是警告？
還是「新世界秩序」對「歌舞伎町七刺客」的某種牽制？
她的嘴唇看起來比紅酒更暗、更紅。

第二章

1

正如大部分本島人——也就是沖繩方言中的「大和人」所說，沖繩的夏天真的很熱，但空氣比本島乾燥，只要走在陰晾處，就可以充分感受南國舒爽的風。

但是，我目前完全沒有心情懷想沖繩島上的風。甚至，光是想到，就感到不寒而慄。尤其在夜黑風高時，那風更和即將乾掉的血一樣，帶著一股腥味。

我二十七歲那一年，接到了被調往《產京新聞》那霸分社的人事命令，在三十歲之前的兩年半期間，都一直在沖繩。那個分社很小，除了社長和我以外，還有一名當地的事務員。

沖繩的記者都很忙。因為沖繩沒有鐵路，大家出門都開車，所以白天的主要道路都嚴重塞車。夜晚也車禍不斷。尤其到了週末，美國士兵的酒駕車禍頻傳。

美軍基地內也有可以喝酒的地方。但對美國士兵來說，整天待在基地內太無聊了。既然來到國外，當然想要好好體會開放的感覺，也想和本地的女人玩一玩。只不過基地附近隨時都有憲兵巡邏，沒辦法玩得盡興。於是他們就會開車去遠一點的那霸鬧區玩樂。回基地的時候當然就變成酒駕——簡單地說，這就是美國士兵車禍有增無減的原因。

除此以外，還有基地周圍的噪音問題、軍用地歸還和轉移相關的政治問題，釣魚臺列嶼周圍的領海侵犯問題、一般的刑事事件，再加上以颱風為中心的自然災害等，沖繩有太多必須採訪的事情。同時還必須提供觀光和文化等和平的話題。我們兩名員工必須包辦所有的採訪，當然整天都忙得不可開交，幾乎沒有休假。

沖繩的報界情況也很獨特。

在沖繩，由《琉球時報》和《沖繩日報》這兩份本地報紙獨霸。兩大報的發行量都在十六萬份左右，占了全縣報紙的九成。本島主流報紙的「五大報」甚至不在沖繩直接印刷，而是用空運的方式，晚一、兩天才送到。我在沖繩的兩年半期間，《產京新聞》的發行量都只有四百份，最好的時候也只有四百五十份。

本地報紙很強。我認為這是好事。只不過沖繩這個地方很特殊，這兩大地方報都「偏左」。

即使美軍做了什麼好事，地方報也完全不報導。對中央政府的政策也全面採取批判。「沖繩受到歧視」成為所有報導的立足點，絕對不會寫任何認同日本本島或美國的內容。

我並沒有全盤否定這種做法，認為「太荒唐了」、「難以理解」。

第二次大戰期間，沖繩發生了日本國內最大的地面戰，造成包括九萬名普通民眾在內的十九萬人犧牲。在戰後二十七年期間，又被「敵國」美國統治，雖然在一九七二年回歸日本，但美軍並沒有撤退，繼續駐留在沖繩，基地的噪音、頻傳的車禍，以及美國士兵犯罪，造成了沖繩縣民極大的犧牲與不安。所以，沖繩縣民既不會贊同日本，也不會贊同美國——。

我認為這些意見「全都是正確的主張」。但並不是「沖繩所有的主張」。除了「偏左」，沖繩還存在其他的面向。

戰後出生的縣民當然只知道「處於基地狀態」的沖繩。而且也很熟悉美國文化，有不少年輕女生會說：「我只交美國男朋友。」而當被問到：「你是日本人還是沖繩人？」時，通常會回答：「我是日本人。是日本沖繩縣的人。」然而，地方兩大報卻不會積極報導這種聲音。

在基地問題的態度上也很相似。

普天間機場的遷移問題延宕，但其實很多地主都是沖繩的民間人士。日本政府向這些民間人士的地主支付租地費用，而且租地費用連年攀升。如果普天間機場遷移到邊野古，會造成怎樣的結果？邊野古原本就是美軍基地。即使在基地外填海造地，將軍用機場遷移去那裡，也不需要支付租地費用，普天間的那些地主就無法再收租金。如果很快就能夠找到願意承租普天間機場舊址的對象，或是有人願意開發，當然皆大歡喜，但萬一無法如願——不少地主想到這些事，就會感到不安，於是就覺得與其如此，不如繼續讓美軍使用。只不過兩大報完全不報導這些情況。

五大全國報是否會報導這些聲音？奇怪的是，他們也不報導。

身為記者，我認為必須讓全國民眾瞭解沖繩的真實情況，所以努力以公平的態度報導民族問題和基地問題。不只是報導單方面的意見，而是告訴全國大眾，也有很多沖繩縣民持反對意見。然而，總社幾乎都不予採用。

「這個，有趣嗎？」

沒錯。沖繩遭到歧視，為基地問題苦惱，沖繩人痛恨本島，如果有機會，很希望「琉球」再度獨立——本島五大報在報導沖繩問題時，這種清楚明瞭的說法就很方便。就連平時「偏右」的《讀日新聞》也對沖繩的真實情況興趣缺缺，竟也大剌剌地刊登「偏左」的報導。

沖繩永遠是可憐島嶼的說法比較「有趣」——。

這是全國報紙，不，還包括其他的媒體、學者和知識分子這些「輿論製造者」的真心話。

如果只是這樣，我應該不至於辭職離開《產京新聞》。在分社的任期遲早會結束。

雖然不知道下次會被派去哪裡，只要去完全不同的地方，就可以用完全不同的心情投入工作。當時，我內心從容，還抱持著這樣的樂觀。

但是，那起事件突如其來地出現在我面前。

那天晚上我加班到深夜，在凌晨一點左右，才終於離開分社。雖然時間很晚了，但只要去國際通，很多酒吧和俱樂部都在營業，雖然禮品店已經打烊了，但二十四小時營業的量販店內還有很多外國觀光客。隔天難得可以休假喘一口氣，所以我並沒有太在意時間。猜想著平時常去的居酒屋應該還在營業，我打算在那裡喝杯泡盛燒酒，來一份小魚豆腐和海葡萄當下酒菜，最後再來一份軟骨排骨麵——。

我走在國際通後方的小巷子內，沿途想著這些事。我記得路上幾乎沒什麼人。那是九月底，氣溫應該大約二十七、八度，但走在路上，並沒有太在意當時的氣溫。

路旁有一個很大的投幣式停車場，我忘了停車場內停了幾輛車，但不知道為什麼，我的目光停留在第三輛深色廂型車上。可能是因為聽到了怠速的引擎聲，以及車子旁有人影的關係。

車子旁站了兩個人。其中一個是白人，正在抽菸。另一個人是黑人，正搖晃著身體，探頭看著車內。那兩個人身材都很壯，虎背熊腰，肩膀上的肌肉好像扛了兩顆保齡球，把脖子都遮了起來。我知道他們一定是美國士兵。但美國士兵出現在沖繩街頭並不稀奇。相反地，一到週末，反而是很常見的現象。

但我立刻發現，除了那兩個人以外，停車場內還有其他人影。我猜想那個人也是白人，那個看起來體格壯碩，應該也是士兵的美國人蹲在第五輛車的後方。不，不對，他的雙腿下還有另一個人。那個人倒在地上，無力地伸著手腳，仰躺成大字。

我以為他在照顧喝醉酒的同袍。因為感覺他好像會拍地上那個人的臉，叫他趕快清醒。沒想到那個蹲著的男人突然一拳打在倒地男人的臉上，我站在停車場外，也聽到了「咚」的沉悶聲音。

不一會兒，正在抽菸的那個白人發現我站在那裡，做出好像在趕狗般的手勢，對我大吼著：「Go away.」幾乎就在這時，廂型車的滑門打開了，一個人彎著身體走下車。剛才搖晃著身體的黑人走進敞開的車門內，兩個人輕輕擊掌，看起來像是要換另一個人上場。

慘了。並不是有什麼理由讓我產生這個念頭，既不是記者的嗅覺，也不是專業的直覺，而是生存本能。發生了不妙的狀況，一定不是好事。這樣不行，這樣下去——。

抽菸的白人對走出車外的男人說著什麼。我記得那個人也是白人。他看了我一眼，然後看了蹲在後方的男人一眼，對他喊了一聲：「Let's go.」之類的話。

蹲在地上的男人聽到吆喝之後站了起來，但躺在地上挨打的男人一動也不動。站起來的男人走了過來，很不耐煩地打開車門，坐在駕駛座上。那不是方向盤在左側的進口車，而是在右側的日本車。

接著，抽菸的白人坐到副駕駛座上，中途下車的男人再度打開滑門，坐到後座上。這時，車內傳來「What's？」之類的罵聲，另外好像還夾雜著慘叫聲，但很快就被引擎聲蓋住了。

車子好像從睡夢中甦醒，車頭燈頓時大亮。躺在停車場後方的男人還是一動也不動。

排氣管的聲音震動了空氣，好像猛獸在咆哮，廂型車一下子衝出停車格。可能壓到了卡住車輪的擋輪器，車身極度傾斜，簡直就像快翻車了。

車子急轉彎，我立刻靠向電線桿，車子駛出了停車場。因為車頭燈逆光的關係，我看不清他們的臉，但看到坐在副駕駛座上的白人，雙手做出好像鳥兒張開翅膀飛翔的動作。我想要確認車號，平時車牌中平假名的部分只看到一個【Y】字。「Y車牌」是美軍相關的車輛，車子駛向了五十八號國道。

四周突然安靜下來。我劇烈的心跳聽起來格外大聲。

怎麼辦？我現在該怎麼辦？

我首先去察看倒在地上的男人。中途經過廂型車剛才停的位置時轉頭一看，看到有什麼淺色的東西掉在那裡。那是一隻女人的鞋子。

因為光線很暗，我看不太清楚，但男人的臉已經變色，似乎有嚴重的出血、內出血。他的意識模糊，即使我叫他，他也完全沒有反應。

我打了一一九，說有男人遭到暴力攻擊昏倒在地。同時報上了詳細的地址。但警車比救護車先到，三名制服警察中，兩個人去察看倒地的男人，另一個人問了我當時的情況。

我把剛才看到的一切告訴了他。我看到有三個白人，一個黑人，從他們的體格判斷是美國士兵。當車子離去時，果然在車牌上看到了【Y】字。

我一輩子都無法忘記警察聽到我說這句話時的表情。

失望、懊惱、悲傷、憎恨——。

「原來是Y車牌啊……」我也記得他說這句話時的聲音帶著顫抖。

倒在停車場後方的男人名叫伊佐勝彥，是目前就讀福岡縣私立大學的學生，今年二十二歲，利用週末回到位在那霸市區的老家。伊佐被隨即趕到的救護車送往醫院，但很快就確認他死了。死因為腦挫傷。

同時還發現，案發當天晚上，伊佐和名叫庭田愛都，今年二十歲的學妹在一起。因為伊佐的老家在沖繩，庭田愛都也一起來玩。庭田愛都就是那隻白色鞋子的主人。

兩天後，庭田被人發現陳屍在中頭郡中城村的空地。她遭到超過四名男性的性暴力，最後被掐死。她的內褲被扯了下來，襯衫的扣子也被扯掉了，但裙子仍然穿在身上。

我身為目擊者，向警方說明了案發當時的情況。我說了所有的事，盡可能回想起每個人穿的衣服和長相，同時根據車頭燈和車尾燈的形狀，判斷犯案時使用的車種是豐田的Hiace。

但是，無論我還是沖繩縣警總部的刑警，以及最初趕到案發現場的三名制服警察，我們從一開始就知道——

這起事件無法立案。

原因不用說，當然就是《日美地位協定》。正確的名稱是「合眾國軍隊在根據日本國和美利堅合眾國之間相互合作及安全保障條約第六條建立的設施、區域及日本國的地位相關協定」。

日本在戰後很長一段時間，都因為有「日本國和美利堅合眾國之間的相互合作及安全保障條約」，也就是俗稱的《日美安全保障條約》，所以不必思考自身的安全保障問題。大部分日本人至今仍然認為，「即使有外國來攻打日本，美國也會保護我們」。這種想法本身並沒有錯，但不得不說，這是極其單方面的看法。

美國並不是基於基督教的慈悲，向日本保證：「我們會保護日本。」日本是一個粗暴的國家，雖然最後落敗，但當年曾經向世界第一大國美國宣戰。偷襲夏威夷的珍珠港，對美國海軍的太平洋艦隊造成重大打擊，當戰況不利時，便以「特攻」為名，命令士兵開著戰鬥機，以自殺的方式攻擊敵人，所以說是思考和行為都非常危險的國家。不能讓這樣的國家再度擁有軍備——簡單來說，這就是美國方面的想法。

另一方面，日本發揮了「反共堡壘」的作用，或者說是利用價值。從美國來看，日本的後方是朝鮮半島、中國大陸，以及當時的蘇聯。美國預料到第二次世界大戰後將迎接東西冷戰時代，為了阻止共產主義國家勢力繼續擴張，認為日本列島可以有效成為自由主義國家的前線基地。為此，以「我們會保護日本的安全」為表面上的理由，在同盟國的軍隊撤退之後，仍然繼續駐留在日本。

這就是「日美安全保障條約」的基本概念，《日美地位協定》則是進一步制定了這項條約的細節。

用最簡單的方式來說，因為《日美安保條約》，美軍有權利在日本任何地方配備軍隊，也因為《日美地位協定》，可以使用日本國內的基地。美國軍人、軍屬以及其家人即使犯了罪，也無法用日本的法律處罰他們。

《日美地位協定》中的「日本的法律無法處罰」的部分讓日本人常感困窘。嚴格來說，日本方面對於美軍相關人員在執行公務期間的犯罪沒有搜查權和審判權，但在非公務期間犯罪，根據法律，可以逮捕、搜查和起訴，只不過其他項目中又規定，「如犯人在美方，在日方尚未起訴之前，可以不必將人交出」，所以即使在非公務期間犯罪，只要逃入基地，日本方面就無法進行搜查和審判。

如果對伊佐勝彥犯下傷害致死或殺人罪，對庭田愛都犯下集體強暴、殺人及屍體遺棄罪的凶手是美軍相關人員，那就無法追究他們的刑責。

在向警方陳述案發經過的過程中，那天晚上的事一次又一次在腦海中重現。我忍不住自責，那幾個凶手在我面前的那幾分鐘，我是不是應該更有作為。

在我看到他們的瞬間，立刻感到不對勁，所以我才會停下腳步。但是，當時我並沒有想到要報警，也無法將當時的不對勁定義為「可能是犯罪行為」。

那麼，看到停車場後方有人騎在伊佐身上揍他的時候呢？那足以構成暴力行為。但是，當時我並不知道在地上躺成大字的是日本人。我先入為主地認為那個人也是美國士兵。如果兩個美國人打架，根本不需要日本人去干涉。也許我當時這麼想。

如果當時能夠更冷靜地觀察，也許就會發現伊佐的體格明顯和其他三人不同。不，這很難說。伊佐仰躺在地上，很難和站著的人進行比較。

之後，一個白人叫我「Go away.」試圖把我趕走。車子的車門旋即打開，站在車外的黑人和從車上下來的白人「擊掌換人」。即使如此，我仍然無法斷定眼前發生的是「犯罪行為」。我無法想像有女人在車上遭到輪暴，她的男朋友被打倒在地，躺成了大字。我只是站在原地，眼睜睜看著事態的發展。庭田愛都這名年輕女子在我眼前的車上被壯碩的黑人和白人壓在身體下，仍然拚命求救。當時，只有我能夠在那裡救她，我卻沒有救她。

而且，我看到了車牌。也確認是Y字車牌。但是，我當時有奔跑嗎？有沒有追上前去看清楚【沖繩】後面的三個數字，或是記住後面大大四個數字中的任何一個數字？不，我沒有。我在車子離開後，立刻去察看倒在地上的伊佐。因為有人倒在地上，而且被人騎在身上毆打。照理說，不是應該先報警嗎？一旦報了警，警方會同時通報消防局。我是記者，應該瞭解這些狀況。但是，為什麼？為什麼我沒有先報警，而是先叫救護車？這不是用當時太慌張這種藉口能夠原諒的過錯。

如果我完全記住了車牌號碼，立刻報警，通緝那輛車子，抓住所有的凶手——。庭田愛都很有可能獲救。驗屍結果發現，她的死亡時間是隔天傍晚。沒錯，可以救她一命。她熬過黑夜，等到天明，從早上到中午，又熬到傍晚，因為還活著，她忍受了諸多煎熬。

思考這些假設的情況也無濟於事，即使逮捕了那些凶手，只要美軍方面提出文件證明他們是在執行公務，日本方面就無法搜查和審判。一旦把人交給美軍，日本方面就無法追究刑責，最多只能嚴重警告後，要求當事人回國。

不知道是否因為記者成為現場目擊者的「賣點」，報社總社也對伊佐勝彥和庭田愛都事件產生了興趣，大篇幅報導了這起事件。但是，誰都知道，這無法解決任何問題。

老實說，個別案件的有罪、無罪，有沒有審判權，以及到底該由哪一方扣押嫌犯這種事根本不重要。

問題在於《日美安保》，以及附屬的《日美地位協定》——。

那起事件發生的三個月後，我離開了《產京新聞》，決定認真投入這個問題。

那是我剛滿三十歲那一年的冬天。

2

二月六日星期四。東到警局時，矢吹已經被固定的巡迴護送押解前往東京地檢。

午休去食堂時，他剛好和拘留股的曾我警部補坐在同一張桌子，於是聊到了矢吹。

「矢吹在拘留室的情況怎麼樣？」

曾我吃著味噌拉麵，抬眼看著東回答說：

「……嗯……他很安靜，畢竟已經一大把年紀了……把他和年輕人關在一起太可憐了，但是……如果把他和幫派分子關在一起，萬一吵架就很麻煩……第一天就和那個人……就是喝醉酒砸破酒店招牌的那個人……」

東知道那個人，於是點了點頭。那是一個五十多歲的上班族。

「原本把他們關在一起，但那個人很快就被釋放了……之後就和偷竊的阿泰……就是偷腳踏車後鬧事的那個傢伙……就是這樣，結果他很安靜。」

東也吃了一口咖哩飯。

「……他沒有看書嗎？」

「不，沒看書。」

「那他沒事的時候都在幹嘛？」

「大部分時間都坐在牆邊閉目養神……好像在瞑想……啊，有和阿泰聊了一會兒。」

矢吹竟然和偷竊的老人聊天？

「你聽到他們聊什麼嗎？」

「不，沒聽到。他們說得很小聲……但好像發出笑聲。」

「矢吹嗎？」

「不，兩個人都笑了，看起來很高興。」

原來矢吹還有這一面。

東負責偵訊的嫌犯並非只有矢吹一人。另外有一名涉嫌傷害罪的上班族，和一名涉嫌強制猥褻罪的餐廳老闆。明天和後天又要在分局值勤，搞不好手上又會多幾個案子，所以很希望可以在今天之內把這兩個人的相關文件處理完成。

小川又為他買了罐裝咖啡。

「東股長，給你。」

「嗯，謝謝。」

一方面是因為小川剛被拔擢到刑事課的關係，所以目前小川的排班和東完全一致。明天和後天都要在分局值勤，星期天休息。之後連續三天是正常勤務，下星期四、五又要在分局值勤，星期六、日剛好休假。

東突然想問一件事。

「對了，小川……」

東在遞上咖啡錢的同時看著小川的眼睛。

「是，什麼事？」

「你週末有約會的對象嗎？」

雖然沒有其他人轉頭看這裡，但東覺得周圍的人似乎都豎起了耳朵。

「為什麼、突然……問這個問題？」

「你今年幾歲了？」

「三十七，快三十八了。」

「年紀不小了，沒有約會的對象嗎？」

「為什麼……」

該如何解釋他目前的反應？第一種情況，雖然有女朋友，但不希望在辦公室說。

對方如果是酒店的女人，甚至在色情店上班，的確不方便在辦公室公開。如果對方身邊有黑道分子的影子，身為上司，絕對不能同意他和這種人交往。

還是說，雖然有心儀的對象，但還沒有向對方表白？小川很可能有這種情況。他很像是會在女人面前手足無措的類型。只不過東並沒有實際看過這樣的場面。

「你有喜歡的女生嗎？」

「大白天的……拜託別問這種事。」

聽到小川這麼回答，東終於瞭解了。

「原來有啊。」

「不是啦，我是說……」

「是怎樣的女生？」

「東股長……請你別再說了。」

「下次讓我見見她。你也要聽聽上司的意見。」

「真是……傷腦筋。」

根本沒什麼好傷腦筋的，這種事最好公開。尤其在警察這樣的組織內，更需要公開。

不論有沒有女友，東原本就在某件事上對小川有「疑問」。

那是前年五月，當時小川還在新宿六丁目的派出所。東被捲入了某個陰謀，面臨了生命的危險。當時，把可以稱為「護身符」的重要文件送到東手上的不是別人，正是小川。

整件事落幕之後，東認為是「歌舞伎町七刺客」，或是在其中擔任重要角色的陣內陽一保護了自己。也就是說，小川也可能以某種方式和「七刺客」有關。還是說，小川只是剛好在那天晚上把文件送到東手上？

簡單地說，東就是因為這件事才會推薦、拔擢小川成為刑警。小川之前就希望能夠調到刑事課工作。雖然不算是為「護身符」的事道謝，但東還是認為可以協助他實現心願。另一方面，東希望把小川留在身邊近距離觀察。不，以比例來說，後者的比例更高。小川到底和「七刺客」有沒有關係——。

但是，這個疑問和小川與怎樣的女人交往並沒有關係。

說白了，那只是東個人的好奇。

隔天七日在分局值勤，必須即時處理轄區內發生的所有刑事案件，所以基本上並沒有時間偵訊矢吹和其他嫌犯。應該說，根本沒空做這些事。

這天的第一起案子，是在新宿車站東口附近。有兩名上班族發生打架糾紛。簡單來說，事情的過程就是——

四十六歲的男性上班族拎的皮包有點舊了，用來固定吊飾的金屬環有點歪掉，結果勾到了三十二歲的男性上班族羽絨衣的袖子，而且很不幸地撕裂了尼龍布料，裡面的羽毛都飛了出來。三十二歲的男子叫住了四十六歲的男子，問他：「你打算怎麼處理？」四十六歲男子完全沒想到自己皮包上的金屬環會勾破對方的衣服，回答說：「你不要隨便找麻煩。」然後轉身準備離去，三十二歲男子當然不可能讓他離開，用力想要拉住他，結果不慎太用力，讓四十六歲男子跌倒在地。四十六歲男子怒不可遏地抓住三十二歲男子，兩個人就這樣打了起來。

東負責四十六歲男子，竊盜股的巡查部長負責向三十二歲男子瞭解情況。十一點多，才終於處理完這起案子。

接著是北新宿二丁目一家拉麵店的闖空門案子。老闆傍晚去店裡準備開店營業時，發現放在收銀機內十二萬圓左右的營業收入，以及掛在牆上的「開運大金幣・小金幣」匾額不見了。

「大金幣和小金幣是真的嗎？」

白白胖胖、個子矮小的老闆搖了搖頭。

「刑警先生，那種東西是真是假並不重要。那是我開這家店時，我的師父送給我的賀禮，所以很珍貴。」

「但是，老闆，假金幣和真金幣被偷，事情的嚴重性不一樣。如果是真金幣，損失金額可能數十萬圓，搞不好會數百萬圓。」

「不，不可能有數百萬圓的價值，我師父很吝嗇。」
「你能不能向你師父確認一下，大約價值多少錢？」
「不可能，他三年前已經死了。」
下午一點半，才終於處理完這起案子。他正打算先回分局吃午餐，卻接到了電話。是新宿分局打來的。難道又發生了什麼刑案？
「喂？」
『我是篠塚。東哥，你幾點回來？』
「我正打算回去。」
『是嗎？太好了，那就等你回來。』
「發生什麼事了嗎？」
『對，代代木發生了命案，打算成立特搜（特別搜查總部），我們這裡也要派三個人手去支援。』
那的確是大事。
回到四樓的刑事課，發現各股的統括股長和股長都聚集在飯坂課長的辦公桌前。
「不好意思，我回來晚了。」
東點頭向大家打招呼後加入眾人，飯坂突然指著他說：

「東，你不是認識那個叫上岡慎介的獨立記者嗎？」

上岡慎介怎麼了？

「是啊，我認識他。」

「被殺的就是他。」

「啊……」

東覺得好像有冰冷的風夾帶著碎沙，拍打著自己的肌膚，從臉頰吹向耳朵，繼續吹向脖頸後方。

「什麼時候？」

「今天一早。……你最近和那個姓上岡的見過面嗎？」

「對，前幾天才見過他。」

「幾天前？」

那是開始偵訊矢吹的前一天。

「三天前。」

「你有沒有什麼想法？」

「……不，並沒有什麼特別的想法。因為他是獨立記者，我完全不知道他平時的生活，和什麼人來往……」

上岡在記憶中的臉似乎突然模糊起來。

上岡向來都理短髮，但並沒有理得很整齊。感覺像是原本理得很短，後來長長了。也許是因為這個原因，所以額頭看起來比較寬。他是雙眼皮，眼尾有點下垂。雖然年紀並不算大，但法令紋很深。也許是因為這個原因，所以覺得他長得有點像「烏龜」。

上岡短髮的龜臉漸漸遠去，愈來愈小。

「……課長。」

東向飯坂走近一步。

「什麼事？」

「請派我去代代木特搜支援。」

「我就知道你會這麼說。」

飯坂立刻巡視其他統括股長和股長。

「對方希望我們派三個人支援。除了東以外，還有……竊盜股怎麼樣？」

竊盜股的名倉統括股長微微偏著頭說：

「如果可以，我們這邊……之前剛派前島去四谷的特搜，如果人手繼續減少，就無法輪班了。」

智慧犯罪搜查股股長森山統括聽了之後，也點著頭說：

「我們也一樣，坂口和山崎去特殊詐欺的共搜（共同搜查總部）支援，老實說，人員有點吃緊。也因為這個原因，太田和關川這陣子幾乎無法休假……他們的氣色都愈來愈差了。」

飯坂低吟了一聲，點了點頭。

「看來智慧組沒辦法派人力支援。」

「我們甚至希望有人員來支援。」

「地域課有沒有人有搜查的經驗？」

「喔，」智慧組的稻葉股長叫了一聲。

「東口派出所的新藤股長以前在部長（巡查部長）時代是在刑事部。我記得他當時在特殊組（特殊犯罪搜查股）。」

旁邊的竊盜股股長井出猛然抬起頭說：

「對了，之前聽神社前派出所的水澤說，他也有刑案的經驗，但我忘了他之前在哪裡。」

飯坂再度點頭。

「那就再調查一下，由我來詢問。我們這裡就先派東股長去支援。」

「好。」

沒想到上岡竟然被殺了——。

東很清楚，目前自己還沒有加入特搜，即使再怎麼想也無濟於事，但思緒依然在上岡的命案上打轉。

他為什麼被人殺害？是在哪裡、怎樣被殺害的？凶手是單獨犯案？還是有好幾個人？凶器是什麼？刀子、手槍、鈍器毆打、絞殺，還是被動了手腳，假裝是墜樓自殺？

傍晚，他終於有機會看了幾分鐘的新聞報導，但並沒有看到上岡命案的相關報導。雖然只要向相關人員確認，或許可以打聽到一些情況，但反正明天早上就會加入特搜，馬上可以掌握目前所知的情況。現在再怎麼想也是白費力氣，根本沒必要著急。目前的當務之急，是必須處理在離開新宿分局之前應該完成的工作。做完該做的事，再去特搜──。

雖然這麼想，但還是發現自己不自覺又在想上岡命案的事。「別想了。」他這麼告訴自己，再度埋頭文書工作。但是，過沒多久──他又故態復萌，終於到了即將下班的五點零五分。

「東哥，可以打擾一下嗎？」

回頭一看，篠塚統括走到他身旁。他的兩道眉毛微微用力。東立刻知道，應該不是什麼好事。

「是……有什麼事嗎？」

篠塚用食指指向門口。

東點了點頭，站了起來，兩個人一起來到走廊。原本以為篠塚會在沒有人的地方停下腳步，沒想到篠塚沿著樓梯下了樓。

「統括，要去哪裡？」

「局長室。」

原來是這麼一回事。

來到二樓的局長室，篠塚敲了敲門。

「我是篠塚。」

「……請進。」

「打擾了。」

一打開門，發現高柳局長、三上副局長、飯坂刑事課長已經坐在沙發上。

「來……坐下吧。」

在高柳的邀請下，東和篠塚一起坐在左側的三人沙發上。

最先開口的也是高柳。

「看到這些成員，你應該猜到是什麼事了吧？」

這個人遇到難以啟齒的事，向來不願主動開口嗎？

「……請局長有話直說。」

三上皺了皺眉頭。飯坂微閉著眼睛，面無表情，似乎決定置身事外。

高柳微微吐了一口氣之後說：

「那……我就長話短說。今天下午，刑事課討論了派人支援代代木特搜的事，聽飯坂課長說，當時你主動提出願意去支援。……簡單地說，就是這件事取消了。你要繼續負責偵訊矢吹近江。」

走進局長室之前，他就猜到是這件事了。

「可以請局長說明原因嗎？」

飯坂露出「看吧，我就知道」的表情，用鼻孔噴了一口氣。他可能剛才就已經表示，即使局長這麼說，東也不可能輕易接受。

高柳誇張地挑起兩道眉毛說：

「因為你要繼續偵訊矢吹近江啊。」

「這是這麼重要的任務嗎？」

「難道你認為獨立記者的命案很重要，妨礙警察執行公務不重要嗎？」

真不想玩這種無聊的文字遊戲。

「妨公的立案並不困難。而且，矢吹已經遭到逮捕，也已經拘留他了，接下來剩下好好偵訊寫筆錄，讓他蓋手印而已。但是，殺人命案不一樣。轄區警局和機搜（機動搜查隊）在第一波偵查中並沒有抓到嫌犯，所以才會成立特搜。這麼說聽起來像在說大話，但我曾經三度在警視廳當刑警，而且一直在重案組和凶殺組，一定能夠成為戰力。」

「我知道。」

別人說話時不要亂插嘴，要把話聽完。

「而且，我私下認識上岡慎介這個人。三天前，我還在新宿郵局附近的餐廳和他見面、聊天。雖然並沒有因為這樣就猜到凶手，或是知道他為什麼遭人殺害，但一定對搜查有幫助。……我再度重申，我是凶殺案的專家，再加上認識上岡慎介。拜託局長，請讓我去代代木特搜。」

高柳微微偏著頭，似乎感到不解。

「要說凶殺案的專家，特搜總部當然也會有搜查一課的人，根本不需要派你去。我記得好像是八股……一個姓勝俣的主任所在的那一股，我相信這方面你應該更清楚。」

勝俣。原來那個勝俣健作加入了特搜總部。

憤怒的火舌舔著東的臉。

勝俣、勝俣、勝俣。絕對不能原諒這個人——。

「……東哥。」

東可能在不知不覺中變了臉，身旁的篠塚一臉擔心地看著他。

「……是。」

「怎麼了？」

「不……沒事。」

東心裡很清楚，自己聽到勝俣的名字，情緒失控地氣得發抖，在幾位長官面前亂了方寸。但是，現在必須冷靜思考。沒錯，必須認真思考。

勝俣原本在公安部門工作，和黑道關係匪淺，會不擇手段達到自己的目的。姑且不論私人感情，最好不要輕易和他有任何牽扯。

即使能夠如願進入特搜，東也只是轄區分局派去支援的人員。但勝俣是搜查一課凶殺組的主任，主導搜查第一線的工作，更何況勝俣向來擅長踰越職權，掌握搜查總部。如果是以前，東還是凶殺組主任的話，多少還能夠和他對抗，但目前的狀況下，東並沒有勝算。搞不好勝俣會為了陷害東而故意改變搜查方針。

眼下似乎採取劍術中因應對方劍法的「後之先」這個招術為宜。

「……我知道了。」

聽到東這麼說，高柳、三上、飯坂和篠塚四個人同時抬起了頭。

高柳把手肘放在膝蓋上，探出身體問：

「你的意思是？」

「我會按照局長的指示去做。我會留在局裡，繼續偵訊矢吹近江……」

室內的空氣頓時變得緩和，東立刻繼續說道：

「但是，請派刑事課重案搜查第一股的小川幸彥巡查部長去代代木的特搜。只要接受這個條件，我就會接受局長的命令，全力偵訊矢吹近江。怎麼樣？」

「喔。」高柳點了點頭，依次看向飯坂和篠塚，觀察他們的反應。

另外兩個人對小川進入特搜也沒有異議。

3

二月七日，星期五。

陣內在傍晚五點左右，走出了位在大久保的公寓。今晚店裡的下酒菜都裝在保鮮盒內準備帶去，所以不太方便去其他地方，最多只能去便利商店買本週刊雜誌，或是去歸還借了很久的DVD。

他在五點半左右來到店裡。

他把鑰匙插進用黑色油漆寫了「艾波」兩個字的乳白色鐵捲門。不知道是否又生鏽了，推起來時很不順暢。希望只要加點油就可以改善，否則就要請業者來修理。一想到這件事，心情就有點沉重。

「嘿……喲。」

他用單手把鐵捲門往上推，打開電燈的開關。因為樓梯很窄、很陡，手上拿東西時，必須傾斜著身體往上。
來到二樓，用另一把鑰匙插進左側的拉門時，樓下傳來聲音。
「啊，陣哥，你這麼晚才來。」
轉頭一看，杏奈已經開始上樓。
她的聲音格外開朗、大聲。而且今天並沒有叫酒，她來幹什麼？發生了什麼事嗎？
陣內打開拉門，也打開了酒吧的燈。
「……對不起，我剛才做菜花了一點時間。」
當杏奈走近時，發現她的表情果然不對勁。陣內先讓杏奈走進店裡，自己也立刻走進店內，關上了門。
杏奈一副快哭出來的樣子。
「……怎麼了？發生什麼事了？」
杏奈突然抱住陣內。陣內手上裝了菜的保鮮盒差點掉到地上。
「杏奈，妳怎麼了？」
他用一隻手推開杏奈，看著她的臉。然後把手上的東西放在吧檯上。
「杏奈。」
「剛才……小川傳了訊息給我……」

淚水順著她白皙的臉頰滑落，滴在地上。

杏奈從口袋裡拿出手機，稍微操作後，把手機螢幕遞到陣內面前。

「上……上岡先生……在代代木、被人殺了……」

「啊？」

陣內接過手機，看了訊息的內容。

【齊藤杏奈小姐

不好意思，突然傳訊息給妳。我長話短說。今天早上，在代代木分局轄區內發現了上岡先生的屍體，遭人殺害的可能性很高。原本預定東股長去代代木支援，但目前改變原定計畫，可能派我去支援。一旦瞭解新的情況，我會主動再和妳聯絡。

小川幸彥】

訊息的內容既不像是開玩笑，也不像是搞錯了。

杏奈抓住了陣內夾克的衣襟。

「他說上岡先生被殺了，這到底是怎麼回事？」

「我也不知道。」

「因為他是『歌舞伎町七刺客』？還是因為他是『眼』，所以才會遭到殺害？」

下面的鐵捲門敞開著。雖然杏奈說話的聲音並不大，但還是得留意說的話。

陣內用雙手抱住杏奈。

「……不知道，我也才剛得知這件事……目前的階段，小川也還搞不清楚狀況。因為他是新宿分局的刑警，但上岡是在代代木分局的轄區內遇害。在他去那裡支援之前，應該還不知道死因和其他情況。」

杏奈在他胸前抬起頭。

「但是……他說、上岡先生被殺了……」

「目前只知道這件事。遇到這種事件，必須經過驗屍、法醫解剖等各種手續，在結果出爐之前，我們很難多說什麼……」

陣內也覺得自己很一廂情願。

平時，自己都是取人性命的那一方。每次都會偽裝屍體和現場，即使屍體被人發現，也不會知道是遭到殺害。而且到目前為止都非常成功。自己有一部分是嘲笑警方搜查能力的極限，另一部分也期待警方犯下疏失，讓自己躲過一劫。

然而，這次的情況不一樣。他很希望警方能夠查明上岡的死因，清楚瞭解犯案的過程。

杏奈用力抱住了他。

「陣哥……該不會連你，也被殺……」

杏奈的母親死在以前的夥伴手上。在她母親死後，一直把她養育到二十一歲的齊藤吉郎也被同一個人殺害。陣內殺了那個人報仇。

不希望再看到家人和夥伴遭到殺害——。
陣內知道，杏奈心裡一直這麼想。
「……別擔心，我不會這麼輕易被人幹掉。杏奈，妳也不會有問題。我會保護妳。……我會不計一切保護妳。」
但是，殺手的世界沒有所謂絕對。
正因為這樣，上岡才會遭到殺害。

陣內聯絡了市村。由市村負責通知聖麒和次郎。
『我看大家還是聚一下。』
市村的反應在陣內的意料之中。
「你應該不會忘記。牧子和佑崇也是在大家聚在一起的時候被人殺害的。」
牧子是杏奈的母親，佑崇是當時擔任「手」的年輕人。那次不光造成了牧子和佑崇死亡，陣內也全身燒傷，差點送了命。
『你該不會在懷疑我？』
「我不是這個意思。我是說，不希望聚在一起的時候被人一網打盡。」
『我當然會考慮到這些問題。比方說，我最近在原宿弄到一家KTV，即使聚在那裡，也不會引起注意。』

雖然所有人聚在一起令人不安，但如果不聚一下，也同樣感到不安。正如杏奈所說，目前並不知道上岡因為是「歌舞伎町七刺客」的成員才會遭到殺害，還是因為完全無關的個人因素遇害。其他人聚在一起，光是確認彼此的平安也有正面的意義。

最後，他同意了市村的提議，決定約在原宿的KTV見面。時間約在明天天亮之前，市村說會預約三樓最裡面的包廂整晚，幾點到都沒關係。但今天是星期五晚上，陣內必須在「艾波」顧店，最早也要凌晨一點多才會打烊。陣內這麼說之後，市村回答說：『那就兩點左右吧。』然後，便掛了電話。

沒想到星期五晚上，客人竟然沒有預期那麼多。九點半左右，四名劇團的老主顧在排練結束後來店裡喝酒，順便討論事情，由於其中一個人在十一點左右說「想睡覺」，其他人就說，今天大家都早點回家，也因此，在十二點之前，店裡就沒有客人了。陣內很擔心萬一又有客人進來，可能會坐很長時間，所以送走那四名客人之後，立刻拉下了鐵捲門。

他簡單洗完了碗盤、杯子和空保鮮盒，在十二點半已經換好衣服。他搭計程車來到原宿，找到市村指定的那家KTV時，一看手錶，剛好凌晨一點。

他打電話給市村，幸好市村已經在包廂了。

『你對櫃檯說，不唱KTV的個人預約，他們就會讓你進來。』

「這樣說就行了嗎？」

『因為這裡平時不接受不唱KTV的個人預約。』

陣內很懷疑這句暗語有沒有用，但他按照指示在櫃檯說了那句話，二十出頭的年輕女店員立刻滿臉笑容地告訴他：「請去三樓最裡面那間三〇九包廂。」

上樓一看，三〇九包廂看起來只是普通的KTV包廂，和其他包廂並沒有什麼不同。但因為在走廊盡頭，不必擔心其他客人經過時探頭張望。而且，旁邊就是逃生門，即使遇到狀況，應該也可以馬上逃走。

市村坐在門對面，兩條短腿誇張地翹著二郎腿，仰躺在沙發上。

「……不好意思，沒想到今天很快就打烊了。」

「我就猜到會有這種事，所以特地提早來這裡。」

沒想到幫派大哥這麼閒。陣內的腦中浮現這句話，只是沒說出來。

包廂內的沙發在茶几周圍圍成「ㄇ」字形，可以輕鬆坐七、八個人。陣內在和市村之間空了兩個座位的地方坐了下來。

「有沒有掌握什麼新的情況？」

市村伸手拿放在桌上的菸盒，搖了搖頭。不知道是否因為臉上冒著鬍渣的關係，還是因為有點疲累，他看起來比平時蒼老。但其實他比陣內年輕四歲。還不滿四十八歲。

「除了電視的新聞報導說的那些情況以外，什麼都不知道。」

「……新聞有報導這件事？」

「很簡短。據說他是在代代木的週租公寓遇害。凶手是三個蒙面人。從大門大搖大擺地進入。顯然一開始就打算殺他。」

週租公寓應該有監視器，但既然凶手蒙面，監視器就失去了意義。

市村吐了第一口煙，轉頭問陣內：

「……你最近有沒有和上岡見面？」

「有啊，上次的隔天，他來我店裡。」

上次是指之前收拾渕井敏夫三個人的那一次。

「他有沒有說什麼？」

那天晚上，有幾個學生先來到店裡，之後上岡才進門。

「他背了一個很大的包包。那個肩背包裡面塞滿了東西，好像裝了工作上的東西。」

「他看起來很忙嗎？」

「他是這麼說的。」

「你有沒有問他在忙什麼？」

「他說在採訪反美軍基地的示威遊行……還說如果順利的話，想要寫一本書之類的……」

對了，忘了重要的事。

「那個，我和上岡聊天時，土屋昭子走了進來。」

市村挑起單側眉毛。

「土屋？就是在那個……NWO的女人嗎？」

New World Order——翻譯成中文，就是「新世界秩序」。

「對，當時只是在聊工作的事。土屋說，如果想寫遊行的書，讓我也摻一腳。」

「那個女人知道上岡是我們的成員嗎？」

「不清楚。但是當時聊天時，感覺並不知道。雙方都高來高去。」

「上岡怎麼回答？」

「回答什麼？」

「土屋說想要摻一腳的事啊。」

「他拒絕了。說因為她太危險了，才不要和她合作……雖然不知道這句話真正的意思是什麼。」

市村偏著頭說：

「也對……姑且不說NWO的事，我也不時聽到土屋昭子的傳聞。」

「什麼傳聞。」

市村又抽了一口菸，在菸灰缸裡捺熄了菸蒂。

「不管她採訪的對象是不是幫派，她都長驅直入，問完想問的問題之後就拍拍屁股走人……不知道是不是該說她膽子很大。雖然她沒有公開表明NWO是她的後台，但任誰都嗅得出她背後有很厲害的大哥在撐腰。還有人說，她去採訪之前，大和會的人會打電話給對方，叫對方不要為難她。」

市村突然看了一眼桌子。

「……你要喝什麼？」

「現在還不要。」

市村點了點頭，繼續問他：

「他還說了些什麼？」

「你說上岡嗎？」

「對啊。」

「還說……喔，他在臨走時，說同時也在採訪祖師谷一家命案。不，好像只是說，他對那起命案有興趣。」

「到底有沒有啊？」

「誰記得那麼清楚啊，我當時並沒有仔細聽。」

陣內做夢都沒有想到，上岡會被人殺害。

市村發出了低吟。

「……陣哥，你有辦法聯絡到土屋昭子嗎？」
「可以啊。而且之前也曾經潛入她家。」
「那就去探探她的口風。反正我們也抓到了她的把柄。所以照理說，她應該不會有什麼激烈的反應。」
這時，聖麒和次郎才終於一起現身。次郎一進門，整個包廂就感覺很擁擠。
聖麒輪流打量著市村和陣內說：
「老人都這麼早到嗎？」
「少囉嗦。先坐下。」
這兩個人原本是市村個人養的手下，跟組織無關，有點像是私人的保鑣。也許是因為這個緣故，聖麒雖然說話沒大沒小，但現在基本上仍然很聽從市村的命令。
市村挪了挪座位，聖麒和次郎依次坐了下來。
聖麒的表情很嚴肅。顯得焦慮。
「……上岡遭到殺害，到底是怎麼回事？」
市村搖了一下頭。
「目前還不知道，你們有沒有看新聞？」
「你叫我看，所以我打開了電視，但只看到花式滑冰的比賽結果。……應該不至於波及到我們吧？」

「目前還不知道。」

不一會兒，杏奈也走了進來。她看起來比傍晚時更加沮喪。

市村問：

「總指揮，小川呢？」

「他說這一陣子沒辦法過來。……因為他進了特搜，就是搜查總部，叫我盡可能不要主動聯絡他……他有消息，會主動和我聯絡……」

她在說話時，巡視著包廂內。

「所以，這五個人是全部……感覺、好像、突然變少了……」

她並不是開玩笑，好像隨時都會哭出來。

聖麒瞪著杏奈說：

「妳整天露出這麼鬱悶的表情，小心也會被幹掉。妳是總指揮，要打起精神。」

「嗯……對不起。」

杏奈坐在陣內旁邊，終於準備就緒。

市村清了清嗓子說：

「那我先說一下目前掌握的情況……」

他其實只是把從新聞中看到的內容，以及剛才和陣內的對話重複一遍而已。

反而是聖麒補充了一些情況。

「……既然成立了特搜總部，就會向所有的相關人員瞭解情況。陣哥，要有心理準備，他們很快就會查到上岡經常去你店裡。你要先想一下，哪些事情可以說，哪些情況不可以說。……另外，總指揮，妳也因為町會和各種活動的關係，和上岡有表面上的交集，所以可能也會去找妳，妳也要做好準備。不過，只要妳露出像現在這樣的表情，就不會遭到懷疑。最多會讓人覺得妳是個多愁善感、心地善良的大小姐。」

「不，」市村探出身體。

「太有準備似乎也不太好。上岡在歌舞伎町人脈很廣，幾乎沒有人不認識他，他也會插手公共政策，所以，不妨認為警方理所當然會來打聽他的事。」

聖麒好像在趕蒼蠅似地搖著手：

「大哥，你似乎也搞不清楚狀況。警方的組織搜查會四處撒網，然後再篩選有問題的傢伙，最後鎖定有嫌疑的人，一次又一次重複這樣的過程。萬一不小心被警察纏上，你倒是試試看。結果可能會因為無關緊要的事被警方注意，發現上岡在暗地裡為殺手集團牽線，結果就順藤摸瓜，發現關根組的老大，還有『艾波』酒吧的店長，以及信州屋酒鋪的年輕女老闆都是同夥。」

「但是，」杏奈插嘴說：

「小川就在特搜……」

聖麒用力搖著手說：

「不行不行。他這種剛從派出所升上去的巡查部長，根本發揮不了什麼作用。最多只是帶路，讓他寫一下無關緊要的報告而已……總之，我會去瞭解目前警方的動向。不管怎麼說，我也算是老同行。用聞的就可以聞出對方是不是條子……次郎，對不對？」

旁邊的次郎默默點頭。雖然沒有當面確認過，但從聖麒的日常言行判斷，次郎以前應該也是警察。

如今卻是「收拾」手法令陣內嘆為觀止的職業殺手。

這就是所謂的深藏不露——。

這個世界上，有太多令人匪夷所思的事。

4

二月八日，星期六。

按照規定，在分局內值勤只到上午十點半，但實際上從來不曾這麼早結束過。因為必須親自寫完負責處理的案子的相關文件，有時候還必須跑去地方法院和家庭裁判所申請逮捕令和其他行政命令。運氣好的話，偶爾能在中午之前完成這些事，但通常都會到傍晚，幾乎到正常下班時間才處理完畢。尤其新宿分局要處理的案子特別多，所以值勤時，比其他分局更累人。

而且，這次值勤中途，小川去了特搜，所以就更忙了。

「我先走了。」

「辛苦了，路上小心。」

東向負責警備的生活安全課巡查長打了招呼後，離開了分局。

身體的確很疲累。全身好像有點發燙。他最近才發現，除了運動以外，長時間坐在辦公桌前工作，體內也會累積乳酸。所以說，現在是因為乳酸的關係，才會感覺像在發燒嗎？

雖然身體疲憊，但腦袋卻特別清晰。在向被害人瞭解情況時，或是在寫資料時，腦袋的某個角落始終都在思考上岡的命案。

一看手錶，已經傍晚六點十分了。不知道代代木特搜目前的情況怎麼樣。

提早結束的偵查員應該已經回總部了，但通常都在晚上七點過後才回特搜總部。偵查會議會視人數，在七點半左右，最晚在八點召開。所有偵查員會在會議上報告一天搜查的情況，有時候可能會持續三、四個小時。完全要看狀況，不一而足。

偵查會議結束後，大家會在禮堂吃飯。一邊喝罐裝啤酒，一邊配便當，三五成群地繼續討論案情。回來晚的人會加入討論，蒐集自己漏聽的情資。幾名主管會利用這段時間在資訊組或是另外的房間舉行幹部會議。下面的人在吃完晚餐後，就借用分局的浴室洗澡，或是直接在分局的道場鋪被子睡覺。
小川的情況怎麼樣呢？
他這個人不太擅長社交。雖然會認真完成交給他的工作，但其他偵查員在討論時，他應該不會主動加入，也不會表達自己的意見。既然這樣，也許半夜十二點左右約他出來比較妥當。
東用手機查了一下，發現代代木分局旁就有一家居酒屋，但太近反而不好，所以還是在離分局最近的初台車站找一家餐廳比較好。剛好發現有一家不錯的串燒店。
東走到新宿車站，從那裡搭了一站——還來不及傳訊息，就到了初台車站。走出車站，立刻就走進那家串燒店。
「歡迎光臨。」
他要求坐在餐桌座位，如果需要等很久，到時候再換其他店。他做好了這樣的打算，點了幾串串燒。至於飲料，只點了烏龍茶。
這時，他才終於靜下心來傳訊息。
【今天晚上想和你聊聊。我在初台車站附近，你幾點過來都沒關係。等你聯絡。東】
小川會怎麼接招？

晚上九點三十二分時，接到了小川的回覆。

【辛苦了。剛開完會。看目前的情況，大約一個小時後可以到。請問地點在哪裡？小川幸彥】

沒想到偵查會議這麼快就結束了。所以，小川要十點半左右才會到。

東回覆了目前這家全國連鎖居酒屋的店名、地址和電話。剛才那家串燒店生意很好，他不便獨自長時間霸占一張餐桌，所以就來到對面這家居酒屋。因為剛好有空包廂，這裡反而更方便談事情。

小川如約在十點半現身。

「辛苦了……不好意思，讓你等這麼久。」

「不必放在心上。我約你之前，就知道特搜會是什麼情況。不管幾個小時，我都會等你。而且我沒想到你這麼快就可以到。」

說完，東把手邊的菜單遞給小川。

「吃過飯了嗎？」

「嗯，吃了點便當。」

「沒喝酒嗎？」

「還沒有。」

「那就喝吧。」

小川瞥了一眼菜單，決定喝生啤酒。東點了燒酒兌熱水。

「再點一些菜吧。」

「好，那就點什錦串燒……要不要兩人份？」

「不，我剛才已經吃過了。來點醬菜就好。」

「好，那就……」

小川叫住了剛好經過的店員點了菜。

雖然東不覺得口渴，但還是把剩下的烏龍茶喝完之後才開口。

「……情況怎麼樣？目前知道多少？」

小川用力皺起眉頭。

「……搜查情況不是不可以對外透露嗎？」

「我又不是外人。」

「但對特搜來說……」

「少講道理了。原本是我要進特搜的，而且，我在命案發生的三天前，曾經和上岡見過面，特搜的人早晚會因為這件事來問我，我不可能只說不問。雖然不知道會派誰來問我，也不是要和對方談什麼交換條件，但我一定會問他案情……但如果你向我報告了相關情況，我就可以省下這個工夫。」

小川想了一下後，點了點頭說：「好，我知道了。」

他從包包裡拿出記事本，翻到中間左右說：

「首先……命案現場是代代木三丁目◎之▲，代代木月租公寓二〇五室。你知道監視器拍到了幾名凶手的身影嗎？」

「新聞中有提到。」

「其實，和上岡一起在現場的，並不是只有那三個人。」

東感覺有點不對勁，但並沒有插嘴，讓小川繼續說下去。

「那個房間是以齊藤雄介的名義租的，在入住時填寫的地址是假的。管理員說，那個自稱是齊藤雄介的人是上岡……」

小川說到這裡，似乎也發現自己說錯了。

「……不是上岡，而是另外的人。上岡只是去那裡而已。七日凌晨四點零七分去那裡，然後一直待在二〇五室。三個蒙面人是在凌晨五點十三分出現。那棟公寓的管理員上班時間從上午九點開始，所以那時候管理員並不在櫃檯。入口是普通的自動門禁系統，外來客和各個房間的人聯絡後，可以由房間內的人打開，所以，為那三個蒙面人開門的應該是上岡或是齊藤。」

飲料送了上來。東接過來，把生啤酒遞給小川。

「不好意思，謝謝。」

「對了，那個……」

東稍微壓低了聲音。

「……是用什麼蒙面？」

「嗯，」小川停頓了一下：

「影像的解析度並不是很理想，所以看得不是很清楚……好像是動物的皮縫製的頭套。」

「什麼東西啊？」

「恐怖片裡會有這種角色。不知道頭套是買現成的，還是他們自己動手做的，總之品質很差，這反而讓人覺得很可怕……沒錯，真的很可怕。」

「應該有追蹤周圍的監視器吧？」

「對，目前由ＳＳＢＣ（搜查支援分析中心）負責，只是現階段還沒有查到任何結果。」

「上岡住在哪裡？」

「高圓寺南。」

「有沒有去搜索他家？」

「去了，目前並沒有發現任何有用的線索，但帶回了他的電腦，清查電腦內的資料後，可能會發現什麼線索。」

「這樣啊。」

用動物皮縫製的頭套到底是怎樣的東西？東完全無法想像。

「……我知道了，你繼續說下去。」

「好，那……就說死因？」

「好。」

「凶器是刀子。長度約十公分左右，刀子本身並沒有很長。上岡似乎奮力抵抗，手臂、肩膀和頭部都有多處防衛造成的傷痕。最後……在他無法動彈之後……他的臉……應該是臉頰、被刺……還有腹部，中了、十一刀……因為、出血性休克而死亡。在他死後……心臟、又挨了一刀。可能是凶手、為了以防萬一……」

小川在陳述時結結巴巴，代表他還很嫩。

「那個自稱是齊藤的人呢？」

「那個男人……和三個蒙面人一起，走出了公寓。」

「有拍到他的臉嗎？」

「拍到了，但因為大部分時候都躲在另外三個人背後，所以不知道能不能看得清楚……」

「是被另外三個人綁架，還是和他們聯手？」

「目前、還無法斷定……」

「還知道什麼？」

小川把記事本翻了一頁。

「上……上岡是岐阜縣出身……他老家、還有父親……」

這些事並不重要。

「小川……你認識上岡嗎？」

小川猛然抬起頭，但又立刻低下了頭。

東看到他的動作，就知道了答案。

「所以你們認識？」

小川沒有回答。

「為什麼不承認？難道是不方便讓我知道的關係嗎？」

東問出口之後，才恍然大悟。

之前就懷疑小川和「歌舞伎町七刺客」有關係，也許上岡也一樣？小川和上岡是透過「歌舞伎町七刺客」而有交集的嗎？

「歌舞伎町七刺客」的中心人物，就是陣內陽一。

看來必須向他確認。

陣內擔任店長的那家酒吧「艾波」是哪一天公休？整個歌舞伎町在星期一的生意最差，今天是二月九日星期天，雖然生意應該不像週末那麼好，但還是有可能開店，所以只能去確認一下。

五點半之前，東都在分局內處理文書工作。原本可以更早結束，但兩名代代木特搜的偵查員上門，向他瞭解這個月四日，和上岡見面時的情況，所以他說出了記憶所及的所有事。偵查員又問他們是什麼關係，東回答說，就是獨立記者和警察的關係，僅此而已。兩名偵查員在下午四點離開。他們離開之後，東繼續做手邊的文書工作，猛然抬頭時，發現已經五點半了。他慌忙收拾了一下，離開了新宿分局。

他在晚上六點時來到新宿黃金街，走到位在中心的花園三番街中央，看到「艾波」的鐵捲門已經拉了起來。

今天似乎有營業。

他走了過去，發現樓梯亮著燈。樓梯踏板是厚實的木板做成的，無論再怎麼躡手躡腳，走上樓梯時，一定會發出腳步聲。東覺得這點很像是陣內的作風。

他來到二樓，發現店門敞開著，似乎還在準備。

他探頭向門內張望，蹲在吧檯內的陣內立刻發現了他，直起了身體。

「……東股長。」

「你好，還在準備嗎？」

「不，已經差不多了。請進……歡迎光臨。」

陣內說著，打開了身後櫃子的燈。原來是這盞燈的關係。剛才沒有打開，所以看起來像還沒開始營業。

「那我就不客氣了……門要關上嗎？」

「好，麻煩你。我剛才只是開著門透氣，現在可以關起來了。」

這裡並不需要特別選座位。吧檯前有六張高腳椅，無論坐在哪一張椅子上，都可以和陣內聊天。

東脫下大衣，坐在倒數第三張椅子上。

陣內瞥了一眼東的衣服。東今天穿著西裝。

「你剛下班嗎？」

「不，今天我休假。」

至少在排班表上，他今天是休假。

「難得的休假日，你特地來小店捧場嗎？真是太感謝了。」

陣內微微點頭致意，把酒單遞給了東。

「要喝什麼？麥卡倫的話，目前只有十二年份的。」

「那就給我麥卡倫加冰。」

「好的。」

陣內背對著東，抬頭看著放酒杯的櫃子，似乎有所猶豫。東覺得他的身材比第一次見到他時更緊實了。難道只是心理作用？

「……對了，用這個。」
陣內挑選了一個杯底很厚的威士忌杯。杯子上雕刻了樹冰的圖案，感覺很高級。
冰塊原本是很大的方塊，陣內拿起冰鑿，轉眼之間就把冰塊鑿成了圓形。
「……喔，好厲害。」
「我畢竟是靠這個吃飯的。」
陣內把冰塊放進剛才的酒杯，把麥卡倫倒入杯中，用攪拌棒攪拌片刻，等杯子表面起霧後，似乎就完成了。
「……讓你久等了。」
「謝謝，那我喝了。」
陣內又遞上一小盤綜合堅果。
要什麼時候開口？
東正在想這個問題，陣內開了口。
「……你今天上門，是為了那個……上岡先生的事嗎？」
陣內主動發問。太了不起了。他果然比小川聰明多了。
「是啊，你已經知道了啊。」
「我從出入的業者口中得知了這件事……真的太驚訝了。」
說完，他低頭看著東的手。

「……我也經常給上岡先生用這個杯子，他很喜歡。」

「原來是這樣。」

所以，陣內一開始就知道東今天上門的目的。

既然這樣，反而更容易開口。

「上岡先生最後一次來這裡是什麼時候？」

「我記得……應該是星期三。」

「所以，是他遇害的兩天前？」

「應該、是……」

「那天，你和他聊了些什麼？」

陣內猛然挺直了身體，和東之間拉開了距離。

「……這是搜查嗎？」

如果小川是「歌舞伎町七刺客」的成員，陣內應該已經知道東並沒有加入特搜總部。他是明知故問嗎？還是真的不知道？

「不，這不是搜查。我原本要負責偵辦上岡的命案，但後來取消了。」

「但你仍然在調查？」

「也不算是調查……嗯，也可以這麼說。」

陣內微微偏著頭。

「為什麼？既然不是你負責的案子，為什麼要問上岡先生在這家店，最後和我聊了什麼？」

真傷腦筋。東並沒有料到陣內會問這些問題，但是，即使對陣內說實話，也沒有什麼問題。

「你問我為什麼……這一年來，我和上岡先生偶爾會見面，相互交換情資。我認為……和他的關係算不錯。他在其他分局的轄區內遇害，我無法參與辦案……我並不是想要逞強，只是希望可以盡一點力。」

陣內微微點了點頭，看著東的眼睛問：

「我可以再問你一個問題嗎？」

「好啊，請說。」

「如果我遭人殺害……和這次上岡先生一樣，在和你無關的地方遭人殺害……你也會針對我遇害的事展開調查嗎？」

東不知道陣內到底想問什麼。難道這次舉向上岡的刀子，是針對「歌舞伎町七刺客」整體？如果是這樣，「歌舞伎町七刺客」不是應該擔心會遭到調查嗎？還是說，這句話還有更深層的意思？

但是，這只是假設性的問題。無論怎麼回答，應該都沒有大礙。東打算如實回答。

「……對，我應該會這麼做。」
「是因為你曾經多次造訪這家店嗎？」
「這也是原因之一。」
「除此以外，還有其他原因嗎？」
原來如此，他想要讓自己回答這個問題。
「……我記得以前也曾經說過……我對你很有興趣。這樣回答不夠充分嗎？」
東很清楚，這樣的回答當然不夠充分。如果可以直話直說，他很想回答，因為我知道你是「歌舞伎町七刺客」的成員之一，也知道「歌舞伎町七刺客」並非只是普通的殺手集團而已。只是他覺得，一旦這樣實話實說，某些東西就會畫上句點。
自己和陣內之間，無法知己知彼的關係剛剛好——。
這就是東此刻的心情。
陣內停頓幾秒，想了一下之後，點了點頭說：
「好，我會把能夠回想起來的事，全都告訴你……那天晚上，上岡先生差不多十點半左右，算是很早就來到店裡。背了一個很重的肩背包。……我問他包裡裝了什麼，他說是相機、文稿，還有換洗的衣服。他看起來好像很忙。」
不知道上岡遇害的那天晚上帶了什麼包。就是陣內目前說的這個背包嗎？有沒有留在命案現場？還是被那幾個凶手帶走了？

「有沒有聊工作的事？」

「稍微聊了一下。他說如果目前手頭進行的工作順利，想要寫成一本書。」

「他目前正在進行的工作是什麼？」

「他說在採訪反基地示威遊行，還有祖師谷的命案。」

「這和他包包裡的文稿有關嗎？」

「這我就不知道了。我記得他好像提到和編輯見了面。」

「哪一家出版社？」

「這我就不太清楚了……好像他沒說，我不記得了。」

這些事，晚一點可以告訴小川。

接下來，不妨單刀直入了。

「陣內先生……你知道上岡先生遇害的原因之類的嗎？」

陣內緩緩吐出一口氣，搖了搖頭。看起來不像是假裝的。

「不，我完全不知道什麼原因。」

「上岡先生那天晚上和平時沒什麼不同嗎？」

「他看起來有點疲累，不過，扛了那麼多東西走來走去，任何人都會疲累……所以，他看起來和平時沒什麼兩樣。」

東在聽陣內的回答時，注意觀察他的表情。

陣內看起來和平時沒什麼兩樣。不知道為什麼，東為此感到很不甘心。他有一股衝動，很想撕下「陣內陽一」的假面具，哪怕只是撕下一層薄皮也好。

他想要看看陣內的真心，想要看看這個男人的真面目——。

他又喝了一口麥卡倫。

「……雖然我不太想問這種聽起來好像過去式的問題……但對你來說，上岡先生是特別的客人嗎？」

陣內輕輕嘆了口氣，露出了好像預先準備好的落寞眼神。不對。東想看的並不是這張臉。

「是啊……如果要我列舉十個老主顧，他應該是其中之一。」

他並沒有發現這句話是自掘墳墓。

「那……如果列舉七名老主顧呢？」

陣內的視線立刻定住了。

就這。要切中要害了。

東又接著問：

「不，要扣掉一個人……如果是六個人，上岡先生也在其中嗎？」

陣內的雙眼發出一道——像針一樣尖銳的「氣」。那道氣並不是朝向東，而是朝向下方，刺向了他自己輕輕扶著吧檯的雙手，但是，東覺得自己的雙手，自己的指尖感受到被冰霜侵蝕般的冰冷。

就是這個。這就是這個男人的本性。

「……你問的問題很刁鑽啊。」

陣內說話的聲音也很冰冷，宛如磨得很細的冰柱。

「對不起。如果讓你感到不舒服，我道歉。但我覺得……也許我們可以在這件事上合作，所以問了這麼失禮的問題，真的很抱歉。」

東一口氣喝完了剩下的麥卡倫，站了起來。

「謝謝，多少錢？」

陣內緩緩搖了搖頭。

「今天……我請客。」

「那怎麼行？」

「你今天上門不是為了工作，對嗎？偶爾也讓我請一下。」

不知道是不是冰柱的餘音，陣內的聲音仍然冷冷地刺進耳膜。東無法繼續堅持。

「是嗎……那就謝謝招待。」

即使這樣，也不能到此為止。自己不能就這樣離開。

東再度明確地對陣內說：

「……如果你想起任何有關上岡先生的事，或是聽誰說起，請隨時和我聯絡。我一有消息，也會馬上通知你。」

東在名片上寫了手機號碼後，交給了陣內。

陣內接過名片之後，揚起單側的嘴角笑了笑問：

「這是所謂的交換情資協議嗎？」

「……你可以這麼認為。」

「今天和你說的事，可以告訴其他刑警嗎？」

陣內的聲音終於恢復了溫度。

東對他點了點頭。

「可以由你自行判斷。」

「好，那我就這麼做……謝謝你。歡迎再來。」

冰塊在杯中動了一下，發出喀隆的聲音。

原本圓形的冰塊，不知道什麼時候裂成了兩半。

5

東的鞋底離開了最後一級樓梯。防滑紋幾乎已經磨平的鞋底，踩在老舊的柏油路面，很快就消失在花園神社的方向。

陣內這時才終於用力嘆了一口氣。

他伸手拿起放在吧檯角落的紅色Lark菸，抽出一支叼在嘴上，菸的前端微微顫抖著，連他自己都覺得好笑。雖然自己完全沒有意識到，但顯然很緊張，連點菸都費了一番工夫。

他用力吐出一口煙，兩眼追隨著煙霧飄散的方向。

東弘樹。這個男人太不可思議了。

聽小川說，東並沒有加入偵辦上岡命案的特搜總部，所以原本以為即使有刑警上門瞭解情況，也會是其他刑警。陣內不得不承認，自己在這件事上太大意了。即使自己承認這一點，仍然覺得東的造訪是某種「禁忌」。

東不是為了工作，卻來打聽上岡的命案，他到底想知道什麼？難道和其他事件有什麼牽扯？還是他發現上岡的命案和「歌舞伎町七刺客」之間有某種關聯？

陣內手上有東的名片，東希望可以保持聯絡。由此可以判斷，東至少並沒有懷疑自己，也可以認為東沒有懷疑「歌舞伎町七刺客」。東知道陣內是「七刺客」的成員。雖然剛才東用了「老主顧」的比喻，但那個問題的真正意思是，「上岡有沒有加入『七刺客』？」東之所以又特地「扣掉一個人」，是在問「上岡是不是『七刺客』中扣除陣內之後的六個人之一？」

東一再強調「我對你有興趣」。那是因為知道陣內是「七刺客」的成員之一，所以才「有興趣」。

既然是刑警，可以展開搜查。抓住自己和其他人的尾巴，然後一網打盡。但是，東似乎並沒有這個意願。「七刺客」過去曾經幫助過東，東之前也曾經在言外之意中透露，他對此感激不盡。但是，刑警這種人，不可能輕易放過以殺人為業的集團。

陣內也對東這個人很有興趣。如果告訴其他成員，恐怕會遭到圍攻，但他很希望東知道自己是什麼人。希望他知道「歌舞伎町七刺客」的真相，希望獲得他的認同。

當然，陣內並沒有實際向東說明。一旦真的說出口，東不可能放過陣內，一定會立刻逮捕、偵訊他，而且會毫不猶豫地把他送上斷頭台。

這個人，不好對付啊。陣內小聲嘀咕著。

香菸不知道什麼時候已經燒到了濾嘴。

隔天星期一，原本打算公休，但下午去東急手創時，衝動之下買了一盞裝飾燈，帶回住家也無處可放，於是還是來到黃金街。

陣內平時不會衝動購物。顯然最近不太正常，他提醒自己必須小心謹慎。把燈拿出來，決定放置的位置後，今天就先回家——。

他買的這盞燈叫做「LED立方體蠟燭」，是乳白色的半透明立方體，打開燈，就會發出像蠟燭般淡橘色的燈光。連續按開關，會切換到可以像蠟燭的光般搖曳的模式。

雖然也有可以發出紅光和綠光的商品，但陣內覺得應該不會用到，所以選擇了蠟燭單色的這盞燈。

他突然覺得也許自己想要獲得療癒。失去了夥伴，卻又無法採取任何具體行動，同時又擔心相同的危險會波及自己和其他夥伴。尤其想到杏奈萬一發生不測，就坐立難安。

然而，這盞假蠟燭燈當然不可能消除內心的不安。

他起初把蠟燭燈放在吧檯最內側，但覺得很不協調。也許是因為旁邊有音響的關係。既然這樣，不如放在出入口附近，於是又放在通往閣樓的樓梯口——。

他試著擺放在各個位置。這時，聽到樓下傳來腳步聲。鐵捲門並沒有完全拉開，上面還留了三分之一，竟然會有客人上門。

但是，對方走到樓梯一半時，陣內就猜到了來者是誰。

「……喂，你在吧？」

聽上樓的腳步聲，就知道那個人的腿很短。果然是市村。

「不好意思，今天公休。」

「少囉嗦。如果不營業，就不要把鐵捲門拉開一半。」

市村在說話的同時，費力爬上了第三張高腳椅。陣內和他隔了兩個座位，在最裡面那張椅子上坐了下來。

「……怎麼突然來了？如果要來，事先打通電話給我啊。這一陣子最好不要見面。」

「不必擔心，我已經叫手下守在前後路口。只要有人來，他們就會打電話給我。而且這種時間，誰會來偏僻角落的這種酒吧啊。」

「只有閒閒沒事的幫派大哥會來。」

「呿。」市村咂了一聲。

「陣哥，你有沒有聯絡到土屋昭子？」

「喔喔……我打了幾次電話，但一直找不到人。」

「那就偷偷溜進她家，先扒光她，把她操得上氣不接下氣，然後再問她，妳這個賤女人，為什麼要妨礙上岡？」

他在說什麼鬼話。

「她並沒有妨礙上岡，只是說……那種事，最好不要涉入太深。」

「喔喔？」市村揚了揚下巴：

「我沒聽說這件事。」

「上次忘了說。」

「那種事是指哪件事？」

「我怎麼知道……所以我會儘快聯絡她，向她確認。也會問她對上岡的事，是不是知道什麼情況。……對了，昨天東來過這裡。」
市村立刻瞇起了眼睛。
「為上岡的事嗎？」
「對。」
「他為什麼會來？不是沒派他去辦這起案子嗎？」
「是啊……東知道我是『七刺客』的成員。」
「哼。」市村冷笑一聲：
「就是土屋昭子洩漏的吧？東相不相信這件事，則又另當別論了。這個世界上，有很多人認為『歌舞伎町七刺客』只是都市傳說。」
很可惜，這並不是事實。
「不，東已經察覺到了。不僅如此，他甚至懷疑上岡也是……」
市村的眉毛皺成了倒八字。
「啊？東這麼說嗎？」
「雖然沒有直接這麼說，但他問了差不多是這個意思的問題。」
樓下的鐵捲門鏘鏘地搖晃了一下。可能是風。
市村用力歪著下巴說：
「該不會……去上岡家搜索時，找到了和我們有關的東西？」

「雖然不能完全排除這種可能性，但果真如此的話，小川在搜查總部，應該會在第一時間通知我們。因為一旦有這種證據，他最頭痛。」

「沒錯。」

「雖然對東不能大意，但我認為昨天東來這裡，目的並不是為了這件事。至少並不是想要調查我們，或是想要逮我們……該怎麼說呢？我覺得純粹只是想瞭解上岡的事。」

呸。市村做出假裝吐口水的動作。這是他的習慣。

「刑警哪有什麼純粹不純粹的，我不認為他這個人是什麼大好人。」

確實。陣內也不覺得東是大好人。

算了，不聊這件事。

「對了，關於上岡的事，有沒有什麼新情況？」

「嗯，沒有……沒打聽到什麼消息。他並沒有做什麼得罪幫派的事。正如你說的，他雖然採訪了反美軍基地的遊行，但並沒有引起什麼麻煩。還有什麼……你說是祖師谷的命案？那件事我就不太清楚了，最好讓小川去調查一下。」

所以，上岡並不是因為採訪遭到殺害嗎？

「有沒有因為債務方面的問題？」

「我認為沒有，他檯面上的工作可以養活自己，再加上還有一些這裡的……多出來的收入，也沒有聽說他有賭博的習慣，最多只是打打小鋼珠而已。也沒有女人的問題，好像都是去找色情店解決。他喜歡的是一家名叫『熱帶魚』的香蓮，奶子很大，長得像外國人，一看就知道整過型。」

市村也知道那家「熱帶魚」，是在「雷諾瓦咖啡店」斜對面那棟大樓的泡泡浴店。

「……沒想到他生活這麼規矩。」

「是啊，聽說也不會玩一些變態的花招，只是正常的服務就滿足了。香蓮也很落寞地說，聽說上岡先生被人殺了。」

陣內很清楚，上岡算是潔身自愛的男人。正因為潔身自愛，才會對「歌舞伎町七刺客」產生興趣，最後才會加入。

正因為這樣，所以更想知道。

上岡是因為身為「七刺客」的成員之一，才會遭到殺害嗎？是因為加入了我們，才會遭到殺害嗎？還是因為個人的糾紛引來殺身之禍？

無論如何，都希望可以親自用某種方式為他憑弔。

星期二白天，陣內約聖麒和杏奈兩個人見面，結果他們指定在澀谷的賓館。那是位在道玄坂的一棟乍看會以為是小鋼珠店，或者像遊樂園遊樂設施的建築物。

走進鮮紅色的拱形自動門，陣內對櫃檯說：「我是福田，剛才預約了房間。」

櫃檯的人立刻遞上了掛著「313」牌子的鑰匙。

「我叫了小姐，她們來了之後，請用內線通知我。」

「好的。」

「叫兩個也沒關係吧？包括我在內，總共有三個人。」

「是，沒問題。」

櫃檯周圍和電梯內還好，但三樓的走廊簡直就像是遊樂園。連天花板上都裝了燈飾，到處都是心形和星形的燈光。房間內的裝潢簡直就是「糖果屋」。牆壁、天花板、窗簾和沙發都是粉紅色。窗戶、鏡子邊緣和梳妝台都是金色。掛在床上的睡簾雖然是白色，但被子又是粉紅色。枕頭也是粉紅色，而且還是很大的心形枕頭。

「是誰選這種地方的……」

十分鐘後，接到了櫃檯的電話。

「喂，你好。」

『福田先生，你的客人到了。』

「請她們上來。」

他走到門口，打開門等她們。杏奈先走出電梯，她穿了一件白色洋裝，外面穿了一件灰色短大衣。雖然打扮得並不像是應召的小姐，但也沒差太多。

聖麒的裝扮令人瞠目。她穿了一件花俏的黑白條紋襯衫，外面是合身的銀灰色套裝，披了一件黑色毛皮長大衣。一頭金色長髮應該是假髮。這身裝扮看起來不像是應召女郎，明顯是酒店小姐。

陣內讓兩個人進屋後，立刻鎖上了門。

「……是誰決定選這家的？」

陣內認定是聖麒。

「什麼？是次郎。」

猜錯了。杏奈也露出意外的表情看著聖麒說：

「我還以為是妳。」

「是喔？反正這種事不重要。」

兩個人脫下了大衣，杏奈也把聖麒的大衣掛在衣帽架上。這些舉動刺激了陣內的想像。他覺得應該也有像她們一樣的同性戀情侶。

不行，如果不趕快談正事，就會胡思亂想。

「……聖麒，請妳說一下警方的動向。」

聖麒一屁股坐在梳妝台前。

「目前已經展開地搜，地搜就是在命案現場附近打聽情況。也逐一蒐集監視器的影像。至於向相關人員瞭解案情，我沒辦法問到所有的人，所以可能要請小川幫忙……還有搜索住宅。上岡的住家是高圓寺南的一棟破公寓，幾乎都被搬空了，連電腦和其他一切都被搬走了。」
市村也很擔心這件事。
「是喔……電腦被搬走這件事似乎不太妙，因為不知道裡面儲存了什麼檔案。」
「但是，」杏奈插嘴說：
「上岡先生之前說，重要的文章和照片都不會存在電腦裡。」
聖麒轉頭看著杏奈問：
「什麼意思？」
「他說如果小偷闖空門，裡面的資料被偷，會造成別人的困擾，所以重要的資料都隨時帶在身上。他說，電腦就像是桌子的一部分，雖然會用電腦輸入或是進行編輯作業，但完成的文稿都會儲存在隨身碟或是記憶卡上。」
聽起來似乎不錯，但又好像更糟了。
「果真如此的話，警方可能從屍體上搜到。」
聖麒點了點頭說：
「也可能被凶手帶走了。也許凶手拿走的情況比警方拿到更不妙。」
杏奈問：
「你們的意思是，上岡先生的文章中提到我們嗎？」
「無法斷言沒有提到，更何況他當初就是為了這個目的接近我們。」

「也許吧，但搞不好他已經刪除了……」
「即使刪除了，只要復原，還不是一樣？」
事到如今，只能靠小川了。
「要不要請小川調查一下，是否有類似的記憶卡之類的東西？」
「即使有又怎麼樣，他有辦法刪除檔案嗎？雖然並不是完全不可能，但萬一被人發現，就慘了。」
杏奈用力抿緊嘴唇。
「……萬一被人發現，他就會被開除嗎？」
「如果他辯稱不小心刪除，應該不至於馬上被開除，但應該無法繼續留在特搜總部。即使回到分局，也無法繼續在刑事課，十之八九會被調回派出所……被調去離島也不是絕對不可能的事。」
小川好不容易如願進入刑事課，這也未免太可憐了。
陣內問聖麒：
「你知道警方的偵辦方向嗎？」
「特搜的方針嗎？在外圍打聽，無法瞭解得這麼深入，這也只能問小川了。」
杏奈搖了搖頭說：
「他叫我不要主動聯絡他，如果有什麼狀況，他會和我聯絡。」

「喔，妳上次也這麼說……但那個傢伙也太狂妄了。他是不是當上刑警之後，就覺得自己很了不起？」

陣內覺得應該不至於，但無法聯絡到他，的確有點傷腦筋。

至少，希望知道小川目前的狀況。

和兩個人道別後，陣內走進東急總店附近的一家咖啡店。

他打電話給土屋昭子，土屋還是沒有接電話。即使傳訊息給她，也沒有回覆。

走出咖啡店，走去土屋位在赤坂的住家。那是一棟七層樓的建築，房子還很新。土屋住在四樓，因為外牆貼著淡棕色的磁磚，所以上次輕鬆爬了上去。因為和隔壁大樓之間的間隔剛好可以撐住雙手雙腳，但上次是晚上，現在是傍晚四點，路上的行人雖然不多，但仍然不時有人經過，當然不可能大白天就爬進她家。

要在這裡等到晚上嗎？還是改天再來？無論如何，目前必須先離開這裡。

那天晚上的事，很自然地又浮現腦海——。

土屋承認，「新世界秩序」為了吞併「歌舞伎町七刺客」，由她向東獻計。她希望讓東瞭解陣內的真實身分後，使他們兩個男人變成敵對關係。

沒想到現實完全朝向相反的方向發展。「七刺客」決定暫時站在東這一邊，而且也順利保護了他。

土屋對陣內說：

「沒錯，我想拆散你們，你卻不斷被東吸引，完全不多看我一眼。」

雖然土屋這番話說得有點噁心，但她並沒有完全說錯。

而且，陣內自己也搞不懂，他發現自己對土屋也有和對東相似的感情。

那天晚上，陣內可以輕易取她的性命，而且也該殺了她，但是，他並沒有下手。

陣內有時候會獨自思考這件事的意義。

難道只有自己才能在深深的黑暗中，感受到像黑蜜般的甜美嗎？

第三章

1

雖然我不再是《產京新聞》的記者，但我之前建立的人脈和採訪經驗並沒有消失。我可以為沖繩，為悽慘地死去的伊佐勝彥和庭田愛都做很多事。

為此，必須如何踏出第一步？

我已經不再是《產京新聞》那霸分社的員工，可以搬去東京，也可以在沖繩和東京兩地跑。只是想到日後要能自由行動，便覺得還是將重點放在大型出版社集中的東京比較踏實。

搬家時，還是忍不住感到心痛。我去了之前經常光顧的居酒屋，說自己將去東京，店裡的人都忍不住哭了。我是為了沖繩而去東京！雖然我很想這麼對大家說，但說不出口。只能對他們說，我還會再來。

最後一次吃的油味噌炒茄子的味道，至今仍然無法忘記。

搬到東京後，我最先聯絡了民自黨的參議院議員世良芳英。當初我被調到那霸分社時，他擔任內閣府特命大臣，負責沖繩和北方政策。

但是，我無法立刻見到他。雖然當時他在黨內並沒有擔任任何職務，但世良在農政、外交和安全保障方面都有豐富的經驗，所以每天工作都很忙碌。即使很幸運地和他通了電話，最多也只是聊五分鐘、十分鐘而已。雖然他說會儘早安排時間見面，但三個月後，才終於見到他，五個月後，終於和他一起吃了飯。

那天約在都內一家飯店的中餐館包廂內。我、世良，還有和我年紀相仿的祕書，三個人一起吃飯。世良平時整天說：「很忙、很忙」，但看起來氣色很不錯，而且也像以前一樣精力旺盛。硬要說有什麼不同的話，就是他看起來比第一次見到他時胖了些。

「太好了，你還是這麼有精神。」

「謝謝，幸好我身體很不錯。即使睡眠不足，身體也不會出問題，工作也照做不誤，也不會在國會打瞌睡……啊，我並沒有用什麼奇怪的藥物，你可別誤會。」

世良比我大一輪多，當時應該四十四歲。他個性開朗幽默，我在記者時代認識的政治人物中，和他最談得來。

「你最近怎麼樣?從沖繩來東京，各方面都很抓狂吧?」

「嗯，是啊。在沖繩時，覺得只有自己整天忙得不可開交，但來這裡之後，發現大家都忙得焦頭爛額，只有自己閒閒沒事做……我現在是個體戶，如果不主動找工作，很快就會被晾起來。」

世良點了兩、三次頭，拿起湯匙，喝了一口湯。

「……是喔……你是因為、怎樣的……才想當個體戶……還是有什麼想要做的事？」

聊天的內容正合我意。

「是啊，是因為那起大學生情侶在沖繩被美國士兵慘殺的事件……」

「喔，你是那起事件的目擊證人。」

他果然知道。

「對，不瞞你說，就是因為那起事件的關係。我認為沖繩的美軍基地、美軍相關人員引發的犯罪和問題都很嚴重。逐一處理固然很重要……」

「嗯，我知道你想說什麼。」

「《日美地位協定》。我認為必須從根本重新檢討。」

「是啊……包括我在內的許多政治人物都這麼認為。雖然這麼認為……但事情沒這麼簡單。」

我知道。面對美國時，任何事都不簡單。

「世良議員，恕我提出質疑，請問日本目前仍然願意接受那種不平等協定的真正原因是什麼？」

世良伸手拿起裝了生啤酒的杯子。

「當然是因為有《日美安保》的關係。」

「是，大部分民眾都瞭解《日美安保》的重要性。除了一小部分搞不清楚狀況的和平主義者以外，應該沒有人對美軍撤離日本會帶來危險性這件事有任何異議。美軍撤離菲律賓後，中國就在美濟礁上興建軍事設施，強烈主張南海的主權。同樣的狀況完全有可能在釣魚臺附近和沖繩發生。甚至可能影響到日本本島……我認為這是很有道理的主張。」

世良「噗」一聲笑了出來。

「你還是這麼能言善道。既然你目前是個體戶，除了寫稿以外，還可以當名嘴吧？要不要我介紹經紀公司給你？」

即使爭辯有點激烈，世良也不忘發揮幽默。這是世良的優點，同時也是不好對付的地方。

世良繼續說道：

「沒錯……大家都知道《日美安保》的必要，如果排除美國軍事力這個後盾，只靠自衛隊是否能守護這個國家，答案絕對是『NO』。這無關憲法第九條的內容，也不是集體自衛權的問題。目前日本甚至無法行使個別的自衛權。如果可以的話，早就去營救被北韓綁架的民眾了。……先不談這些，你想要討論的是《地位協定》的問題嗎？」

「對，個別和集體自衛權的討論固然重要，但目前我想請教的是關於《地位協定》的問題。」

世良點了點頭說：

「美國和派美軍駐留的各個國家，都簽訂了那種《地位協定》。所以，《地位協定》的架構本身並沒有什麼不好。硬要說的話，就是駐留在沖繩的是美國海軍……據說其中有不少人性情暴戾，也有不少人有前科，但這並不是我們能夠干涉的問題。日本政府不可能干預美軍的錄用標準。……你想要說的是，為什麼日本法律無法制裁你所看到的美國士兵的犯罪行為，是不是？」

其實並不完全是。

「不，我能夠理解《地位協定》要保護美國士兵的立場。車禍死亡意外的確是無法原諒的大問題，但如果是一些小案子……比方說，如果美國士兵因為毀損物品就被當地警察拘留，或是因為冤罪而被逮捕，美軍在軍事上就無法隨機應變。但是，既然這樣，美軍方面就應該進行軍事裁判，即使需要花費較長的時間，也必須做出判決，或是追究相關人員的刑責，然後向日本方面公布，針對哪些事，他們做了哪些的處理，這才是兩個法治國家的相處之道，不是嗎？不是應該改變協定的內容，註明即使有了《地位協定》，美國士兵也不可以在日本為所欲為，一旦犯了罪，也不可能無罪釋放。」

世良再度點了點頭。

「你的想法沒錯，也很有道理……只不過國家和國家之間，無法套用簡單的公式。」

這正是我想要瞭解的內容。

「怎麼說呢？」

「嗯，要怎麼說……就好像日本這個國家，無法只靠某一種意見運作，美國也一樣，全國上下並非團結一致。這也是理所當然的事。……以前，國防部長唐納・倫斯斐曾經說，普天間必須趕快遷移，但美軍並沒有採取實際的行動。當直升機墜落在沖繩的大學校園內，日美雙方才進行溝通，決定暫時停止飛行訓練。但是，之後又開始從早飛到晚，好像什麼事都沒發生過。有些地區報告，反而比墜落意外發生之前訓練到更晚。……政治人物有政治人物的考量，軍人有軍人的想法。美國必須保護軍需產業和美元作為世界的基軸貨幣。軍隊是建立在這個基礎上，所以結構並不單純。」

世良停頓了一下說：

「……假設要朝你剛才說的方向修改《地位協定》，我們到底該和誰協商？該去遊說誰？」

按照世良剛才說的，應該是這樣。

「除了遊說政治人物以外，還要同時遊說美軍和美國財經界嗎？」

「由誰去遊說？」

「日本的政治人物。」

「我想要說的是，即使真的有辦法做到，這種事也不可能發生。」

原來如此。

「……所以，原因出在日本的官員身上嗎？」

世良點了點頭。

「就是這麼一回事。當初由外務省的幹部負責交涉簽署《地位協定》，但反而是法務省努力遵守。《地位協定》附帶的密約也的確存在，內容是『除非是對日本具重大意義之情事，否則日本方面同意放棄第一次審判權』。法務省刑事局長向全國地檢的檢察廳長下達命令，使其貫徹。在法務省的安排下，讓《日美地位協定》優於日本的國內法。而且，是日本方面希望採取密約的形式。」

原來如此。我遇到的那種程度的案子，被認為對日本這個國家並沒有重大影響。的確，並非遭到恐怖攻擊，參加抗議遊行的人士也沒有發展為暴徒。讓媒體報導一陣子，在某種程度上釋放一下空氣，一段時間之後，民眾就會遺忘。美國方面也會覺得，就只是這種程度的小事而已吧？

世良繼續說道：

「我想你應該瞭解，承襲前例是公家機關不成文的慣例。姑且不說剛上任的年輕官員，職位愈高的官僚，就愈無法否定前輩所做的事。最後不要說否定，甚至以為守護前輩犯下的錯誤是自己的畢生志業。因為如果不這麼做，就會毀了自己退休後的人生。……也就是說，外務省和法務省雖然是日本的行政機關，卻拚命捍衛對日本不利的《地位協定》，傾全力縱容美國士兵犯下的凶殘罪行。」

我充分瞭解世良在這個問題上的態度了。

既然這樣，我想要繼續追問一件事。

「問題就在這裡。我能夠理解在當時被占領的情況下，日本方面無力拒絕不平等的條約。但是，戰後至今已過六十年，為什麼現在仍然無法改變狀況？」

「你知道『WGIP』嗎？」

該不會是「War Guilt Information Program」？

「……不，只聽過名字，不太瞭解詳細的內容。」

「並不是什麼難懂的內容，就是名稱所代表的。直譯的話，可以翻譯為『戰犯情報計畫』，但通常會翻譯成『在日本人內心植入對戰爭抱持罪惡感的宣傳計畫』。雖然我個人認為這種翻譯也不太妥當……你知道遠東國際軍事審判是從什麼時候開始，到什麼時候結束嗎？」

我當然記得。

「是昭和二十一年（一九四六年）到二十三年（一九四八年）期間。」

「沒錯，WGIP在戰爭一結束就開始實施。從廣播、報紙為主的媒體，到學校教育，美國用各種手段，灌輸給各個階層的日本人，日本的軍國主義引發了之前那場戰爭，國民都深以為恥，也深惡痛絕，且一輩子都不會忘記這種心情，也永遠不會認為是美國的責任。你知道舊《日美安保》是在哪一年簽署嗎？」

「呃，昭和……二十七年（一九五二年）？」

「差一點。是在二十六年（一九五一年）簽署，但在二十七年生效。現行的《日美安保》是在八年後，也就是三十五年（一九六〇年）簽署的……你知道我想說什麼吧。」

雖然這件事聽起來很可怕，但並不難理解。

「是……是WGIP已經洗腦成功的時期。」

「雖然無法斷言，但根據一份報告顯示，昭和二十三年（一九四八年）時，日本人還沒有戰爭贖罪意識。但過了三、四年……簽署現行《安保》是在十二年後。當時從小學到大學，都持續灌輸美國的見解，認為那場戰爭是日本單方面的過錯。東大畢業的官員學習成績都很優異，深受這種想法的影響。即使在現代，仍然影響著公家機關、教育和媒體……基於這一點，你應該不難瞭解和美國進行交涉有多麼困難了。」

我充分瞭解。

這是多麼根深柢固，多麼難以解決的問題。

世良是值得信賴的人，也是充滿使命感和熱情的政治人物。他有想要做的事，而且以他的立場也能夠做到，但他好似又先放棄，認為實際上無法完成。

同時，有些人認為自己肩負使命，卻遲遲找不到實現的手段。

我認為砂川雅人正是這樣一個人。

那一天，我去橫濱太平洋會展中心採訪由報社主辦的「此刻，思考沖繩」座談會。在別館禮堂三分之一的空間，舉行了這場三百人規模的活動，邀請了沖繩縣議員、琉球大學的教授參加，廣泛討論了從基地問題到安全保障，以及文化、藝能方面的各種主題。

活動在傍晚五點左右結束。

我收拾完東西，正打算離開會場時，以前認識的報社記者叫住了我。

他是《琉球時報》的江添辰雄。

「……生田，好久不見啊。」

「好久不見，你好。」

江添比我大兩歲，我們在報導沖繩的問題上向來意見相左，但在討論問題時卻能夠暢所欲言，我認為他是好朋友。

「當獨立記者的感覺怎麼樣？多久了？」

「整整三年，之前由我負責寫專欄的月刊雜誌上個月停刊了……獨立記者真的很辛苦。」

「你都沒有來沖繩吧？」

「不，有時候會去。上個月才去……但都是當天來回的超快速採訪。」

「是喔，從東京當天來回嗎？那真辛苦啊。」

然後，江添摟著我的肩膀說：

「對了對了，我想介紹一個人給你認識，你時間方便嗎？」

「沒問題啊。」

他介紹給我認識的正是砂川雅人。「砂川」在沖繩是很常見的姓氏，但砂川的皮膚很白，也很瘦，不太像本島人眼中典型的沖繩人。他看起來更像是在大學持續做研究的學者。當時應該還沒滿三十歲。

「幸會，我是砂川雅人。」

「我是生田，請多指教。」

我們一起走去港未來車站，三個人一起走進一家咖啡店。

當我們來到座位旁面對面坐下後，砂川很健談，和第一印象完全不同。

「生田先生，你是那起大學生情侶被美國士兵殺害事件的目擊者吧？」

這件事在沖繩並不是太出名的事，我猜想是江添告訴他的。

「嗯，是啊……雖然我什麼忙都沒幫上。」

「雖然你沒有幫上忙，但那並不是你的錯，任何人都幫不上忙。因為沖繩至今仍然被美國占領。」

我覺得砂川是很少見的年輕人。因為我一直以為這些論調往往出自沖繩的老年人之口，年輕人不可能有這種想法。說是年輕人，但其實砂川只和我相差三歲而已。

「砂川先生，你對這些問題有興趣嗎？」

「嗯。」砂川用力點頭。

「我認為美軍基地必須撤離沖繩，而且，既然有這樣的訴求，就不能一直封閉在沖繩這個地方。我和江添先生在聊這些事時，他告訴我說，有一個從沖繩搬到東京的人，曾經說過類似的話……我才知道你的事。」

這和事實稍有出入。我如果曾經對江添說過，應該是想要糾正日本方面在《日美地位協定》中的不利地位，並沒有說要把美軍基地趕出沖繩，而且我也不記得曾經和江添聊過這些事。

只是第一次和砂川見面，我認為沒必要說這些。

「我辭去記者的工作，目前是自由的寫手，該怎麼說……如果在沖繩，可能很難靠自由的工作養活自己，如果不在東京，可能就無法接到很多工作。」

「我瞭解，我瞭解。」

我認為他並不瞭解，但也沒有把這句話說出口。

砂川欲罷不能地繼續說道：

「現在網路很發達，也可以在沖繩向全國各地傳送各種消息，但反而容易造成玉石混淆的狀況，無論再怎麼認真經營，別人也不會認真接收，運動的訴求無法擴展到縣外。所以……我決定來東京，同時也來這裡學習、取經。我想親自瞭解本島的人如何看待沖繩，打算如何處理沖繩問題。真的像政治人物所說，以共存共榮為目標嗎？我希望本島的人也能像我的切身感受那樣，對沖繩的痛苦感同身受。」

我覺得這個人似乎用過度簡化的方式在思考問題，非左即右，非黑即白，非本島即沖繩。雖然我沒有像世良那麼心灰意冷，但愈是深入瞭解美國和日本這兩個國家，就會發現內情很複雜，沖繩其實也一樣。雖然大部分人希望基地撤離，但仍然有相當一部分人希望基地繼續留在沖繩。

他說話時充滿活力的樣子很有魅力。雖然我和他努力的方向不太一樣，但有可以合作的部分。

而這，就是我當時的想法。

2

十日星期一，東相隔五天，終於再度偵訊矢吹。在移送檢方之後，可以繼續拘留十天，但之前在分局值勤和休假，已經過了三天。接下來的七天也無法每天都偵訊矢吹。因為剛好會遇到下一次的值勤和休假，但分局的刑警工作就是如此，所以也無可奈何。

六天的輪班中，有兩天要在分局內值班，而且規定四個星期內必須休假八天。如此一來，每個星期只剩下兩天的時間可以辦案或偵訊，最多也只有三天。工作無法完成，在假日來加班寫報告、公文，也是家常便飯。因為刑警的工作有一大半都在寫公文。

在移送檢方時，除了要準備移送書、證據及金錢貴重物品總目錄和公文目錄以外，還有逮捕相關、證物相關、實地勘驗、驗證相關公文，以及供詞相關的各種報告，還有前科照會書、身家調查照會書等。尤其像新宿這種地方接連發生各種事件，所以實際上就是每天都有寫不完的公文和報告。

矢吹近江的案子相對比較輕鬆。東只負責偵訊工作，現場調查或是證物相關的資料都由警備股的松丸負責。不管他文章寫得再差，再怎麼不得要領，都無所謂。一定要求他去搞定。目前有一部分資料已經送到東的手上了。所以在偵訊矢吹時，也多了一些可以選擇的話題。

「矢吹先生，原來你是關西人。」

今天開始一對一偵訊矢吹。小川去了代代木，東無意找別人來支援。

「是啊……但我很快就搬去神奈川了。不會說關西話，也完全不會搞笑。」

「是嗎？我倒覺得你很幽默。」

「有嗎？我說了什麼有趣的話嗎？」

「比方說，松丸的長相。」

「那很無聊啦，」矢吹突然望向遠方。

「對……在終戰之前，都住在神奈川的家裡，但家裡卻被火燒了。不是因為空襲之類的，只是鄰居家著火，延燒到我們家。之後就搬去東京，後來又因為我父親工作的關係，搬去了九州……」

東從松丸送來的資料上得知，他父親矢吹勉是貿易商。矢吹之前也經營貿易公司，目前仍然是兩家貿易公司的顧問。此外只具名擔任一家以國內業務為主的商社老闆。

「你做貿易是受你父親的影響嗎？」

「應該是吧，其實只是因為做貿易賺錢比較快。」

「主要和哪些國家做生意？」

「世界各國。美國、俄羅斯，還有亞洲幾乎所有的國家都有生意關係。現在主要是韓國和中國，以前和菲律賓、台灣之間的生意往來比較多。」

太了不起了。

「這種交遊廣闊，應該也成為你被公安盯上的原因之一吧。」

「我想應該有關係。我從俄羅斯回來之後，和主張撤除美軍基地的人一起喝酒，結果意氣相投，答應捐款，他們立刻覺得矢吹這個傢伙豈有此理，然後各路人馬都來調查。」

差不多該導入正題了。

「矢吹先生，你本身對美軍基地有什麼看法？」

「哪裡的？」

他很巧妙地反問。

「最具代表性的，當然就是沖繩。」

矢吹皺著眉頭，點了點頭。

「老實說……我不是很清楚。雖然經常說，美軍是用刀槍和推土機搶走了沖繩的土地，但當時是遭到占領。如果要說的話，該痛恨日本軍部發動了根本沒有勝算的戰爭。目前沖繩所發生的，無論是好是壞，都只是條件鬥爭。誰都不是真心想把美軍趕走，只是希望爭取到更好的條件。沒有人認真想要琉球獨立。只是對著中央政府發洩內心的怨氣而已……至少我是這麼認為的。」

雖然東並不完全同意，但「沖繩問題＝條件鬥爭」的公式是許多有識之士經常掛在嘴上的見解。

「雖然事實如此，但你仍然和訴求基地問題的團體意氣相投嗎？」

「我不是說了，我不是很清楚嗎？在那裡活動的人，幾乎都不是沖繩縣民。大都是從東京去那裡出差，被稱為左翼的那些人。但有一件事很明確，像我們這種平民百姓，也必須具有隨時可以動搖政權的手段。……不能對政府所有的事都舉雙手贊成，覺得這個政策很好，那個政策也很棒，怎麼做都沒關係。……政治人物和政治人物之間的立場對等，想要提出質疑，就必須提出相應的方案，如果提不出方案，即使被對方罵閉嘴也只能摸摸鼻子。但是，我們是平民百姓，沒辦法在國會質詢。即使要求我們靠選舉表達民意，如果鎖定某一個主題進行辯論，沖繩問題根本不知道被踢到哪裡去了。所以，我很欣賞那些雖然身為平民，但仍然積極思考，主動出擊的人。即使他們的主張有點牽強，也願意主動援助他們，讓他們試試看。」

他似乎愈聊愈投入。

「所以說，砂川雅人也是這樣的年輕人嗎？」

矢吹和松丸是討論在新宿分局轄區內舉行的反美軍基地示威遊行時發生了口角，出現在示威遊行的主辦人欄內的並不是矢吹近江的名字，而是「砂川雅人」。

「嗯……算是這樣吧。」

「砂川是怎樣的人？」

「怎樣的人……嗯，說起來，是和那些出差到沖繩的左翼人士完全相反的類型。

他從沖繩來到東京，希望直接向中央表達意見。起初只是有勇無謀，最近大有進步。我這幾年才和他認識，光是這段期間，就可以感受到他的成長。除了美軍基地的問題，他還努力瞭解國際問題。不光是美國軍用地的問題，還有一直以來，如何操控沖繩這個裝置的問題。美國如何藉由『琉球』這個字眼，煽動日本本島和沖繩之間的對立……這就是俗話說的『分割統治』，他對這些問題也有自己的見解。我猜想他以後可能會從政。」

原來如此。因為矢吹近江援助這些人的活動，所以被認為是「左翼大老」或是「幕後黑手」。

東很關心上岡的命案，所以每天都會和小川聯絡一次。

小川在特搜總部內並不是負責在命案現場附近打聽情況，或是向被害人的熟人瞭解情況這些外勤搜查工作，而是被派到資訊組，調查從上岡家中扣押的電腦檔案。但並不是復原刪除的檔案這種需要專門技術的工作，只是清查電腦中儲存的檔案，如果有必要，就列印出來仔細確認。

小川在電話另一端說話的聲音聽起來很沮喪。

『因為分量實在太驚人了……光是關於歌舞伎町的內容，就有黑道幫派相關、色情行業相關，以及事件相關等不同的內容……幾乎都是已經在雜誌上發表的文稿……這些文章中可能隱藏了巨大的地雷，上岡……可能不小心踩到了地雷……所以就從這個角度看這些文章……但專注力無法持續……說這種話，或許很對不起被害人……但真的超想睡覺。』

小川終於有機會跑外勤，所以有少許的時間可以見面，他們約在新宿車站附近的咖啡店。

東先到一步。一看手錶，下午兩點十七分。店內有七成空位。他選擇了後方周圍沒有其他客人的座位，這樣即使之後有其他客人進來，也不容易偷聽到他們的談話內容。

二十分鐘後，小川走進咖啡店。

「不好意思，又讓股長等我。」

「不必每次都為這種事道歉。浪費時間。」

點了兩杯咖啡後，立刻進入了正題。

「情況怎麼樣？目前進展如何？」

「是……我的搜查幾乎沒有進展。比方說……上岡也寫了前年發生的『藍色謀殺事件』。」

東知道這件事。在上岡遇害前見面時，他也提到了「藍色謀殺事件」。

「沒有進展的事就不必說了。其他情況如何？勝俁在幹嘛？」

「喔，勝俁主任嗎……老實說，我真是搞不懂他。」

「怎麼搞不懂他？」

小川用力抱著手臂。

「他加入了向被害人的熟人瞭解情況的小組，他的搭檔是代代木分局一位姓吉澤的三十多歲股長。所以……說起來，他們的地位相當，但因為比勝俁主任年輕很多歲……吉澤股長每次都被他甩掉，他那種人就稱為老奸巨滑吧？」

勝俁比東大一歲，無論再怎麼袒護三十多歲的警部補，這兩個人的搭檔也稱不上實力相當。

小川繼續說了下去。

「第三天的時候，這件事在會議上爆開了。但勝俁主任完全不為所動。即使代代木的課長對他大吼，一課的管理官瞪著他，他也若無其事地說，那就換一個能夠跟上我腳步的搭檔。還說才不要當這種會中途迷路的……他當初是怎麼說的？好像是說不想要當人家的保母，反正就是撂了難聽的話。結果那個吉澤股長很生氣。誰聽了那種話都會生氣，因為竟然在一大群下屬面前說出『保母』這種字眼。但是，特搜總部並沒有拆散他們的搭檔，吉澤股長即使再怎麼緊跟不放，每天都被甩掉，兩個人總是分別回來參加會議……差不多就是這樣的狀況。」

勝俁顯然還是老樣子。

服務生送來兩杯咖啡，但並不是剛才為他們點飲料的那個人。

東喝了一口黑咖啡後問：

「其他情況呢？蒙面的三個人還沒有查出來嗎？」

小川露出驚訝的眼神，一看就知道了他內心的想法。這個人真的很好懂。

「看來有進展。」

「呃，嗯……是啊……有、進展。」

「為什麼不早說？」

小川伸手拿咖啡杯，但又立刻縮了回來。

「不……因為長官一再吩咐，這件事絕對不能對外洩漏，絕對不行。一旦洩漏，就要清查所有人。」

原來他在害怕。真是沒出息。

「等一下。我是外人？小川，這不對吧？之前還有兩個特搜的人來找我，問我和上岡見面時的情況。」

「那是以關係人的身分，不一樣啊。」

這個人的腦筋真不靈光。

「小川，你聽好了……雖然我不太願意說這種好像在威脅你的話，但你和上岡之間，應該不僅僅只是認識而已吧？」

小川面不改色，眼神也沒有飄忽。對小川來說，這樣的表現很不錯了，但如果他能夠若無其事地回答：「我和他根本沒關係」，就更出色了。

但是，東手上還有好幾張牌。

「你和上岡，還有上岡和陣內陽一……你應該知道，就是『艾波』酒吧的店長。我問你，你和陣內又是什麼關係？」

「你、你在說什麼？」

他太嫩了，回答得太快。而且最後的聲音在顫抖。

「我在說什麼呢？你問一下自己就知道了。比起這種事，我對那三個蒙面人的身分更感興趣。」

小川重重地吐了一口氣。東忍不住有點擔心，他真的沒問題嗎？如果果真如東的想像，他和陣內陽一有關係——那這傢伙，對陣內而言沒有問題嗎？難道沒有更好的人選了嗎？

但是，這並不是目前的重點。

「你趕快實話實說。不管是那三個蒙面人，還是另外那個沒有蒙面的人都可以。把你知道的告訴我。」

SSBC應該利用人海戰術蒐集了附近的監視器影像，並進行了徹底的分析。公寓、出租大樓、便利商店、民宅、投幣式停車場、月租停車場、車站、公車站——他們會蒐集設置在所有這些地方的監視器影像，整合之後，清查出凶手犯案後的行動。

小川再度嘆了一口氣。

「……好……那幾個凶手走到現場附近的馬路上，兩個蒙面人和另一個未蒙面的人坐上了停在那裡的一輛黑色廂型車。目前正在積極查出車牌號碼，但還沒有查到……另一個蒙面人沒有上車，走路離開現場……那幾個凶手顯然事先調查了附近監視器設置的位置。那個人戴著頭套走了一段路……他都走在監視器的死角，然後就消失了。但是，SSBC徹底調查了附近車站出入的乘客，發現穿相同服裝的男人在代代木八幡搭乘小田急線，在下北澤車站下了車。」

命案現場是在代代木三丁目，最近的車站是南新宿站，下一站是參宮橋站，接下來才是代代木八幡站。沒想到凶手走了兩個車站，試圖消除犯案後的蹤跡。可見是計畫性犯案。

「在下北澤下車之後呢？」

「之後又不見了，但是，」

「……但是什麼？別故弄玄虛。」

「驗票口的監視器清楚拍到了他的臉。」

「查明那個人的身分了嗎？」

「對……也許很快就會傳入你的耳朵。」

既然小川有點難以啟齒，該不會是陣內？但如果是陣內，應該不會「很快傳入東的耳朵」。

「……是誰？」

雖然周圍完全沒有人偷聽，但小川探出身體，好像在透露祕密般用雙手圍在嘴巴旁邊。

「……就是目前在新宿也舉行遊行的團體代表。」

不會吧？

「……是砂川、雅人？」

「你果然知道他。」

上岡命案和沖繩有關嗎？

和小川見面的隔天星期四，東在分局值勤。星期五值勤結束後，一直到下午四點左右，都忙著寫報告。雖然還有許多工作要做，但體力已經到達了極限。剩下的等明天星期六或星期天再來加班完成。

「我先走了。」

「東股長，你要走了嗎？辛苦了。」

他想轉換一下心情。打算去「艾波」和陣內聊一聊。

對東來說，「艾波」那個地方，和陣內陽一都屬於「非日常」的一部分。每次去那裡，就會覺得自己平時做的例行工作實在太單調了。自己身為刑警，也許漸漸習慣從平面的角度看社會，但其實這個社會更有深度，也更有廣度和高度，同時還有背後的因素，還有背後的背後——每次去「艾波」，就讓他重新認識到這件事。

但現在還不到四點半。「艾波」沒這麼早營業。

他走在青梅街道上想著這些事，這時電話鈴聲響了。他從口袋裡拿出電話，螢幕上顯示了一個陌生的號碼。

「喂？」

停頓了一秒後，傳來對方的聲音。

『……東兄，好久不見。』

這個聲音似曾相識，又好像很陌生。

「請問？」

『我是公安的川尻。』

川尻？川尻冬吾嗎？

「你……什麼時候回總部的？」

東和川尻七年前曾經共事，一起調查始於北新宿，最後在長崎縣對馬落幕的在日朝鮮人相關的事件。也許因為川尻是公安部門中難得有人情味的人，所以東並不討厭他。聽說他被調去八丈島的駐在所，東曾經在電話中問他，等他回總部後，要不要進刑事部？

沒想到，他還是回到了公安部。

『我是前年回來的……東兄，能不能占用你一點時間聊一下？』

「在電話中聊嗎？」

『不，我就在你附近，如果方便的話……找一個不會被人發現的地方。』

就在附近。所以，川尻正看著自己嗎？

「……好。我走去中央公園。走到公園之前，如果你方便的話就叫我一聲，不然我就走進公園。這樣可以嗎？」

『好，很好，那就一會兒見。』

東轉身沿著新宿分局所在的路口向左轉，走向新宿中央公園的方向。

東走在高樓大廈旁寬敞的人行道上，雖然不知道川尻目前不希望被誰看到，但顯然不方便過來打招呼。果然不出所料，走進中央公園之前，川尻都沒有消息。

但是，一走進公園，就聽到一個坐在樹叢前，可以當作長椅使用的鐵管柵欄上的男人低聲地說：

「……停下來。」

那個人穿了一件黑色防風衣，戴起防風衣的帽子，透過樹葉灑下的橘色夕陽斜斜

地照在他肩上。乍看之下，像是跑步到一半，坐在那裡休息的人
那個人沒有抬頭，又說了一句：
「我是川尻。」
他掛上電話之後，搶先一步進入公園嗎？還是原本就在附近，所以就等在這裡？
先不管這些事。
「我該怎麼辦？」
「不好意思，請你站在那裡。」
把自己約出來，又叫自己停在這裡，然後自己要站著和他說話？
「……有什麼事？」
「我直截了當地說。當初是我要求由你負責偵訊矢吹近江的。」
啊？東很想大聲反問。
「有什麼目的？」
「你應該知道，是你們的松丸股長先貿然行事。他多管閒事，打亂了計畫。你是
我在思考緊急措施時最先想到的人，因為我知道你還在新宿分局。」
「我在問你，這麼做到底有什麼目的。」
「請你小聲點……我無法在這裡告訴你所有的事。但以後會向你充分說明。所以
請你現在協助我……請你讓矢吹近江招供，說出轉賣沖繩軍用地的真正目的。」

因為太突然，東完全摸不著頭緒。松丸送來的資料上有提到轉賣軍用地的事嗎？

但是，東並沒有機會發問。

穿防風衣的男人站了起來，對著東露了一下臉。

的確是川尻冬吾。

就是七年前的那個晚上，在對馬的小型碼頭，抱起已經掉了半個腦袋，滿臉是血的年輕男人──他是公安派的臥底，靜靜流淚的那個川尻冬吾。

「……拜託你，請你從矢吹口中問出他轉賣普天間軍用地的真正目的。我只能拜託你。我會再和你聯絡。」

穿防風衣的男人連個招呼都沒打，就轉身跑開了。

東只能望著他離去的背影。

他跑過在傍晚散步的老人身旁，避開一對牽著手散步的學生情侶，像用尺量過一樣，筆直穿越稍微帶著弧度的散步道。

不是開玩笑，他真的像忍者一樣。

東再度覺得，自己果然無法喜歡公安的人。

3

星期五晚上，終於接到了小川的電話，但陣內還在店裡，而且還有老主顧，所以不方便多聊。

「還好嗎？」

小川似乎也瞭解陣內的狀況。簡短地應了一聲『還好』後，直接說了打電話的目的。

『陣內先生，等你店打烊之後，可不可以見一面？快天亮時也沒關係。』

「喔，好，好啊，哪裡比較方便？」

『……鬼王神社可以嗎？』

小川指定的地方太奇怪了。之前高山町的會長不就是死在鬼王神社嗎？

「好，到時候我會傳訊息給你。」

『拜託了。』

掛上電話後，坐在吧檯前喝酒的酒店小姐照月露出調侃的眼神說：

「啊，陣哥要和人約會了。」

「不行嗎？我還是偶爾想談談戀愛的年紀。」

話說出口，連自己都覺得後背發癢。
自己早就已經不是男人了。
而且幾乎忘了怎麼摟女人。
老主顧都離開之後，收拾完店裡，已經凌晨四點了。雖然有點猶豫，這麼晚真的沒問題嗎？但傳了訊息，一、兩分鐘後就接到了小川的電話。
『辛苦了，打烊了嗎？』
「對，這麼晚真的沒關係嗎？」
『沒關係。一旦錯過今天，下次不知道什麼時候可以出來。我現在就能過去……如果你沒問題的話。』
「好，那我馬上過去，十分鐘後到。」
『我也差不多。』
陣內走去那裡，並不需要十分鐘，最多只要五、六分鐘，但小川還是比他更早到。
鬼王神社面向新宿區公所大道，主鳥居在馬路旁，但後方還有一個小型鳥居。小川走過小型鳥居，躲在老舊的祠堂後方。
他看到陣內後，微微欠身打招呼。陣內也走上石階，鑽過鳥居。

「……讓你久等了。你似乎很辛苦啊。」

「不，也還……各方面都很吃力。不好意思，你要顧店，這麼晚還約你出來。」

陣內點了點頭。

「是啊……上岡遇害，你忙於搜查。杏奈平時要顧店。市村和另外兩個人四處打聽情況，但目前大家不方便聚在『艾波』見面，所以只好由行動最自由的我負責聯絡工作。」

兩個人走進神社的最裡頭。凌晨四點半，天空仍然維持和深夜相同的顏色。雖然吐出的氣是白色，但在黑暗中其實看不清楚。

陣內首先開口問：

「聽聖麒說，已經去上岡家中搜索，把電腦什麼的全都帶走了。」

小川看著陣內的眼睛，點了點頭說：

「對，目前由我負責調查電腦中的檔案。」

沒想到！

「原來是這樣啊……有沒有發現什麼？」

小川停頓了一秒之後，用力搖了搖頭說：

「不，上岡先生的電腦中沒有任何關於『歌舞伎町七刺客』的紀錄，裡面都是在雜誌上發表過的文章。我猜他已經刪除了關於我們的檔案。」

小川低著頭，懊惱地咬牙說道。

「……上岡先生非常小心謹慎……通常檔案刪除之後仍然可以復原，但上岡先生應該經常刪除取代的檔案。」

「刪除取代的檔案？」

「對，」小川抬起頭。

「以錄音帶為例，把錄音帶上的標籤撕下，不是就無法馬上知道裡面錄了什麼嗎？」

「嗯……是啊。」

「但是錄音帶上錄到的聲音並沒有遭到刪除，電腦中的資料基本上也一樣，刪除檔案其實就像是撕下錄音帶上的標籤。錄音帶的話，只要放進錄音機播放，就可以聽到原本錄製的聲音，但電腦檔案無法輕易瞭解原本是使用什麼軟體記錄，很難打開檔案，所以必須使用各種軟體嘗試復原遭到刪除的檔案，但上岡先生的情況很特殊。他刪除檔案後，會在空出來的記憶體中寫一大堆沒有意義的內容，然後又再刪除，即使復原之後，也只能看到那些沒有意義的內容……而且他使用了專用軟體，所以至少在上岡先生的電腦中，沒有任何可以循線找到我們的紀錄。這件事要先告訴你。」

聽了小川的說明，陣內充分瞭解了情況，也感到鬆了一口氣，但有點驚訝小川竟然用讓人懷念的錄音帶來做比喻。

但是，這並沒有消除所有的不安。

「聽杏奈說，上岡把重要的檔案都存在什麼記憶卡上，隨時帶在身上。」

小川點了點頭。

「沒錯。他隨時帶著那個沒有蓋子的滑動式黑色隨身碟，這事我也知道。」

「在命案現場有沒有發現？」

「沒有……不知道是被凶手拿走了，還是在那之前就遺失了。」

所以警方也不知道隨身碟裡有什麼檔案。

小川把手伸進內側口袋說：

「還有……這是禁止外流的資料，我偷印了一份交給你。」

他遞過來一個小型牛皮紙信封。打開一看，裡面有五張照片。

小川繼續說：

「你知道凶手是三個蒙面人嗎？」

「知道，之前聽市村說了。」

「這是其中一人，名叫砂川雅人，背面寫了名字。」

因為天色太暗，所以看不清楚，但可以看到有兩張特寫，還有兩張是幾個人在一起的照片，最後一張是將團體照的一部分放大。其中一張特寫照片的背面寫了「砂川雅人」的名字。

「……這個人殺了上岡嗎？」

「現在還無法斷言。但既然蒙了面，顯然是計畫犯案，只是不知道是不是砂川下的手。除了這三個人以外，還有一個人用假名字住在週租公寓。上岡先生是去週租公寓找這個人，之後那三個人出現，殺了上岡先生。住在週租公寓的那個人和三個蒙面人一起離開了現場。」

陣內很難想像當時的情況。

「那個住在週租公寓的男人長什麼樣子？」

「監視器有拍到他的樣子，但目前還沒有查明他的身分。」

「這樣啊……那我們也暗中調查一下這個叫砂川的人。」

「啊，那個砂川就是目前喧騰不已的反美軍基地遊行的主導者。」

陣內立刻想到一件事。

「上岡遇害之前曾經說他在採訪反基地遊行。還說在調查祖師谷一家命案，所以……似乎可以認為是採訪遊行的關係才遭到殺害？」

小川也點了點頭，但似乎隨即想起了什麼，探頭看著陣內的臉問：

「還有……你剛才說，不方便聚在『艾波』見面？」

「當然啊，因為上岡遇害了啊。」

「這我知道，不瞞你說，我們分局……新宿分局的東股長……」

陣內想起了東那雙帶著強烈意志的雙眼，眼神中帶著好像日本刀般的光芒。

「他怎麼了？」

「之前東股長注意到了你……」

「是土屋昭子告的密。」

「但是，不光是這樣而已，他可能……懷疑我和上岡先生也是成員。」

應該沒錯。

「之前他也來了店裡，當時也這麼說。他問我上岡算不算六個人之一……還很貼心地把我扣除了。……聽他的語氣，我覺得他很有把握。」

小川輕輕嘆了一口氣。

「……老實說，我目前在特搜內的工作快忙不過來了。有一個姓勝俁的，是搜查一課很出名的刑警，這個人在特搜內為所欲為，但不光是這樣而已，今天又來了一個姓姬川的女刑警帶領的小組來支援，這個人的背景也很複雜……不過，你聽我說這些警方的家務事，應該也很傷腦筋吧。」

陣內不置可否地點了點頭。

「陣內先生……雖然很辛苦，但特搜總部目前呈多頭馬車的狀態，從某種意義上來說，反而是我們的大好機會。」

陣內這才發現，小川今天說話時，好幾次都用「我們」來代表「歌舞伎町七刺客」。以前不記得他曾經用這種方式說話。

「……機會？」

「對。上岡先生是我們的夥伴……他是『歌舞伎町七刺客』的成員。即使目前只剩下六個人，我們也要處理這件事，必須親手解決這件事。」

陣內感到驚訝。他沒有想到這個年輕人會說這種話。

小川痛苦地皺著眉頭。

「……我看了、電腦中文稿的標題、發現……上岡先生、這兩年來，好像慢慢、不再寫歌舞伎町、相關的文章……也因為這個原因，他的收入、明顯減少了……這也是理所當然的，因為他不再寫他擅長的、歌舞伎町主題，當然會有這樣的結果……但是，我覺得這是、上岡先生展現的、態度，也可以說、是想法，或者、說是、決心……既然身為『七刺客』的成員，就要減少檯面上歌舞伎町、相關的工作……上岡先生完全沒有向我提過這些事……他帶我去喝酒時，每次都去銀座或六本木，而且每次都搶著付錢……我完全沒有發現上岡先生的變化……」

小川猛然抬起了頭。

「所以，陣內先生……我們會動手吧？即使只有六個人，即使七個人無法到齊，但上岡先生的事，應該是特例吧？我們會親手解決，對不對？陣內先生。」

小川抓住了陣內羽絨衣的胸口。

「老實說，我現在真的很忙，但我在特搜總部，我在上岡先生命案的特搜總部，我認為這反而可以發揮作用。我目前不方便外出，可能甚至無法當『眼』……但是，我想要做點什麼……因為，上岡先生是、我們的夥伴。」

陣內抓住小川的手腕，緩緩拉下他的手。

「……我知道你想表達的意思。如果有狀況，到時候會請你幫忙。但是，我們不是黑道，也不是家人。是否需要我們動手，取決於上岡因為什麼原因遭到殺害。」

陣內拍了拍小川的肩膀。

「我們不會和別人殺來殺去。如果要動手，就不為人知，單方面地迅速解決……這就是『歌舞伎町七刺客』的作風。我能夠理解你的心情，但是，如果交給警方解決更合理，我認為這樣也很好。而且我們也可以提供掌握到的情資，協助警方破案。……小川，你稍安勿躁，該採取行動的時候，我一定會告訴你……因為你也是我們的夥伴。」

小川點了點頭，垂下腦袋。

「……好。」

這樣就好——。

人的內心深處總免不了有兩、三件悲傷、痛苦、憎恨和憤怒的事。

陣內把小川提供的照片也交給了杏奈和市村，再由市村交給了聖麒和次郎，每個成員都拿到了。

歌舞伎町是上岡的地盤，警方當然也瞭解這一點。陣內能夠想到的地方，刑警必定已經搶先一步打聽過了。

比方說，位在二丁目整棟都是色情店家大樓的一樓豬骨拉麵店。

「喔，是上岡先生的事嗎？刑警之前也來問過。」

老闆用力甩乾麵條時，點頭回答。

「老闆，你和上岡先生是好朋友吧？」

「不，也談不上是好朋友，因為我開這家店，可以聽到很多八卦，所以我不時會告訴他……還真的向他提供了不少關於幫派的消息。」

「上岡先生每次都一個人上門嗎？」

「是啊，他從來沒有帶別人一起來過。」

陣內也去了幾家喝酒的地方。其中一家名叫「北歐酒吧」，但其實只是店裡所有的東西都是在「IKEA」採購的而已，酒和菜餚都是很普通的西式居酒屋。

那天晚上，「北歐酒吧」的老闆輝馬剛好也在店裡，所以陣內就向他打聽了情況。他不久之前，是歌舞伎町的頭號牛郎。也因為這個原因，交友非常廣闊。

「嗨，陣哥。你好，很難得看到你啊。」

「嗯，偶爾也該來坐一下。」

「謝啦，謝啦……我真的太愛陣哥了。」

他今晚似乎也醉得不輕。

「有一陣子沒來，店裡的感覺不一樣了。」

之前每次來，店裡都沒什麼客人，今天晚上有八成的座位都滿了。店員也增加了。雖然只是普通的女服務生，但有兩個女生眉清目秀。

「對啊。」輝馬摸著像獅子般豎起的頭髮回答。

「『北歐』的概念不怎麼樣，所以把整家店全都換成了宜得利家居，好像反而更適合，生意突然好了起來。」

他有一半在開玩笑，陣內也就一笑置之。

他們聊了共同認識的朋友，輝馬主動提起上岡的事。

「對了……上岡先生被人殺了。」

「是啊，我也嚇了一跳。雖然這裡……並不是和這種事無緣的地方，但沒想到會發生在自己認識的人身上，真的……太驚訝了。」

「嗯，我之前也有過。我的前女友上吊自殺了。一直叫我大哥、大哥的橫峰淳太……啊，我們並沒有結拜，他叫我大哥只是叫好玩的……他也在天洲會的內鬥時被人開了好幾槍。」

陣內擔心愈聊愈失控，巧妙地踩了煞車。

「上岡先生也常來這裡嗎？」
「嗯，好像不時會來露個臉。」
「所以刑警也來這裡打聽過了嗎？」
「沒有，沒來這裡。不過，也可能是我不在的時候來過了……因為我幾乎很少在店裡，所以不太清楚……喂，沙織，妳過來一下。」
他向兩個漂亮女生中，個子比較高的那個招了招手，叫了她過來。
「是……有什麼事嗎？」
「上岡先生經常來這裡吧？」
「喔，那位記者上岡先生……對，他還滿常來的。」
「有刑警來過嗎？」
「來這裡嗎？」
「嗯。」
「為上岡先生的事嗎？」
「嗯，來打聽、打聽。」
「不，沒有來，至少據我所知，沒有來過。」
輝馬轉頭看著陣內，指著那個女生說：
「……她是不是很能幹？自從讓她當經理之後，這家店的生意就變好了。她真的才華出眾。真想乾脆把她娶回家。」

那個女生很大聲地說：「饒了我吧。」但輝馬似乎沒聽到。

陣內問那個女生：

「上岡先生是不是都一個人來這裡？」

那個女生輕輕點頭。

「對，通常都是一個人。」

「通常……所以說，偶爾也會帶別人一起來？」

「是啊，在他去世不久之前，和一個男人一起來過。」

陣內已經喝了兩杯Highball調酒，原本渾身熱熱的感覺一下子冷了下來。這次在歌舞伎町一帶打聽下來，第一次聽到上岡帶別人去某家店。

「是喔，上岡先生去我那裡也總是一個人……真難得啊，是怎樣的人？」

那個女生微偏著頭，似乎在回想。

「怎樣的人……怎麼樣的人呢……我記得比上岡先生年輕很多。」

那就碰運氣試一下。

「啊，八成是那個，就是發動遊行的砂川。」

「……砂川？」

「咦？妳不認識他？」陣內說著，拿出記事本，把夾在裡面的砂川雅人照片拿了出來。並不是特寫的那一張。而是從團體照中拿出放大的那一張，放在她面前。

「……是不是中間那個人？」

「不是，不是這個人。」

陣內也知道不可能這麼輕易得到有用的線索，但沒想到對方這麼明確否定。

一眼就可以看出長相和砂川完全不同的人。

上岡到底帶誰來這家店？

陣內再度去了土屋昭子的公寓。

他在超過土屋家數十公尺的地方下了計程車，再慢慢往回走，並抬頭看向土屋位在四樓的房子。

由於是半夜，面向陽台的窗戶沒有燈光。但陽台也沒看見晾曬的衣服。只有入口和頂樓邊間窗戶亮著燈。

他來到距離公寓十公尺的地方。

凌晨三點十幾分。雖然是熟人，但並不是方便打電話的時間。如果經常一起在歌舞伎町玩，或許還沒有大礙，然而，對正常生活的人來說，的確是很大的困擾。

但是，陣內還是撥打了土屋的手機。他看著迎面駛來的轎車車頭燈，等待土屋接電話。

那是一輛計程車，因為車頂上的燈沒有打開，所以剛才沒發現，當計程車靠近時，才發現副駕駛座那一側亮著紅色的「迎接」兩個字。

那輛計程車竟然就停在土屋的公寓前。

接下來的事都發生在短短的幾秒鐘內。

一個身穿白色長大衣的女人拖著行李箱出現在公寓門口，計程車的門打開，女人連同行李箱進了後座，車子立刻啟動。計程車駛過陣內面前，女人在後座上操作手機。

沒錯，那個女人就是土屋昭子。

計程車在下一個街角左轉，土屋昭子的聲音才終於傳入陣內的耳朵。

『我目前無法接聽電話，請在嗶聲後，留下你的電話和留言，我會立刻和你聯絡。』

陣內忍不住嘖舌。

自己太掉以輕心了。

「根本……不會和我聯絡。」

陣內只能這麼喃喃自語。

4

東至今仍然無法在打電腦時不看鍵盤。也許他不是使用羅馬拼音，而是用假名的方式輸入，也是原因之一。

他認為這並沒有問題，也不覺得自己不擅長打電腦，但看到其他同事或下屬在打字時完全不用看鍵盤，就不得不承認，自己真的稱不上是電腦高手。

又來了——。

剛才好像不小心按到了英數的按鍵，結果一整行都是莫名其妙的英文字。遇到這種情況，就只能重打。

唉，真麻煩——。

雖然他從來沒有在職場說過這種話，但他心裡總是思忖，現在市面上有可以語音方式輸入的機器，如果能夠用那種機器，不知道有多輕鬆。只不過刑警不可能用這種方式寫報告，因為當著眾人的面，大聲說出嫌犯的供詞到被害人的狀況——即使在刑事課，也絕不會是一件好事。

果然還是該學習不看鍵盤打電腦。如果在打字時看著螢幕，就不會再犯這種錯了。

他正在想這些事，發現周圍的空氣突然緊繃。這是當外人走進刑事課辦公室時，會發生的變化。

東不經意地抬起頭。

一個把長髮綁在腦後的女人從門口走過來。灰色的大衣搭在左手肘上，遮住了半個皮包，但一看就知道，或者說是憑感覺就知道，那個黑色皮包不是便宜貨。她一身長褲套裝也是黑色。身高一百七十公分左右，和東差不多。東認識這個女人。也記得她的名字。

姬川玲子。她是個背景複雜的女刑警，不管是正面的傳聞還是負面的傳聞，都罄竹難書。她不是調回總部的搜查一課了嗎？

姬川竟然直接走向東的位置。但在姬川主動打招呼之前，東並沒有做出任何反應。

她在東的辦公桌旁停下腳步。

「……東股長，好久不見。」

她低下梳得很整齊的黑色腦袋，行了十五度的鞠躬禮，東當然不可能置之不理。

東站了起來，也微微欠身說：

「好久不見……我記得上次見面是在和田先生的退休歡送會上。」

「對，是啊，沒錯。」

姬川不經意地打量著東的桌子。
「請問……你現在忙嗎？」
「來這個分局之後，從來沒閒過。」
「那可以占用你一點時間嗎？」
這個女人無懈可擊。不管從正面或負面的意義上來說，都是如此。
「找我有事嗎？」
「對，有事想要請教你。」
「什麼事？搞不好我未必能夠幫上忙。」
「不會……而且，我目前在上岡慎介命案的特搜總部，你有興趣嗎？」
原來如此。這個女人會公然用這種策略。
雖然並不舒服，但好像還滿有意思的。

東安排了一個小型會議室，帶姬川去那裡談話。
他請姬川坐在排成「口」字形的會議桌角落。
兩罐咖啡分別是黑咖啡和微糖咖啡。
「拿妳喜歡喝的。」
「謝謝，那我要這個。」

姬川毫不猶豫地拿起黑咖啡。她果然喝黑咖啡。

東拿起剩下的那罐微糖咖啡，打開拉環時問：

「找我有什麼事？」

「呃，」

可能外面很冷，姬川雙手握著咖啡罐，並沒有打開。

「嗯，我之前聽說了妳回一課的事。」

「我目前在搜查一課十一股。」

而且還是警部補。不知道她用了什麼方法。

姬川雙手重新握住咖啡罐說：

「十一股的統括主任是林，林廣巳警部補。」

東認識林廣巳。他比東大兩、三歲，之前曾經一起參加刑警講座。他在搜查一課資料組待了許多年。

「對了，之前和田先生的退休歡送會時沒見到他。他在會場嗎？」

「不，那次他閃到腰，臨時缺席了。」

「是喔，我不知道……他最近好嗎？」

「最近很好，腰也沒問題……我從林統括口中得知，你二十八年前，曾經在『昭島市滅門命案』的特搜總部，對嗎？」

姬川突然問起二十八年前的事，讓東感到驚訝。
「……這就是妳想問的事嗎？」
「對，請務必告訴我。」
「這和上岡的命案有什麼關係？」
他問完之後，腦海中突然閃現了火花。
兩條不同的線突然連在一起，他終於瞭解了。
是喔，難怪是「祖師谷」——。
姬川的兩眼同時聚焦在東的左眼和右眼，簡直就像要看穿他的想法。
「……你應該知道『祖師谷一家命案』吧？」
果然是這麼一回事。
「當然。不過是從電視新聞和報紙上看到的，聽說案情陷入了膠著。」
「我在被借調到代代木之前，在『祖師谷』特搜。」
雖然東早就知道了，但還是裝糊塗問：
「是喔，為什麼從那裡調去『上岡命案』的特搜？」
「因為上岡遭到殺害之前，曾經熱心採訪『祖師谷命案』。」
「原來是這樣。所以妳認為上岡命案和『祖師谷』有關。」
「沒錯。」姬川微微偏著頭問：

「你不認為二十八年前的『昭島市滅門命案』和『祖師谷』的案子很相似嗎？」
「不清楚……這二十八年來，還發生了多起滅門慘案。」
「但是，我認為應該沒有其他凶手會特地把子彈打進屍體的肛門。」
什麼？
「……『祖師谷』的凶手這麼做嗎？」
姬川的右側臉頰微微上揚，露出了扭曲的笑容。
「我想請教你的就是這件事。『昭島市命案』發生當時，警視廳並沒有詳細發表凶手的犯案手法。那起命案的搜查工作也陷入了瓶頸，之後，陸續有相關情資透露給媒體。……但不知道為什麼，並沒有公布使用手槍這件事。至少根據我的確認，當時警視廳公布的內容中，並沒有這件事……所以我首先想要向你確認的是，『昭島市命案』中，真的使用了手槍嗎？」
雖然完全沒有義務回答她，但奇怪的是，東覺得回答也無妨。
但要先確認一件事。
「那起命案早就過了追訴時效。」
「是啊。如果沒有停止時效的外在因素，的確已經過了時效。」
「所以，即使去了昭島分局，也找不到當時的辦案資料……」
東裝模作樣地用力點了點頭。

「好。這種程度的問題，就以我個人的判斷回答妳。……『昭島市命案』中的確使用了手槍。我記得屍體內採集到多顆彈殼，附近住戶也證實曾經聽到槍聲。但是，這些情況都沒有對外公布……我當時也剛當上刑警不久，沒有資格對此提出異議，當時根本沒有這種想法，反而認為是為了『祕密暴露』所採取的必要措施。」

姬川靜止了一、兩秒後，用力點了一下頭。

「……我知道了。謝謝你。」

東沒有吭氣，姬川正打算站起來，但東制止了她。

「妳的疑問解決了嗎？」

「對，託你的福。」

「那我來領取相應的犒賞。」

雖然不算是以牙還牙，但東也直視著姬川的雙眼，只不過姬川並不為所動。

「……對了，你在上岡遭到殺害的三天前，曾經和他見過面。」

「是啊，特搜總部的人也來向我瞭解過情況了。」

「你們怎麼認識的？」

「喂，妳竟然還想要附贈品？」

東刻意加強語氣說話，姬川噗哧一聲笑了起來，並沒有正面接招。

「……對不起。你說的對。」

這個女人收放自如嗎？這種人，絕對不想和她一起辦案。

「那我就直截了當地問妳。目前的偵辦進度如何？」

「你知道凶手總共有四個人嗎？」

她只顧提問。是一向有的習慣嗎？

「我知道有三個蒙面人，還有一個人沒有戴頭套。但凶手是四個人這件事正確無誤嗎？」

「那你知道已經查出其中一個蒙面人的身分嗎？」

而且，她並不輕易回答東提出的問題。

「雖然無法大聲說……但我知道。」

「我可以請教一下名字嗎？」

連小川都知道的情資，這個女人不可能不知道。應該只是確認而已。

「……砂川雅人。」

「那未蒙面的那個人的身分呢？」

東一時說不出話。他明顯做出了「不知道」的反應，連自己都感到丟臉。被這個女人擺了一道。

姬川得意地挺起胸膛說：

「那我就用這個消息和你交換……但請不要告訴任何人，是我告訴你這件事。」

這個女人，真不知道她到底有沒有一丁點的可愛。

「別說這些廢話了，快說吧。」

「好……他叫生田治彥。生活的生，農田的田，治安的治，姓名中常用的那個彥，生田治彥，三十八歲。和上岡一樣，也是獨立記者。」

「就是這個人以『齊藤雄介』的名字住在週租公寓吧？」

「你瞭解得真清楚。該不會派了『探子』去我們特搜吧？」

「探子」就是「奸細」的意思。會用「探子」，表示是不怎麼可靠的男人。

東當然無意回答，所以就反問她：

「先不談這個……聽說妳和鋼鐵水火不容？」

沒想到，姬川的眼珠子在眼窩中用力一轉，狠狠瞪著他說：

「……我告辭了。」

她靜靜地移開鐵管椅，輕輕拿起放在旁邊座位上的皮包和大衣，比剛才更深深地鞠了一躬，走向門口。

「鋼鐵」是勝俁健作的綽號。當時在刑事部的人都知道姬川和勝俁不和。

看來這是比自己想像中更嚴重的禁忌話題。

下午，從拘留室拘提了矢吹，繼續進行偵訊。

矢吹已經進入拘留延長期間，從今天開始，可以再偵訊十天。
但是，東要偵訊的內容已經和當初大不相同。
「最近還好嗎？睡眠沒問題嗎？」
矢吹的外表並沒有太大的變化。氣色不差，鬍子也刮了。
「別看我這樣，我比一般人更能夠適應環境。墊被太薄，或是同房的人腳很臭這種事，對我來說，都不會是太大的痛苦。」
「那……很好。」
東輕輕張開雙手放在桌上。
「呃……上次請教了你關於砂川的幾個問題，你會不會為像他那樣的年輕人介紹工作，或是在自己的公司僱用他？」
矢吹訝異地皺起兩道白眉。
「東先生。我有時候搞不太懂你的問題。」
「是嗎？這只是簡單的問題。」
「你為什麼要問這種問題？」
「並沒有特別的意圖。你應該對拘留期間延長感到無可奈何，也覺得很不自由，但所謂妨礙公務執行，其實就是關係到警方的面子問題。這無關我個人的方針，但就是不可能馬上釋放你。」

「這我知道。我只是搞不懂你問題的主旨。」

「並沒有特別的用意。」

但其實有很明確的主旨。

「我知道問這些事會引起你的不悅，但是……包括地檢在內，總共有二十三天的偵訊時間，如果什麼都不問，反而很奇怪。既然這樣，就用我的方式發問……說起來很丟臉，這像在自曝其短，曝露出自己的孤陋寡聞，但我之前很少接觸像你這樣的人，所以有點期待，是不是能夠聽到什麼有趣的事。」

雖然不認為矢吹會接受這麼牽強的理由，但每個人都有想要尋求他人認同的欲求。東在至今為止的偵訊中，發現矢吹並非泛泛之輩。

我完成了這些壯舉。我是這樣的人。

矢吹的言行中，隨處可以感受到這種主張。

東繼續問道。

「那個……砂川也年紀不小了，今年三十五歲。雖然不知道他什麼時候從沖繩來到東京，但一個完全沒有人脈關係的外地人，要在東京找工作並不容易。但是，他有機會認識你，換成是我，一定會請你幫忙，問你可不可以幫我介紹工作。」

「哼。」矢吹用鼻子吐氣後，搖了搖頭。

「砂川並沒有提出這樣的要求，可能去找了別人吧。」

「那砂川靠什麼維生？」

「東先生，你好像對砂川特別有興趣。」

從他的反應來看，他做夢都沒有想到，砂川參與了殺人命案。

「不，我是對你有興趣。」

「對我的哪方面有興趣？」

「並不是對你某方面……不，你在很多方面都很神祕。應該說，神祕的部分占很大的比例。你的貿易生意原本做得很大，但近年來專做國內的生意。」

「也不是專做國內生意。只是慢慢就變成這樣了。我已經不年輕了……雖然不該這麼說，但我這把年紀再去開發中國家，真的太吃力。這無關適不適應，而是另一個層次的問題。」

矢吹點了點頭，似乎認同自己的說法。

「比方說……雖然我沒遇過恐怖攻擊，但曾經差一點被捲入一場暴動。一旦遇到這種情況，同行的年輕人就想要保護我。其實我已經活夠了，沒什麼關係了。但想到如果那些年輕人因為保護我而送命……所以，我決定不再逞強，不要認為自己可以隨心所欲地去世界各地。接下來的日子，只要在力所能及的範圍，做一點國內的生意就好。」

他的心情應該變暢快了。

「原來是這樣……請教一下，你目前經營的公司是？」

「『日本箭作』嗎？」

「主要業務是什麼？」

「有很多啊，農產品、海產，還有建材、不動產、網路服務，也經手不少立體停車場。」

聊天的方向正合東的意圖。

東假裝突然想起來似地問：

「……對了對了，說到不動產，『箭作』好像也經手沖繩的軍用地轉賣，好作為投資。」

「公司的正確名字是『日本箭作』。」

「對不起。」

東低頭道歉，矢吹立刻接著說：

「東先生，你認為軍用地投資的事，和砂川主辦的遊行有什麼關聯嗎？」

那當然啊。只是東並不會說出口。

「不，因為我對投資一竅不通，在這方面只能說自己是大外行，所以想要確認一下。」

矢吹嘴角下垂。

「嗯……也許你會以為兩者有關係，但其實完全沒有關係。沖繩的土地真的是為了投資，而且我們公司只是靠土地買賣賺取差額，並不是想要整合土地做什麼，更不是想要藉此反對美軍基地。而且正因為美軍租用那些地，地價才會穩定升值，有助於提升投資標的的價值，這就是我們的生意手法。」

東對投資軍用地的生意手法毫無興趣。反倒是可以利用機會仔細觀察矢吹在說話時的表情。

以印象來說，應該是處在「灰色地帶」。他看起來不像在說謊，但也無法斷言背後完全沒有其他意圖。只是即使有，東在現階段也無法識破。

在這個問題上，也許還必須多花一點時間。

「是喔……但既然想要得手，應該需要很熟悉當地情況的人協助吧？」

「你以為是砂川嗎？很可惜，並不是他。目前都交給一個姓花城的人處理，他就是當地人。應該也和砂川沒有交集。我也沒有因為他們都是沖繩人而介紹他們認識。」

東露出認同的表情點了點頭。

還有其他想問的問題。

「對了，矢吹先生，我想到一個完全無關的問題。砂川的朋友中，有沒有一個叫生田治彥的人？」

「你說叫什麼？」

「生田、治彥。他是獨立記者，三十八歲的男性。」

矢吹低吟了一聲，連續歪了兩、三次頭，但最後搖搖頭說：

「不，我不記得有這個人。但其實我對砂川的交友關係沒什麼興趣。」

這次又揮棒落空了。

5

和小川見面的隔天，接到了杏奈的電話。

『陣哥、陣哥，我突然想到一件事。』

當時，陣內還在大久保的公寓睡覺，所以完全搞不清楚狀況。

「……嗯？什麼事？」

『上岡先生曾經說，那張遊行的照片絕對有隱情。』

陣內還沒有清醒。周圍很亮，從窗戶照進來的陽光角度，判斷應該是下午。他看向掛在牆上的時鐘。原來才十點。不，看反了，是下午兩點多。

「……照片？」

杏奈可能發現他反應遲鈍，卯起來說道：

『啊喲，就是遊行的那張照片啊。沖繩的反美軍基地遊行，不是有一起車禍引發了這場遊行嗎？美軍的車子撞死了一個老頭，但完全沒有追究美軍的刑事責任，而且美軍也完全否認，即使證據照片公開之後，仍然矢口否認，說並非事實。』

杏奈說的話完全無法進入腦袋。沖繩、老頭、美軍、照片——他愣了十秒之後，才終於想到原來在說那件事。

『我忘了是什麼時候……好像是之前大家聚在一起的時候，上岡先生說，他之前好像在哪裡看過那張照片，只是想不起來在哪裡看過。我當時還對他開玩笑說，你說之前看過，但那場車禍不是最近才發生嗎？你想不起來，是不是開始老年癡呆了，但上岡先生一臉嚴肅地說，不是這樣。』

陣內漸漸釐清了杏奈說話的重點。

「……妳說大家聚在一起的時候，地點在哪裡？」

『在「艾波」啊，那還用問嗎？』

「我當時也在場嗎？」

『嗯……啊，你可能不在。可能跑去買菸了吧。』

很有可能。

「我就說嘛……難怪我完全沒印象。」

『即使沒印象也沒關係，你調查看看。』

「調查……要怎麼調查？」

『我也不知道，你和市村先生討論一下。』

「和市村討論有用嗎？」

『但除了他以外，就沒辦法了啊。還是你有辦法調查？』

這不可能。

陣內請杏奈重新說明了一次，然後轉告了市村。雖然杏奈說，自己可以直接打電話給市村，但在目前這種敏感時期，如果被人知道酒鋪的年輕女老闆和黑道老大有交集，比方說，消息傳入東的耳朵，解釋起來就很辛苦。凡事都要格外謹慎。既然這樣，還是由陣內出面，反正東已經知道陣內的真實身分了。

陣內在三點多時打了第一通電話，當時沒人接。隔了三十分鐘後又打了一通，還是沒人接。但過了將近一個小時，接到了市村的電話。

『……喔，不好意思，剛才正在忙，不方便接電話。』

「現在忙完了嗎？」

『對啊，已經丟進水泥桶，埋進三十層大樓的地基了。』

市村的笑話沒有一次好笑。

「真辛苦啊……剛才杏奈打電話給我。」

『你們父女大團圓了嗎？』

如果不是隔著電話，陣內一定會痛扁他。

「混蛋，你閉嘴聽我說。她說她想起了關於上岡的事。」
『喔？為什麼現在會突然想起？』
陣內盡可能詳細轉述了杏奈說的內容，市村也在中途插嘴說：『好像有這麼一回事。』
「你有沒有看過那張引發這場遊行的照片？」
『有啊，電視新聞中不是也介紹過嗎？』
「我應該也看過，只是記不太清楚了。」
『你用手機查一下，馬上就可以看到了。』
因為正在用手機打電話，所以沒辦法馬上查。
「但是，要怎麼調查……認為照片有問題的上岡已經死了，現在也不知道哪裡有問題。」
『不就是以前曾經看過，只是忘了什麼時候，在哪裡看過嗎？』
「對啊。」
『既然這樣，現在用網路查一下，不是很快就查到了嗎？』
「是嗎？那你負責。」
『我不會做這種事，你來查。』
「我也不會啊，而且我也沒電腦。」

『是喔，那叫次郎去查。』

陣內沒想到市村會提到這個名字。

「……次郎很擅長這種事？」

『他這個人很宅啊。我要他清理偷運進來的手槍，他好像都是上網查清理方法。他這方面很厲害。』

陣內完全不知道這件事。次郎外表看起來像大力神海格力斯，他竟然是宅男？

原本以為市村去找次郎調查，事情就解決了，沒想到陣內打算開店時，又接到了市村的電話。

『次郎說，你也要幫忙。』

次郎不可能用這種語氣說話。最多會說「希望陣哥也一起來幫忙」。

「但我要顧店啊。」

『打烊之後也沒關係，你去幫他一下。』

「不是可以找聖麒嗎？」

『她不行，不適合這種需要耐心的事。』

原來如此，的確只剩下陣內可以幫忙。

「好……我打烊之後去找他。但要去哪裡找他？應該不方便去他家吧。」

『也對。想好地點之後，會再通知你。』

結果又約在澀谷那家看起來好像小鋼珠店的賓館。傳來的訊息中指定的房間號碼是「411」，說是只要在櫃檯說：「要找411的宮本」，櫃檯就會放行。

按照指示跟櫃檯的人說，坐在裡面的一名年約六十歲的男人點了點頭，便以手示意搭電梯的地方。

這次比上次高一層樓，來到四樓。

四樓的走廊和上次三樓的裝潢稍有不同，但還是帶著誇張的童話色彩。為什麼五十多歲的人，一個月要來這種地方兩次。陣內想著這件事，快步走向四一一號房。

按了門鈴，次郎立刻為他開門。這麼冷的天氣，他只穿了一件T恤。

「喔，辛苦了。」

「……不會。」

他一臉嚴肅的表情反而更令人想要發笑。因為他看起來就是一個短頭髮的大力神。

次郎轉身走回門廊，陣內鎖好門之後，脫下鞋子，站在門廊上。

「……話說……聽說是你選了這個地方？」

陣內跟著次郎走進「糖果屋」時，次郎已經在淡粉紅色的沙發上坐了下來。

「是啊。」

這個人還是這麼不苟言笑。陣內懶得問他挑選這裡的理由。即使開玩笑說，兩個大男人來這種地方，他應該也不會笑，所以乾脆作罷。

次郎前方鑲著金邊的玻璃茶几上放了一台銀色的筆電。次郎拿起滑鼠時，陣內忍不住杞人憂天地擔心滑鼠會被他捏壞。

他先去洗了手，然後走到次郎身旁。

「要我做什麼？」

「現在還不需要。」

次郎目不轉睛地盯著螢幕上滿滿的圖片。不時用滑鼠將頁面向上移。

「……我可以問一個問題嗎？」

「好啊。」

獲得發問的許可後，反而不知道怎麼開口。

「那個……到底是怎樣的作業？」

「相似圖片搜尋。」

不用次郎說，陣內也知道是這樣。

「拜託你說得詳細點。」

於是，次郎在目前正在看的網頁上方開了另一個視窗。

「……這是原本的圖片。」

「喔，嗯，我曾經看過。」

那張照片拍攝時間是在晚上。有一個即將倒地的人影和一輛車子。背景雖然有點模糊，但拍到了街頭鮮豔的燈光。

拍攝的角度位在車子的斜左後方，不知道是從後方的車子上，還是在人行道上拍的。被車子撞到，身體向後仰的那個人的背影出現在照片左側，右側是白色轎車的後半部分。從那個人影的背影來看，是一個男人，穿著淺色短袖襯衫，長褲的顏色比較深。襯衫可能是沖繩特有的嘉利吉襯衫或是夏威夷衫，可能有圖案，但因為暈光干擾的關係，所以看不出來。頭髮也幾乎是白色的。

白色轎車的左側側面，從副駕駛座的車門到後車門的位置，用紅色寫了大大的【POLICE】的文字，還有兩條橘色斜線。嚴格來說，【P】那個字被人影遮住了，看不太清楚，但車頂上有只有警車才有的橫長車燈。因為不是日本警方的黑白雙色警車，所以判斷是美軍憲兵隊的車輛。

次郎鬆開了滑鼠。

「這張圖片的出處不明。從去年十一月開始，突然在網路上流傳，但不知道是否透過國外的伺服器，始終查不到最初的來源。我目前在試其他方法。雖然不知道上岡當初是對哪一點產生了懷疑，我正在確認這張照片是捏造的可能性。」

捏造——？

「你的意思是說，這張照片並不是憲兵隊撞到老人的瞬間拍下的嗎？」

「果真如此的話，會有什麼結果？」

果真如此的話會天下大亂。

「……這意味著憲兵隊並沒有撞死老人。」

「正確地說，在沖繩要求美軍基地撤離的老人的確因為車禍身亡了。只是撞死老人的那輛車有可能不是憲兵隊的。」

「所以……是謠言。」

次郎點了點頭。

「因為憲兵隊並沒有撞死老人。所以即使沖繩縣警去問，他們也會否認與那起車禍有關。當這張照片在網路上流傳，引起軒然大波後，即使他們在內部徹查，因為照片是假的，當然不可能從憲兵隊揪出兇手，所以就回覆縣警，並沒有這回事。縣警也只能這樣對外公布。但是輿論……尤其是沖繩的輿論絕對無法接受。他們認為美軍又殺了沖繩縣民，證據已經擺在面前，美軍仍然死不承認，殺人兇手仍然在沖繩島上逍遙……就會變成這樣的結果。」

但是，事情不會就這樣落幕，事實上也的確沒有落幕。

「所以目前在全國各地，尤其在東京都內舉行的那場遊行……」

「在美國人眼中，會覺得是一場毫無根據、毀損名譽的公民運動。」

次郎又在螢幕上顯示了另一張圖片。從剛才那張照片中剪下了人物，背景變成了黑色。

「如果這個被害人和憲兵的車輛不是同時拍攝的，即使一起搜尋，也不可能找到原本的照片。但是，如果分別搜尋，就可能會找到相符的照片。我目前正在做這件事。」

次郎說完，又回到了最初那個有許多圖片的網頁。

果然，最前面的幾張照片都是看起來很相似，有人好像快跌倒的背影。但十張、二十張之後，就變成只有衣服有點像，或是照片整體的顏色很相似而已。

「總共搜尋到幾張？」

「七百……六十八張。」

陣內也在一旁看著，並沒有看到和那個背影完全相同的圖片。

「接下來怎麼辦？」

「再用車子搜尋。」

接著，次郎開始進行從原本的圖片中剪下憲兵隊車輛的作業。花了十五分鐘到二十分鐘，再調整圖片的尺寸，把空白處設定成黑色，終於完成了。

然後再上傳到網路上的搜尋引擎，搜尋相似的圖片。

「……出現了。」

「你來比對。」

次郎說完後站了起來，把電腦前的座位讓給了陣內。

「好，那我來比對。」

陣內像次郎剛才一樣，仔細確認每一張圖片。有很多相似的圖片，但遲遲找不到完全相同的車子。總共有四百二十九張圖片，最後變成只是白色轎車的圖片。

「都比對完了……沒有。」

「那再下一步。」

次郎消除了人物，只留下車子和背景，用同樣的方式搜尋。

「……你來比對。」

「好。」

這樣的作業進行了兩個小時，陣內的眼睛也有點花了。次郎不時點著眼藥水。

「那個也借我一下。」

次郎不發一語，突然把整瓶眼藥水丟了過來。雖然不知道他以前過的是怎樣的人生，但希望他和朋友之間的溝通能夠順利些。

話說回來，這種作業方式真的能夠找到原本的照片嗎？

陣內正在比對照片背景的夜景。因為原本就很模糊，所以搜尋引擎的詮釋也很多樣。有時候是五彩繽紛的球，也有圓點圖案的布料，或是色覺測試的彩色圖——。

不，等一下。

「……次郎，搜尋引擎是用怎樣的方式挑出搜尋結果？」

原本躺在床上的次郎坐了起來。

「好像是根據顏色、形狀、圖片的尺寸和關鍵字進行綜合判斷，但我也不太瞭解詳細的情況。」

陣內看了這麼多圖片，總覺得似乎以顏色為主，如果是這樣……。

「要不要試試用黑白的方式搜尋？」

次郎不發一語地站了起來，搖晃著龐大的身體走了過來。他並沒有對陣內的想法表達任何意見。但既然走過來，應該代表換他操作電腦的意思。陣內向旁邊挪了一個位置，把電腦前的座位讓給他。雖然有點不爽，但陣內不會加工圖片，所以也無可奈何。

次郎操作滑鼠和鍵盤後，將原本的照片變成了黑白照，因為這次不需要剪貼，所以很快就完成了。

把完成後的照片上傳到搜尋引擎。

「喔！」

出現了。雖然又出現了很多似是而非的圖片，但最上面那一張正是「相似」的圖片。

「幾乎一模一樣。」

「除了這個部分以外。」

次郎指著車身的左側。原本的照片上有【POLICE】幾個字，但這張照片上沒有，也沒有斜線，而且車頂上也沒有警車燈。

那張相似照片上只是一輛白色轎車。

「這……絕對是捏造。」

次郎默默點選了滑鼠，進入了刊登這張照片的網站。

那是名為【想要傳達的真相】的部落格。背景是一片像是天空的水藍色，部落格的名字下方貼了一張彩色照片，在白色水泥的低矮樓房街景後方，是一片像是跑道的柏油路面，上面停了兩排大型螺旋槳飛機，每排有三架。每一架看起來都比前方的樓房大很多，畫面很震撼。就連陣內也不難猜到，應該是沖繩的普天間機場。

次郎瀏覽了網站，在下面看到了車禍的照片，下方還有說明的文章。

【這是剛好在那霸市區拍到的車禍瞬間照片。被害男子沒有生命危險，太好了，太好了。沖繩縣內酒駕氾濫，真的很危險。請大家要注意安全。這張照片刊登在《近代週刊》上。】

原來是這樣。難怪比普通的黑白照片質感更粗糙。如果是翻拍雜誌上的圖片，就不感到意外了。

次郎點選了【Profile】的頁面。

【姓名／生田治彥　職業／獨立記者】

部落格內還有他的半身照。

如此一來，漸漸看到了命案的方向。

把手伸向黑暗，指尖觸摸到了什麼——。

陣內的指尖有這樣的感覺。

第四章

1

砂川的積極出乎我的意料。

他成立了名為【寧靜的大海，寧靜的天空】的網站，開始介紹美軍基地問題和美國士兵的犯罪情況。他本身的文筆很好，對網頁設計方面也很有品味。他在網站中並不會刻意突顯沖繩的色彩，有些部分還結合了美式插圖和時尚，設計成讓人很容易親近的網站。同時，還和部落格連結，並以「網友會」的方式，直接和網站的讀者見面，逐漸拓展人脈。

他有時候也會委託我寫文章。

「生田先生，雖然我無法支付稿費，但很希望你也可以幫忙。」

我也無意從他那裡獲得報酬，所以同意在不影響其他工作的範圍內，也為他寫寫稿子。

原本以「網友會」的方式舉行的聚餐漸漸變成了「會議」、「第◎次會議」，原本只是「喝酒聊天的朋友」，也漸漸產生了身為「組織一分子」的向心力。砂川的網站首頁畫面也出現了【Presented by Team QS II】的文字。「QS II」是「Quiet sea, quiet sky」，也就是「寧靜的大海，寧靜的天空」的英譯簡寫，就此變成了團隊的名字。有一陣子，有一些女性成員還半開玩笑地說：「QSQS就是卡滋卡滋。」

但是，聚會時討論的內容很嚴肅。

當然，每次會議的方針都由砂川決定。

「《地位協定》的內容本身只是冰山一角，外務省和美方的密約才是水面下巨大的冰山，而日美共同委員會目前仍然不斷在量產這些密約。」

日美共同委員會是根據《地位協定》第二十五條成立的組織，專門負責協調美軍基地的提供與歸還，以及有關《地位協定》運用的所有事項。委員會每個月會舉行兩次定期會議，日本方面由外務省北美局長率領法務省、財務省、農水省和防衛省等局長層級的人出席。美國方面則由駐日美軍副司令、陸軍、海軍、空軍和海軍陸戰隊的副司令以及參謀長層級的人、駐日大使館公使出席。

那些成員似乎受到了砂川的影響，很快便掌握了這方面的知識。

「對啊，議事錄也不公開，只公布雙方達成協議的項目，根本無法知道日本方面提出什麼提案和要求，美方同意了哪些項目，拒絕了哪些要求。」

「不是沒有公布，而是無法公布。因為日方只是省廳局長層級的人參加。對方派出的是駐日美軍的第二號人物。根本不是對手。我們至少也要派出副大臣或是政務官層級的人出席……看出席的成員，就知道日方只能被美方牽著鼻子走。」

「八成是日方提出，這次發生了強暴事件，該怎麼辦？美方說，不能搜查，也不能起訴。日方就只能全吞，回答說，好，知道了。」

週六、週日的白天，就在新宿或澀谷的咖啡店包下會議室，開始討論這些事。傍晚再轉戰居酒屋，舉行「聚餐會議」，每次都持續到深夜。

人多的時候，會有二十人參加會議，三十個人在居酒屋聚餐。人少的時候也都有十人左右。在「聚餐會議」上，討論就更加熱烈。

「砂川先生，我們要採取一些看得到的行動。這裡的示威遊行太少了。民眾完全冷感。」

說這種話的幾乎都是二十多歲的年輕人。「網友會」的中心人物是砂川和其他三十多歲的成員。也有少數幾個四、五十歲的人，但二十多歲的成員最積極，人數也直逼三十多歲的成員。

砂川似乎也對這個團隊的營運很有成就感。

「我知道。近期一定會採取行動。但現在的時機還不成熟。在目前的狀況下，即使舉行遊行，社會大眾也覺得只是和別人差不多的、了無新意的遊行。必須要有引爆點，能夠……很有力地訴諸社會大眾，富有震撼力的材料。」

當時，砂川在網路公司任職，但對三十多歲的男人來說，他的經濟能力並不算理想。他身為「網友會」的主辦人，必須參加「聚餐會議」到最後，當然無法在末班車之前離開。以他的經濟狀況，不可能沒有末班車就搭計程車回家。雖然不知道我不參加時的情況，但我去參加時，他每次都會說：

「生田先生……不好意思，今天晚上又要麻煩你了。」

然後，他就會跟我一起回到位在目白的公寓。

到了我家之後，就會展開「聚餐會議」的延長戰。因為是一對一，所以也就討論得更深入。

「生田先生，你最近有沒有和民自黨的世良先生見面？」

世良在這次的第二次西野右輔內閣改組中，擔任官房副長官一職。

「沒有，完全見不到他。聽說官房副長官比大臣更忙。而且西野首相每天都會找官房長官內海先生，副長官世良先生、阿藤先生、笛木先生，偶爾還會加上首席祕書官高峯先生一起，在官邸五樓舉行朝會。官邸五樓除了有可以讓記者透過攝影機看到的走廊以外，還有通往首相辦公室，以及長官、副長官辦公室的內廊。這些成員都是從內廊走去開會，所以跑首相官邸的記者也完全無法瞭解他們的動向。」

也許是因為曾經是《產京新聞》的記者，在記者魂的作祟下，我有時候會無意識地把從記者那裡打聽到的最新消息透露給砂川。然而，他似乎對這些事不感興趣。

但是，他似乎對世良這個政治人物很有興趣。

「世良先生對《日美安保》和《地位協定》是什麼態度？」

「嗯，關於這個問題，我們曾經討論過很多次……關於《安保》，姑且不談分論，以總論來說，他認為絕對必要。至於《地位協定》，他認為有必要修訂，只是以現實層面來說，恐怕相當困難。」

「具體來說，哪方面有困難？」

我盡可能用淺顯、簡略的方式向他說明之前世良的說法。

砂川聽了，雙眼立刻亮了起來

「……沒錯。菲律賓雖然藉由修憲把美軍趕了出去，但這是不行的。從某種意義上來說，日美同盟是必要之惡……關於《日美地位協定》，嗯……我能夠理解你的主張。即使由美軍方面掌握搜查權、審判權也無妨，但必須做出讓我們滿意的處分，嗯……如果能夠做到這樣，當然最容易理解。問題是如果可以做到這一點，其實日美共同委員會就可以搞定。只要日方對美方展現應有的態度，質問他們到底要怎麼處理，美軍那邊也不會有事。既然是日美『共同』委員會，就必須是雙方進行溝通……」

當砂川侃侃而談時，即使我插嘴說：「話是這麼說沒錯，可是」，他也絕對不會住嘴。

「所以，所以啊，不必討論《地位協定》的細節，只要斷絕根本，就可以從根本重新簽訂《地位協定》。」

我一時聽不懂他說的意思。

「……斷絕根本？」

「對，先廢除《日美安保》。」

「這也太……」

但是，砂川很認真。

「生田先生，你認為如何才能廢除《日美安保》？」

「這……」

最快的方式，就是模仿世界其他國家的前例。

「就像你剛才說的，像菲律賓一樣修憲……」

砂川用力搖著頭。

「不需要修憲。你聽我說，《日美安保條約》第十條的內容是，『本條約經十年有效期滿後，任一締約國皆可通知他方締約國終止本條約，本條約將在通知後一年終止』。」

聽到他這麼說時，我深感慚愧，因為我完全不記得有這項條文。我對他深感佩服，事後確認發現，砂川一字無誤地背下了這項條文，讓我驚訝不已。

砂川更加口沫橫飛地說：

「生田先生，我剛才不是說，《日美安保》是必要之惡嗎？因為日本這個國家需要《日美安保》，美國也不願意放手。所以，這也沒關係。《日美安保》可以繼續……」

「但是，你不是說要廢除嗎？」

「只是暫時廢除而已。藉由暫時廢除，完全廢除《日美地位協定》。之後，再重新簽訂《日美安保》。這麼一來，《地位協定》就可以在全新的架構下重新簽訂。就像你說的那樣，可以把搜查權和審判權交給美方，但美方必須做好該做的事，公正地處分、判處刑罰……不，必須要求他們這麼做。可以在協定上明確規定，按照日本法律的方向進行處罰。這是雙方的希望，所以可行性很高。修憲絕對不可能，但這種方式就有可能。」

當時，我完全無法插嘴，只是被他的氣勢震懾住了。

「生田先生，你能不能把這些話直接轉達給世良先生。世良先生不是支持修憲嗎？」

「嗯，是啊……因為這是民自黨的黨綱……」

「有這種想法的人才會去做。但是，但是啊，以目前的輿論來看，修憲並不可能。既然這樣，就先從《安保》下手。只要鬆動《安保》，最終就可贏取《地位協定》。你可以問世良先生，要不要朝這個方向努力看看，你要遊說他這麼做。你和他有私交，一定可以做到。你們不是很合得來嗎？之前不是還去過他家嗎？」

我的確曾經去過。但今非昔比。

因為世良目前已經是內閣官房副長官。

在這次談話的大約一、兩個月後。

某天夜晚，一位名叫仲本五具，要求美軍基地撤離的七十二歲社運人士，在沖繩縣宜野灣市的普天間機場附近被車子撞死。車禍發生後，全國各地的媒體並沒有立刻報導。這也是理所當然的事。雖然這麼說可能對仲本先生有點失禮，但這不過就是在日本各地都可能發生的一起車禍死亡意外。

但是，到了去年十一月左右，網路上突然開始討論這起車禍。

【聽說是美軍憲兵隊的警車撞死老年社運人士。】

【原本靜坐的老人準備走過基地前的馬路時，憲兵隊的車子連煞車都沒踩，就直接把他撞飛了。】

【美軍似乎宣稱，這起車禍是誤會。】

在這個階段，我認為只是沖繩常見的都市傳說，或者說是造謠。

但是，砂川他們不這麼認為。

「砂川先生，開始行動吧。機不可失，現在不行動就來不及了。」

「嗯，是啊。既然美軍肆無忌憚地殺日本人，我們不能繼續沉默。仲本先生是熱心的社運人士，絕對不能讓我們的同志白白送死。」

「對啊。現在民氣可用。媒體也展現了高度的興趣。」

「好，那就行動吧……首先在新宿舉行遊行。我會負責事先的準備工作，請大家負責召集人數，還有……」

「要做標語牌，還有頭巾。」

「還要做像鯉魚旗一樣的旗子。」

「如果是這個月中，我們這一組至少有五十個人參加。」

但是，令我驚訝的並不是這件事。

有一天，我用電腦查資料時，發現有什麼東西閃過視野角落。怎麼回事？我點回剛才的網頁。

「……啊！」

在新聞的點閱排行榜上，以【沖繩社運人士被撞死的瞬間】為標題，附有照片的報導成為頭條。起初我不知道自己為什麼會注意到這則新聞，但在打開那則新聞後，立刻知道了原因。

是照片。那張照片是我之前拍攝的，連同沖繩的報導一起提供給週刊雜誌。但照片的右側。我拍的那張照片只是白色轎車，但網路上那張照片被加工成美軍憲兵隊的警車。我下載了圖片，放大後仔細研究，發現就連手震和模糊都經過精密加工，很難發現是偽造的。

我立刻想要聯絡週刊雜誌的編輯部。打算去向他們抗議，為什麼未經我的許可，就用這種方式使用我提供的照片。但最後打消了這個念頭。如果不是編輯部的人把我的照片加工後在網路上散布呢？他們很可能反過來懷疑是我偽造照片後四處散布。我認為必須謹慎思考後，再和編輯部聯絡。

到底是誰？誰把我的——。

唯一的可能，就是砂川。他曾經來我家住過好幾次，很可能趁我去洗澡或是買啤酒時，打開我的電腦，偷走我的圖檔。而且我——真的太傻太天真了，我的電腦並沒有設密碼。我做夢都沒有想到竟然會發生這種事。

我立刻聯絡了砂川。但一直找不到他的人。

我急死了。電視上把那張照片稱為「證據照」，東京都內各地舉行示威遊行時，都高舉這張照片。電視上還播放了採訪的影片。偽造的車禍現場照片被放得很大，粒子變得像圓點一樣粗，影印成數十張，數十個人高舉在頭上，高喊著：「美軍滾出沖繩」、「還我沖繩和平」、「美國不要再把日本捲入戰爭」、「還我寧靜的大海、寧靜的天空」、「徹底廢除日美安保」。

名嘴也在攝影棚內一臉嚴肅地說，既然已經有車禍現場的照片，美軍為什麼還不扛起責任。另一名曾經是警察的名嘴也信誓旦旦地說，這張車禍現場照片是真的，作為證據的可信度也不須懷疑。

不對不對不對，加工的部分並不是車禍，而是車子有問題，那台車並不是憲兵隊的，只是普通的白色轎車——。

在我發現這場風波的三天後，一直聯絡不到的砂川突然上門來找我。

「生田先生，晚安。」

「喂、喂，什麼晚安啊。」

我把砂川拉進屋內，鎖上了門，掛上門鍊，然後把他推到電腦前。

砂川的後背顫抖著。

我雙手感受到的顫抖不是因為悲傷或是恐懼。

他在笑。

砂川笑得整個背都在顫抖。

「生田先生……誰叫你慢吞吞的，所以我就動手了。因為剛好有合適的照片……所以就借用了一下。」

什麼剛好有合適的，什麼借用一下——。

「你、到底……你知道、自己在說什麼嗎？」

「我當然知道。怎麼可能不知道？我終於在遲遲沒有動靜的東京點燃了戰火。而且獲得了空前的成功。」

又來了。電視新聞報導說，都內各地的反美軍基地遊行愈演愈烈，今天更發展為暴動，總共有六人受了輕重傷。

砂川仍然不停地笑。

「如果你很乾脆地找世良談這件事，事情就解決了。但你整天說什麼省廳如何如何，事情沒這麼簡單……老實說，全都是因為你，事態才會惡化到這種程度。而且，事到如今，即使去澄清說，那是加工過的照片、不能當真，也無濟於事。因為那張照片是從你手上流出去的，你的部落格上也有這張照片。無論怎麼想，大家都會以為是你進行加工的。事到如今，你想裝好人也沒用了。」

砂川完全變了樣。第一次見到他時，覺得他很文靜，看起來像年輕學者，但當時出現在我面前的砂川，已經變成了怪物。就像是眼珠子快從瞪大的眼睛中掉落出來，一臉齜牙咧嘴的西方石像怪物之類的。

「我們從現在開始……會勇往直前，直到美軍基地撤離。生田先生，也請你多幫忙。」

這和原本說的不一樣。我單純地這麼想。

「你、你的主張不、不是《地位協定》的架構……」

「事情至此，你還在說什麼夢話。現在必須勇往直前，要求美軍基地撤離。因為輿論已經朝這個方向發展，沒辦法踩煞車，也無法後退了。生田先生，你也已經和我們一起搭上了雲霄飛車，而且已經開始運轉了。即使這樣，你還是要下去嗎？你有辦法下去就自己下去啊。你可以像那個……就是你無法拯救的女大學生一樣，大聲喊救命，求別人來救你……雖然我認為當初見死不救的人沒這種資格。」

我的惡夢開始了。

我無法獨自擺脫眼前的狀況。我想要找別人商量。但世良比之前更加忙碌，幾乎聯絡不到他。即使聯絡以前在報社時認識的朋友，告訴他們目前的情況，我也不認為他們能夠為我做什麼。

就在這時。

『……喂？生田嗎？你知道我是誰嗎？……我是上岡。』

我接到了專門寫歌舞伎町的記者上岡慎介的電話。

我在一年半前認識他。我接到一個寫色情行業的案子，但我完全沒有相關的知識和經驗，於是託朋友介紹瞭解歌舞伎町的人，結果就認識了上岡。

他把歌舞伎町的狀況一五一十地告訴了我，連很多獨家消息也都毫不藏私。他也是獨立記者，應該知道這些內容是可以賺取稿費的。

「我……沒關係。生田，你可以寫我剛才告訴你的事，不必客氣。」

他告訴了我好幾個獨家消息。託他的福，我之後又接到了歌舞伎町相關的工作。

上岡還對我說：

「如果你在歌舞伎町採訪，遇到什麼麻煩事，可以來找我。大部分幫派我都可以搞定，麻煩事也一樣……因為這裡會發生一些其他地方意想不到的情況。有些事有內幕，還有內幕的內幕……如果太勉強，就會愈陷愈深。既然這樣，不如在事情無法收拾之前找我商量，也許我可以幫你。現在的我，該怎麼說……也有些這方面的朋友。」

可以找他幫忙。雖然我當時捲入的麻煩和歌舞伎町無關，但上岡至少能夠比我冷靜地思考解決眼前事態的方法。

「上岡先生，其實我現在……」

『嗯，你好像遇到麻煩了。』

「啊……你說什麼？」

『是不是遊行的事？那張照片是用你部落格上那張照片加工的吧？』

慘了。我忍不住想道，我拚命想要否認這件事。

「不，不是這樣，上岡先生，那不是我幹的。」

上岡輕輕笑了笑。和砂川那個像怪物般的笑聲不一樣。而是更深沉、更鎮定的笑。

『我知道。我看人至少還有點眼光。……你說說看，到底發生了什麼事？你可以找我商量。』

如今，我很後悔。我後悔得要死，我不該把一切都告訴他。

但是，當時我別無選擇。

我做夢都不會想到，上岡竟然會慘遭毒手。

2

陣內這個人難道掌握了警察的正常下班時間？

東抬頭看著牆上的時鐘，發現傍晚五點零五分，心想著差不多可以收工了。這時，口袋裡的手機震動了幾秒。拿出來一看，不是電子郵件，而是傳到電話號碼的簡訊。

【不好意思，突然聯絡你。我是陣內。今天晚上，如果時間方便，可不可以請你來店裡一趟？】

因為簡訊有字數限制，所以才沒有寫到底是什麼事嗎？還是他認為根本沒必要寫？

無論是哪一種情況，東的回答都是「ＹＥＳ」。

【我六點左右過去。】

東在下班前的幾分鐘想東想西，五點十五分時站了起來。

他從置物櫃中拿出大衣穿好，把圍巾在脖子上繞了一圈。東平時從來不曾準時下班，今天很特別。

「不好意思，我先告辭了。」

「辛苦了。」

他向篠塚和其他同事打招呼後走向門口。雖然他知道其他人都發現了他今天特別早下班，但他懶得多解釋。換成是別人，應該會有人調侃：「要去約會嗎？」但辦公室內沒有人會和東開這樣的玩笑。只有今天，他很感謝職場的這種氣氛。

二月十七日。今天是歌舞伎町生意最差的星期一。平時會擔心「艾波」可能沒有開門營業，但剛才接到了陣內的聯絡，所以今天根本不必擔心這件事。

可能一路上走得很快，在五點半過後，已經來到了黃金街。

抬頭一看，「艾波」的鐵捲門拉起了三分之二。該不會今天星期一果然不營業？但因為約了東，所以特地打開了店門？

東低頭走進鐵捲門，以免撞到頭，然後沿著狹窄的樓梯上樓。陣內立刻出現在二樓的門口。

「東股長……不好意思，突然約你來這裡。」

「別這麼說，謝謝你聯絡我。」

走上樓梯，陣內用手指向店內說：

「請進……我去把下面的門拉起來，以免被人打擾。」

陣內腳步輕盈地下了樓，用熟練的動作關上鐵捲門，又一步併兩步地回到二樓。雖然是因為他已經習慣走這個樓梯了，但東還是不由地佩服他的身手矯健。

「……這個樓梯很陡。」

「是啊……給客人添了麻煩。」

「請進。」陣內又指著店內說了一次。這次東順從地走了進去。

陣內走進吧檯。東也和上次一樣，坐在正中央的座位。陣內身後櫃子的燈打開了，感覺陣內似乎隨時會問：「今天想喝什麼？」

「……要不要先說正事？」

陣內一臉嚴肅地問。那完全不是酒吧店長的表情。

「如果不是可以邊喝邊聊的事，我就先洗耳恭聽。」

陣內點了點頭，拿起手邊的東西。

那是一個並不是很大的牛皮紙信封。他從裡面拿出幾張三點五吋的照片。

「你當然看過這張照片吧？」

他拿起第一張，放在吧檯上，推到東的面前。照片左側是被車子撞到，身體向後仰的老人背影，右側是美軍憲兵隊的警車。

「看過，就是這張照片引發了目前的遊行。」

「沒錯……那你看過這張照片嗎？」

陣內又遞上另一張照片。這次是黑白的——不，不對，憲兵隊的警車變成了普通的白色轎車。

「這是？」

「這是幾年前，週刊雜誌刊登一名獨立記者寫的報導時所附的照片。」

怎麼可能？

「……該不會是上岡？」

陣內搖了搖頭。

「不，是另一個叫生田治彥的記者。」

生田治彥。就是姬川說的那個生田治彥？以「齊藤雄介」的名義投宿在上岡遇害的週租公寓，在犯案後和三名蒙面人一起離開現場的人嗎？

陣內一臉訝異地看著他問：

「有什麼問題嗎？」

當然有問題。一天之內，從兩個完全沒有交集的人口中聽說了「生田治彥」的名字，怎麼可能不驚訝？

「陣內先生，你是怎麼……？」

「你是問我怎麼發現的嗎？」

「對。」
「很簡單。在網路上搜尋相似圖片就找到了。」
怎麼會有這種事？
「既然這樣……應該有更多人會更早就發現，然後揭露這是捏造的照片。」
「也許吧，但需要下一點工夫才能找到。因為偽造的那張憲兵隊的照片是彩色的，但雜誌上刊登的是黑白照，如果不將偽造的照片也變成黑白，就很難搜尋到。」
「是這樣……」
「沒錯，就是這樣。」
東還有其他疑問。
「你說這張曾經刊登在雜誌上。」
「對，好像是《近代週刊》。」
「即使加工成彩色，然後在車上加了『POLICE』，也做不出這張照片吧？」
陣內點了點頭。
「沒錯。所以並不是用刊登在雜誌上的照片加工，而是用刊登之前的原始照片或是圖片加工，只是不知道是誰幹的。」
最容易想到的應該是生田本人。
「陣內先生。我也可以看到刊載這張黑白照片的網站嗎？」

「可以啊。我等一下把網址告訴你。那只是很常見的部落格。上面也介紹說，這張照片是偶然拍到的車禍照，被撞到的男子生命並沒有受到任何威脅。」

陣內說話時，操作著自己的手機，遞到東面前。

「……就是這個部落格。」

的確是很普通的部落格，在很普通的一天，版主在他的生活紀錄中，大剌剌地刊載了這張照片。簡介上也打了【生田治彥】的名字。

陣內把手機放在吧檯上。

「東股長……你有什麼看法？」

「怎麼說呢？」

「這個叫生田的人很可能用自己拍攝的照片加工，偽裝成憲兵隊把人撞飛，然後在網路上散播，讓輿論沸沸揚揚……這說法有可能成立吧？」

「的確。」

「但是有一個問題，會有人傻傻地把在部落格上刊載的照片，用這種方式加工後使用嗎？」

「我也這麼認為。」

還有好幾個必須考慮的要素。首先，主導目前這場遊行的砂川雅人，和擁有原版照片的生田治彥，這兩個人都很有可能涉及上岡的命案。至少代代木特搜認為砂川和生田兩個人也在殺害上岡的現場。

到底是生田加工了自己拍攝的照片交給砂川使用，還是砂川從生田拍攝的照片中挑選了這一張進行加工，然後在網路上散布？無論是哪一種情況，這兩個人都與偽造照片有關，也是藉此激化了反美軍基地遊行的人。

上岡的情況又是如何？他只是在外側觀察遊行，然後進行採訪，這點應該無庸置疑。他只是局外人。雖然可能很接近遊行隊伍，但東認為他參加遊行的可能性很低。

假設上岡也用和陣內相同的方法發現了這張照片的玄機呢？他立刻知道原版照片的主人是生田治彥。部落格的簡介上也說他是獨立記者。既然是同行，有可能認識。即使不直接認識，只要請出版社的編輯部介紹，就可能找到對方。《近代週刊》是大出版社陽明社出版的週刊雜誌。只要在陽明社有熟人，上岡很容易找到生田。

或是上岡也採訪了反美軍基地遊行，所以認識了遊行的代表人物砂川，也可能透過砂川和生田接觸。

但是，接觸之後呢？他會指責生田或是砂川，說他們藉由偽造照片，激發了這場遊行嗎？也許他曾經這麼做，但如果上岡發現了這張照片是偽造的，不是應該公諸於世，向規模逐漸擴大的遊行揭露出事實，表明「各位作為證據的照片是假的，憲兵隊根本沒有撞老人」，以阻止事態繼續擴大嗎？

然而，上岡在做這些事之前就慘遭毒手。

陣內再度盯著東的臉問：

「東股長，是否可以認為，這就是上岡先生遇害的原因？」

目前還無法這麼斷言。

「應該有這個可能。」

「這個情資有用嗎？」

東抬起雙眼，看向陣內那雙沒有表情的黑色眼眸。他的眼睛又深又暗，充滿平靜，就連東這個刑警，也完全無法洞悉他的內心。

「當然有用。我會仔細研究，必要的話，會交給特搜……交給目前正在偵辦上岡命案的特別搜查總部。」

陣內聽了，露出想要說什麼的表情，但他還沒有開口，樓下傳來巨大的聲音。是鐵捲門。有人把樓梯下方的鐵捲門打開了。

陣內皺起眉頭。

「……是誰啊。」

他走出吧檯，走向門口。肆無忌憚的腳步聲從樓下漸漸逼近。東立刻把放在吧檯上的照片收進口袋。

陣內打開拉門的同時，一個人影出現在門口。

「……我來打擾一下。」

糟透了。最糟糕的人竟然出現在最不合時宜的地方。

陣內可能不知道來者是誰。

「很抱歉，今天是本店的店休日。」

「不必擔心，我剛才已經幫你把鐵捲門打開了。從這一刻開始，今天照常營業，招呼客人時要說『歡迎光臨』。否則……坐在吧檯前的這位老兄就沒立場了。」

那個人推開陣內，硬是想要走進來。

陣內的右手下意識用力。

「這樣會造成本店的困擾。」

太危險了。陣內一旦動手，這個男人就會知道他非等閒之輩。這很不妙。眼前的狀況和上岡的命案毫無關係，不需要讓陣內承受不必要的懷疑。

「陣內先生，」

東叫了一聲，陣內似乎已經察覺了情況，靜靜地放鬆了右手指尖的力量，若無其事地將右手放到背後。

「陣內先生……他是我的同行。」

這個男人看起來完全不像，東也不希望稱他為同行，只不過這是事實，所以也無可奈何。

勝俣健作。在警視廳四萬三千名警察中，如果可以殺一個人，東毫不猶豫會殺這個人。

陣內也退後一步鞠躬說：

「原來是刑警啊……剛才失禮了。」

勝俣滿意地點了點頭。

「我一再叮嚀，這家店由我負責調查，所以故意放著，一直沒讓人來動……沒想到竟然引來了一隻小老鼠。」

這個溝鼠在說什麼屁話。

東從高腳椅上跳了下來。

「有什麼事？」

「你的耳朵被耳屎塞住了嗎？我怎麼可能來找你這種連特搜都進不了的廢物？我剛才說了，這家店由我負責調查，是以搜查一課刑警的身分調查。當然，如果你說想要提供協助，我也可以讓你幫忙。你特地在店休的日子，偷偷摸摸地來這裡查訪。如果你不是玻璃，想必應該打聽到不錯的線索了吧……嗯？」

勝俣的後面沒有其他人。他今天又甩掉了代代木的股長了嗎？

好，那就正面迎戰。

「是又怎麼樣？我可沒義務把線索提供給被公安一腳踢出來的人。」

勝俣的臉頰好像被釣針勾到般吊了起來。

「既然這樣，就閉嘴在一旁乖乖聽著，不要來干擾我的工作……你這個被人僱用的店長，坐下來，我有話要問你。」

勝俁說著，輕輕推著陣內的肩膀。陣內似乎不甘示弱，沒有在高腳椅上坐下來，再度走進了吧檯。勝俁在和東之間空了一張椅子的第二張高腳椅上坐了下來。

「你是陣內陽一嗎？」

「對。」陣內面無表情地回答。

「上岡是這裡的老主顧，他最後一次來這裡是什麼時候？」

「五日星期三。」

「你記得真清楚啊。」

「因為我也這麼告訴東股長，所以只是重複相同的話。」

雖然勝俁的態度很討人厭，但陣內最好不要表現出過度反抗的態度。一旦被他盯上，就會惹上麻煩——雖然東這麼想，但又覺得既然勝俁的態度這麼無禮，表現出順從的態度反而不自然。

他們的談話還在繼續。

「那天聊了什麼？」

「因為他看起來很累，我就問他是不是很忙……就只是這種程度而已。」

「上岡怎麼回答？」

「他說他很忙。」

「有說在忙什麼？」

「應該是工作吧。」

「我當然知道，我是問工作的內容。」

陣內的臉上完全沒有表情，聲音也沒有起伏。

「他是獨立記者。如果是賣車的，也許會吹噓這個月賣了幾輛車，做了多少業績，獨立記者要是到處吹噓他挖到的獨家，根本沒辦法賺錢吧。」

東上次來的時候，陣內告訴他，上岡提到了正在採訪反基地遊行和祖師谷命案，但並沒有這麼告訴勝俣。這是陣內的「判斷」。

勝俁慵懶地點了點頭。

「算了……我也不是吃素的，有關這些，我很了。但是，我想問的不是這種可有可無的八卦話題。聽好了，你要仔細想清楚之後再回答我……你說的沒錯，上岡是獨立記者，尤其是以歌舞伎町為主戰場，也掌握了很多黑道的內幕……說起來，就是那種在臭水溝裡打滾的狗仔。」

你這種在臭水溝裡打滾的老鼠沒資格說這種話。雖然東這麼想，但並沒有插嘴。

「上岡被蒙面人亂刀捅死了。雖然你只是區區酒吧的店長，應該也可以猜到，他不是與人結怨，就是查到了不該查的事。……你仔細想清楚之後再回答。上岡在死前和你聊了些什麼？他查到了哪些獨家，和誰結了怨……黑道、混混、中國人、韓國人、右翼或左翼、本地的廢物議員雖然也都很可疑，但如果是這方面的隱情，差不多也該浮上檯面了。但是，這個案子沒這麼簡單……如果不再掀開另一張厚實的內幕，就無法看到真正的幕後真相。」

東記得最近好像有另一個人也提到「內幕」這兩個字，他立刻想起來了。是矢吹。但勝俁說的「內幕」似乎是不同的意思。

內幕的內幕——東聯想到「歌舞伎町七刺客」。但勝俁再怎麼厲害，現階段應該還無法瞭解這麼多。

陣內緩緩搖了搖頭。

「不好意思，我不知道。區區酒吧的店長，不可能知道這麼深奧的事。」

不知道勝俁怎麼解讀這句話，但絕對不會往好的方面解釋。

「是嗎？那我瞭解了……陣內陽一，你給我記住。」

說完，他屁股一滑，從高腳椅上跳了下來。

「還有，東，我另外有事找你，借一步說話。」

勝俁沒有聽東的回答，就自顧自走向門口。

東也從高腳椅上跳了下來，看著陣內說：

「謝謝，我再和你聯絡。」

「……我等你。」

今天欠陣內一份人情。

3

沒想到那個人竟然是刑警。之前聽小川提過「勝俁」這個人，原來就是他。

除了市村以外，其他黑道分子也常出入「艾波」，陣內已經很習慣和這種人打交道。第一眼看到勝俁時，以為他是黑道，只是在他身上完全感受不到黑道兄弟的「氣場」，這一點讓陣內感到不太對勁。

姑且不論黑道做事的方法，基本上，他們就是只追求利益的生物。為了增加利益，必須有組織。為了維持組織的門面，必須講究面子、義氣和人情。老大必須能夠讓小弟尊敬、羨慕、崇拜。讓小弟覺得「我也想要變成像老大那樣」。為此，老大必須衣著體面、身旁有美女相伴，吃山珍海味，開名車，住豪宅。這也成為追求利益的動機，組織就會滾動起來。陣內向來認為，黑道兄弟在這個過程中，會很自然地培養出一股「氣」。

但是，在那個叫勝俁的刑警身上完全感受不到這種「氣」。

那不是衣著的問題，而是他整個人散發出來的感覺很骯髒。因為工作的關係，看過太多骯髒的事情，自己當然也變髒了，這樣有錯嗎？——難道他抱著這種想法，所以豁出去了嗎？還是乾脆自己散布骯髒，把周圍人也拖下水的惡意使然？

不管東是否在場，遇到那種刑警，陣內都不願意把自己知道的情況告訴他。這和是否涉及上岡無關。陣內只是無法輕易接受那種人、那種態度。

為了貫徹自己的作風，不惜傷害、摧毀他人。既然你是這種人，那就來較量看看，我要試試你是不是真的具備了貫徹自己作風的實力——陣內的內心深處產生了這樣的對抗意識。

連黑道兄弟都比那種人好。

他發自內心這麼認為。

關上店門，他在新宿車站附近打發時間。他沒有喝酒，去咖啡店點了綜合三明治和咖啡填飽了肚子，抽完兩支菸就離開了。然後去看了一場電影。看電影的時候似乎下了點雨，但他走出電影院時，地面幾乎已經乾了。

今天晚上要去赤坂，要去土屋昭子家。雖然不知道她今晚會不會回家，如果她今晚不回家，明天一整天都可以在她家埋伏。

他晚上十一點到了赤坂見附車站，在土屋的公寓周圍走來走去，觀察了一下，土屋的房間今晚也沒有亮燈。

十一點四十幾分，他趁四下無人時開始行動。他雙手雙腳撐在和隔壁大樓外牆的縫隙之間，緩緩向上爬。兩棟公寓的外牆都是乾的。

土屋的房間在四樓。為了避免發出聲音，同時避免不慎掉落，他小心翼翼地往上爬，所以花了五分鐘左右的時間，幸好一切順利。他成功爬進了四樓的外側走廊，沒有被任何人發現。

接下來就很簡單。只要用特殊解鎖工具打開門鎖進屋就大功告成了。他最擅長使用像針一樣的東西——解鎖工具的前端其實並不細，但反正他很擅長使用這種金屬細針。而且，在陣內上次闖空門後，土屋似乎並沒有換門鎖。陣內用和上次相同的步驟，相同的感覺打開了門鎖。他甚至有點擔心，這是不是誘自己上鉤的陷阱，但玄關並沒有看到有任何玄機。

房間是兩房兩廳。走進玄關，走廊右側是盥洗室和廁所的門，左側是西式房間的門。前方是飯廳和客廳。走進飯廳後的右側是廚房。陣內走到那裡。

雖然無法使用手電筒，但陣內在夜間的視力也很好，也能大致分辨出形狀和顏色。地板是淺色的木地板，室內裝潢全都是乳白色調。一張兩人用的小桌子和椅子，還有雙人沙發，沙發前方是四十吋左右的液晶電視。茶几上有兩封像是帳單的信，還有電視遙控器，玻璃花瓶中插了紫色的鮮花。八成是風信子。

客廳和左側的西式房間連在一起，床和衣櫥也在那裡。不知道是否最近偏愛紫色，她的床罩、床單、枕頭套都換成了紫色。陣內記得上次來的時候是棕色系。

偷溜進女人家，坐在床上等似乎太沒品。雖然不知道土屋幾點會回來，但陣內還是決定坐在沙發上等。

土屋在凌晨三點多回到家。

她穿著之前在大門口看到時的那件白色大衣，頭髮可能中途放了下來。一頭波浪頭髮披在右肩上。雖然看不到她的腳，但下半身應該穿了棕色系的長褲。

土屋把皮包丟在走廊上，直接衝進了廁所。啪。燈光也照亮了走廊。

上次也一樣。土屋今晚也一進家門就去廁所嘔吐，不知道是不是習慣，總之又故意用手摳喉嚨。陣內上次嚇了一大跳，跑過去察看情況，但這次就免了。無論是怎樣的女人，都不希望被別人，而且是男人看到自己嘔吐的樣子。

土屋很快走進盥洗室，漱完口，洗完臉後，用毛巾按著嘴巴來到走廊。

這時，她才驚訝地看過來。似乎終於發現坐在沙發上的陣內。

「……討厭，別嚇我。」

她在說話時，撿起皮包走了過來。

她在門口伸手摸向電燈的開關。纖細的手指按了開關。日光燈的白光立刻照亮了室內。她按在嘴上的毛巾也是淡紫色。

陣內也站了起來。

「因為一直等不到妳的回電，我等不及，所以就找上門了。」

土屋把皮包放在椅子上，把毛巾也掛在椅背上。

「對不起……但是，我不想看到你，因為我不想挨你的罵。」

「妳做了什麼會挨我罵的事嗎？」

土屋沒有回答，走進了廚房，打開冰箱。

「要不要喝什麼？」

「不，不用。」

「陪我喝點葡萄酒嘛。雖然只有白葡萄酒。」

「這要看和妳談話的內容而定。」

「好可怕，好可怕。」土屋一邊說著，一邊從冰箱裡拿出一罐啤酒。是三得利頂級啤酒。土屋第一次去「艾波」時，似乎也點了這個牌子的啤酒。

她打開拉環，站在那裡喝了一口。心情可能稍微平靜了，她把啤酒放在桌上，開始脫大衣。

「……我猜你八成是為了那個，就是上岡先生的事吧？」

「對，我有幾個問題想問妳。」

「我也有能回答和不能回答的事，如果你不介意我只能在可以的範圍作答，我就回答。既然被你逮到了，那也沒辦法……雖然我也不認為能夠逃出你的手掌心。」
她放下大衣後，再度拿起啤酒罐。然後直接走到陣內面前，仰著頭，好像要索吻。

「……要不要坐下？」

「好。」

陣內再度在沙發上坐了下來，但土屋沒有坐在他身旁，而是直接側坐在地上。只有左肩靠在沙發椅面上，再度仰頭看著陣內。

「問吧，你想知道什麼？」

還是應該按照順序發問。

「首先……妳上次來我店裡，和上岡聊了幾句的那天晚上，在上岡離開後，妳說那種事最好不要涉入太深。」

「嗯……可能說過。」

「那句話是什麼意思？」

土屋嘟著嘴，遲遲沒有回答。

「是指反美軍基地的遊行，還是祖師谷一家命案？」

土屋一直抬眼看著陣內的眼睛。

「你覺得是哪一個？」

「不要鬧了，上岡遇害了。」

她嘆了一口氣，又喝了一口啤酒。

「……如果要說是哪一件事，嗯……應該是遊行吧。」

「妳為什麼會那麼說？」

「因為我覺得涉入太深沒好事，所以就這麼說了。」

「妳當時就知道，繼續涉入會送命嗎？」

土屋猛然坐了起來，瞪大了眼睛說：

「怎麼可能？我沒想到會這麼嚴重……如果知道他會送命，也許會……好好向他提出警告。」

「那我直截了當問妳，是誰殺了上岡？」

土屋緩緩搖著頭。

「這我就不知道了，因為我並不在現場。」

「妳知道現場在哪裡嗎？」

「代代木的週租公寓，不是嗎？陣哥，你也太不會問問題了，這些事，新聞報導都有說。」

她說的沒錯。

「那妳知道是以誰的名義租用週租公寓嗎？」

「我應該、知道……但你即使聽到名字，應該也不知道是誰。」
「不知道也沒關係，快說。」
「啊喲，好可怕喔……是一個叫生田治彥的獨立記者。」
他媽的，原來是這麼一回事。
「生田治彥就是拍攝那張照片，成為遊行導火線的車禍照片原版的那個人吧？」
「啊喲，原來你知道這件事。太厲害了，太厲害了。」
陣內很想揍她一拳，但暫時忍住了。
「還有一個叫砂川雅人。聽說他是主導遊行的人物。」
「你幾乎全都知道了嘛。了不起，了不起，根本就輪不到我上場。」
「別鬧了。」
陣內忍不住抓住了土屋套裝的衣領。因為反作用力的關係，一口啤酒從啤酒罐的罐口灑了出來，灑在土屋的腿上，但她並沒有擦拭。
「……說話不要這麼大聲。」
「只要妳乖乖回答，我就不會對妳怎樣。」
「如果對我動粗可以讓你消氣，那也無所謂……只是我有能說和不能說的事。」
土屋用力擠了擠眉頭。
「……你應該知道，我並不是自由身，簡直就像是NWO的奴隸……有好幾次都想一死了之。但，還是感到害怕……如果你，陣哥你可以讓我像睡覺一樣死去，那也就罷了。可是，他們不一樣。我知道他們怎麼對付叛徒。見識過太多次了，我不想落入那種下場……所以，你殺了我吧。如果你做不到……以後就別再管我。」

就連像機器人一樣的聖麒，至今仍然害怕NWO的影子。陣內並不是不瞭解土屋的心情。但現在必須確認每一件事。

「那我這麼問好了……是NWO殺了上岡嗎？」

土屋微微偏著頭。一滴淚水順著她的眼角，從臉頰滑落下來。

「這我就不知道了……像我這麼小咖的，根本不知道NWO在哪裡撒網，或是有誰參與這種事。即使在執行什麼計畫，也無法分辨是高層的指示，還是有人為了眼前的利益擅自做出的行動。但這正是NWO強大的地方……只要追究社會的黑暗，一定會和NWO產生交集。NWO就是靠讓人有這種想法，不斷增加影響力。」

東和陣內手上有一本應該是記錄了NWO相關人員名字的名冊。上面也有土屋昭子的名字。但陣內他們並不認為所有成員的名字都在上面。

土屋把自己的雙手放在陣內的右手上。

「陣哥……如果你能夠保護我，我可以把一切都告訴你。」

這個女人在說什麼啊。

「我、保護、妳？」

「NWO現在並沒有積極和『歌舞伎町七刺客』有任何瓜葛。因為那本名冊在你們手上……發揮了抑制作用，所以即使伊崎基子背叛了NWO，至今仍然沒有被幹掉，她的兒子也過著和以前一樣的生活……不是一樣嗎？」

她纖細的手指順著陣內的右手臂爬了上來。仔細一看，發現她的指尖也擦了淡紫色的指甲油。

「什麼一樣？」

「你就像保護伊崎基子一樣，也保護我……為了你，我什麼都願意……」

她的指尖已經爬到陣內的脖子，繼續伸向臉頰。

「這樣，妳就可以擺脫NWO嗎？」

「我不認為擺脫是正確的說法。因為他們並沒有可以稱為組織的明確框架。說起來……就像是惡意的網絡……社會是靠某種善意和協調才能成立，但NWO是靠否定這一切結合在一起……相反地，即使並不是在為NWO做事，那種惡意其實也是受到NWO的操控。然後在不知不覺中被吸收了……伊崎基子應該就是這樣吧？」

陣內並不瞭解詳細情況。只聽說當聖麒還是「伊崎基子」時，和那起「歌舞伎町封鎖事件」有密切的關係。

陣內也握住了她的手問：

「只要我說，我保護妳，這樣就好了嗎？」

「我才不要聽這種做不到的約定。」

「既然是約定，當然就會做到。只要我還活著一天，就會做到。」

土屋把陣內的手拉向自己的胸口。雙手握住了他的手。陣內感受到好像花的毒汁從指根滲入般的可怕感覺。

「好啊……你繼續問。」

但這種可怕的感覺讓人欲罷不能。

「那我一個一個問。生田治彥是NWO的成員嗎？」

「他應該不是，只是很普通的、老實的記者。」

「那砂川雅人呢？」

「砂川的話……應該是灰色。有一個很大的陰謀，也有金錢在流動，至於他本身是不是NWO，這就無法斷言了……目前應該只是方便的棋子。」

和土屋的手指糾纏在一起的手指失去了知覺，簡直就像不屬於自己。

不行，不能中這個女人的計。

「……據說是三個蒙面男人殺了上岡。排除生田，有三個人。砂川雅人是其中之一，另外兩個人是誰？」

「雖然我不能說我知道，但猜的話……應該算是猜得到吧。」

「說來聽聽。」

土屋閉上眼睛，點了點頭。

「其中一個是安里龍二……安靜的安，里程的里，安里。龍二就是一條龍的龍，和數字的二，龍二。安里龍二。說到砂川的朋友，應該第一個就想到是他，他們在沖繩的時候就臭氣相投。」

「他是怎樣的人？」

「呵，」土屋輕笑了一聲。

「用一句話來說，就是畜牲。他應該殺過好幾個人。上岡先生是被刀殺死的吧？聽說安里的武器就是空手道和刀子，所以最先想到的就是這個安里。」

「有他的照片嗎？」

「不知道。也許可以張羅到。」

這個女人處於興奮狀態嗎？她濕潤的雙眼發出異樣的光。但嘴角露出笑容。漸漸帶著瘋狂，好像隨時會咬住陣內的手指，然後一口咬下來。

最好還是趕快問完該問的問題。

「……另一個人是誰？」

「這個人，就沒有像安里那麼有把握了。」

「沒關係，告訴我。」

「我認為，可能和花城數馬有關。鮮花的花，城堡的城，數字的數，一匹馬的馬。」

花城數馬。

「他是誰？」

「我猜想是花城數馬向砂川他們提供了金錢，也在背後出主意。砂川只是一家小型網路公司的約聘員工，無論要召集人手，或是要把遊行辦得轟轟烈烈，都需要很多錢。我認為……花城應該是背後的金主。」

「那個花城到底是什麼人？」

土屋的笑容漸漸變得僵硬。這也許就是一個人開始崩壞的樣子。

「……我的、前夫。」

因為太意外了，陣內忍不住「啊？」了一聲。

「是不是很好笑……我也搞不清楚，戶籍莫名其妙地遭人盜用，配偶欄上出現了這個花城數馬。這個男人應該離NWO最近。即使你問我他是誰，我也不清楚，但我想他應該在沖繩做不動產生意。」

陣內愈來愈糊塗了，不知道該問這個女人什麼了。

「那個……花城的照片呢？」

「有，等一下給你看……」

土屋跪在地上，雙手環繞著陣內的脖子。

她的嘴唇好像在吸果實的汁液般，從陣內的鬢毛移向太陽穴，又移向額頭，最後來到他的嘴唇。

自己為什麼會被這種女人吸引？

自己為什麼會把手伸向更黑、更暗的地方？

為什麼無法抗拒死亡的誘惑？

4

離開陣內的店，大約走了五分鐘。

東一直看著勝俁那件舊大衣的背後。沒有問他打算去哪裡。不是不問，而是根本不想說話。

東憎恨這個人。如果要問原因，只有一句話，就是這個男人奪走了他的家人。

事情必須回溯到十六年前。

東的後輩刑警在某起事件中殉職。因為他不知道嫌犯的長相，所以在辦案時被嫌犯刺殺身亡。為什麼不知道嫌犯的長相？因為情資被封鎖了。被誰封鎖？警視廳的公安部。

這不能用一句「無奈」來解釋。東打算不惜控告公安部。但最後還是在公安部的壓力下屈服了。當時，他身邊那些合作無間的同事都接二連三被奇怪的人事異動調走，妻子和女兒也被拍下了她們自身根本無法接受的照片，而且那些照片還寄到家裡，妻子應該打開了信封，結果企圖自殺，東終於認識到，自己無法繼續戰鬥下去。兩年後，他和妻子離婚。

目前並不知道勝俣和東的後輩殉職一事是否有關。只知道妻女被偷拍的事和他有關。雖然沒有證據，但東的女兒詩織看到了決定性的一刻。

之後，東曾經準備了七張照片，問女兒其中是否有之前偷偷溜進家裡的人。當時四歲的詩織毫不猶豫地挑選了勝俣的照片。

「這個叔叔……我看過兩次。我覺得很奇怪，他為什麼會在我們家。」

當時，勝俣剛從刑事部被拔擢到公安部。東不知道勝俣那段期間發生了什麼事，也不想知道。八年後，勝俣回到刑事部時，東也幾乎不和他說話。每次看到勝俣的臉就怒不可遏，幾乎可以聽到腦內血管斷裂的聲音，但他並沒有當面質問過勝俣關於偷拍的事。東不再重提往事。為什麼？因為雖然已經和妻子離婚，但無法保證勝俣不會對前妻和女兒做出什麼。那些照片的底片應該還在勝俣手上。在尚未打算解決這件事之前，不能輕舉妄動。

詩織今年十九歲。如今只希望她幸福。

但是，此仇必報。東屏息斂氣地等待這一天。

勝俁在新宿五丁目的一棟破舊大樓前停下腳步。那棟大樓很高，抬頭確認了窗戶，發現有七層樓。

勝俁用下巴指著那棟大樓問：

「這裡可以嗎？」

東沒有說話，點了點頭。

一樓是一家小酒館，鐵捲門拉了下來。小酒館的左側是樓梯。抬頭一看，樓梯雖然比「艾波」的寬，但水泥樓梯和牆壁都殘破不堪，簡直就像是廢墟。二樓只亮著一盞燈泡。

勝俁上了二樓後，沿著走廊往回走，來到第三道門前，打開了那道已經鏽跡斑斑的破舊鐵門。

「喔，打擾囉。」

老實說，東並不知道這是什麼地方。

固定在牆上的架上排列著酒瓶和杯子，前方也有像吧檯的平台，但看起來不像喝酒的地方。周圍堆放、排列了很多雜亂的東西。有舊電視、舊音響、唱片、腳踏車、大型電鋸、輪胎、洗衣機、斷弦的吉他、褪色的棉被、漁網、繩索、高爾夫球套、空花盆，還有很大的保險箱——看起來像是建築業者的工具室，或是廢物回收業者的倉庫。

室內的空氣也充滿了灰塵味和霉味。

這裡也只有燈泡亮著。而且有兩個燈泡，所以比走廊稍微亮一些。

一個矮小的男人從昏暗的後方走出來。他戴著深色毛線帽，身穿深色工作衣，和髒兮兮的淺藍色工作褲。雖然可以看到他戴著眼鏡，但因為光線太暗，難以分辨他的年齡。既像是三十幾歲，又像是六十幾歲。

「……喔，勝俁先生……你好。」

「你迴避一下。」

勝俁用手指夾了兩張千圓紙鈔遞給他。

「喔，好……知道了……那……不好意思。那我就不客氣……啊，那……你們慢慢聊。」

男人脫下毛線帽，向東鞠了一躬後走了出去。他的頭頂沒禿，搞不好很年輕。

勝俁拉開旁邊的鐵管椅，自己坐了下來。

「……東，好久不見了。我們有多久沒有單獨聊天了？」

東的周圍沒有其他椅子，雖然有木製的盆栽架，但恐怕一坐下去就會垮掉，所以只能作罷。

「有話快說。」

「怎麼了？歌舞伎町的地頭蛇這麼忙嗎？」

「我只是沒閒工夫和你聊廢話，有話快說。」

「幹嘛！」勝俁發出好像在鬧彆扭的聲音。

「……看你這表情，一副全世界的不幸都落到你的身上。難道現在還在想你離家的老婆的那對奶子嗎？」

雖然很想殺了他，但理智戰勝了這種衝動。

「如果沒事，我就先走了。」

「你是不是搞錯了什麼？」

這句話更令人無法接受。他想要以一句「搞錯了」來打發那件事嗎？

「……你似乎沒聽過惡人無恥這句話。」

「喔？我哪裡是惡人了？」

「骨子裡就是。所以才會成為公安的爪牙。」

「我們好像在雞同鴨講。你對我有什麼怨恨嗎？」

如果繼續咬緊牙關，臼齒可能會咬得粉碎。

「……如果有的話，你覺得是什麼？」

「我怎麼知道。如果是我對你有怨恨，那還說得通。」

沒有比這個男人更適合用「厚顏無恥」這四個字來形容了。

「我們好像真的在雞同鴨講。」

「所以我剛才不是這麼說了嗎？看你的樣子，根本沒有發現自己到底幹了什麼好事。」

「我聽不懂你在說什麼。」

「中林瑞穗……你可不要對我說不記得了。」

東記得中林瑞穗。她為了詐領保險金而殺了自己的丈夫和兒子。東也參與了這起案子的搜查工作，但在逮捕令下來之前，中林瑞穗自殺了。

「我記得，她怎麼了？」

「我花了十個月的時間調查那個女人。結果……竟然只因為區區保險金殺人，讓我的心血全都泡了湯。」

完全不知道勝俁到底想說什麼。

「為什麼要因為這件事怨恨我？」

「不光是這件事。還有米谷一征、會澤光史……」

東記得米谷一征和會澤光史。兩個人都是東逮捕的嫌犯。

勝俁繼續說了下去。

「為什麼你每次都要妨礙我的案子？我到底哪裡得罪你，讓你每次都來破壞我的案子？」

東完全聽不懂他在說什麼。會澤是在妻女遭到偷拍後所參與的案子，但當初逮捕會澤，並不是想要妨礙勝俁。而且東現在才知道，勝俁也參與了會澤的搜查工作。中林和米谷是偷拍前參與的案子。當時雖然知道勝俣的名字，但不要說恨他，根本幾乎沒意識到這個人的存在。

「……所以你才偷偷溜進我家，偷拍我老婆和女兒的照片嗎？」

「我不知道你在說什麼。要說夢話，還是去對你離家的老婆說吧。」

「難道你不記得自己幹過這種事嗎？」

「不記得。但即使我記得，你又能拿我怎麼樣？」

沒錯。東目前對他束手無策。

如果要解決他，就要一次搞定。必須等能夠一次就置他於死地的機會。

「……你放心。我現在不想對你怎麼樣。」

「真是太感謝了。為了表達我的感謝，說一件事給你聽聽。」

勝俣把手伸進內側口袋。原本以為他會拿出什麼東西，沒想到是菸盒。他叼了一支菸在嘴上，用原本放在菸盒裡的拋棄式打火機點了火。

「你最近……在調查矢吹近江吧？」

太驚訝了。難道他的目標也是矢吹近江？

這到底是怎麼回事？

「那又怎麼樣？」

「新宿的屌垢警備股長再度用妨礙公務執行的名義拘留他。」

「我在問你，這又怎麼了嗎？如果你想送宵夜，我可以幫你帶給他。」

「無聊的玩笑就到此為止。否則會讓人懷疑你的品性。」

沒想到會從這個人的嘴裡聽到品性這兩個字。

「既然這樣，就趕快進入正題。我沒空和你耍嘴皮子。」

「我早就進入了正題。……偵訊矢吹進入第幾天了？已經延長拘留了嗎？」

「是啊，從今天開始。」

「目前進行到哪個階段了？」

「偵訊早就結束了。矢吹並沒有妨礙公務執行。他全面否認。我也會這麼寫筆錄。」

「呼！」勝俣吐煙的同時噴著口水。

「……喂，剛才不是說了，無聊的玩笑到此為止嗎？誰在和你談妨礙公務執行的事？你不可能完全不知道矢吹目前在幹什麼吧？」

「那我倒要問你，你不是在上岡命案的特搜嗎？為什麼想知道矢吹近江的偵訊情況？和你有什麼關係？」

勝俁用短短的食指彈了彈菸，把菸灰彈在地上。

「有關係啊……而且大有關係。」

「如果你不說清楚，我也無法輕易回答你。我當刑警也不是為了好玩。」

紫色的煙在燈泡下形成一團白色的迷霧。

勝俁走進燈圈。

「……你知道上岡在遭到殺害之前，在採訪什麼新聞嗎？」

反美軍基地遊行？還是祖師谷命案？當然應該是遊行吧。

「不知道。如果方便的話，請你告訴我，我會感恩不盡。」

「少裝蒜了……你明知故問。是反基地示威遊行吧！矢吹向主導那場遊行的人提供了金援。」

「這件事矢吹並沒有犯法。」

「如果遊行的主導者也參與了殺害上岡呢？」

「即使這樣，矢吹的行為也無法構成犯罪。」

勝俁眼色大變。

「……你到底知道多少事？」

「你也實話實說吧！到底想從我這裡打聽什麼？」

「是公安的總務課把矢吹交給你的吧？」

這傢伙到底知道多少事？

「不，我只是奉分局局長的命令在做事。我不想為警備擦屁股，也不想聽公安的使喚，不要把我和你混為一談。」

勝俁又抽了一口菸，把香菸丟在地上。地上的塑膠地板有一半已經剝落，露出了水泥地。

勝俁用舊皮鞋的鞋底踩碎了塑膠地板。

「……公安總務課正在調查矢吹目前正在進行的沖繩軍用地轉賣生意的內幕。上岡也幾乎快查到真相了。他的死，和這件事有密切關係。」

這些內容和川尻說的完全一致。但是，目前去特搜支援的小川正在調查從上岡家中扣押的電腦檔案。小川並沒有提到上岡正在採訪矢吹轉賣沖繩美軍基地用地的事。今天還沒有和小川聯絡，至少到昨天為止，還沒有掌握這件事。當然，也可能是小川刻意隱瞞。

也就是說，勝俁應該從完全不同的管道掌握了這個情資。

他到底從哪裡掌握了這個情資？如果上岡把文稿交給出版社，就有可能來自出版社。但果真如此的話，經常被勝俁甩掉的代代木分局的股長應該也會掌握相同的情資。代代木的股長一旦知道，就會在偵查會議上報告，當然也會傳入小川的耳朵。如此一來小川就會向東報告。因為小川知道東正在調查矢吹。所以會在第一時間要求向矢吹確認這件事。特搜總部也會循正當手續請求東的協助。

但是，目前並沒有發生這種情況。也就是說，勝俁並不是透過公安或是特搜掌握這個情資。

看來似乎要撒點餌。

「……這件事，我已經向矢吹確認過了。」

「喔？他怎麼說？」

「他說，只是為了投資。」

「你應該不可能就這麼相信吧？」

「相不相信，是我的自由。」

「王八蛋。」勝俁罵了一句。

「你不是說，不想聽公安的使喚嗎？」

「我還要補充一句，我也不會聽你的使喚。」

「那不如這樣……我們來進行公平交易。」

勝俁再度伸手到內側口袋拿東西。印章盒？護唇膏——不對，是ＵＳＢ隨身碟。

「……這是什麼？」

「這裡儲存了大量的上岡的工作資料。」

原來除了從上岡住家扣押的電腦以外，還有這種東西？

「你……」

「不必在意那種細節。我猜到可能會有這種事，所以就預先從鑑識手上拿走了。

特搜也不知道有這個東西。」

這個男人完全有可能做這種事。
「裡面有什麼資料？」
「你想知道嗎？」
勝俁想要占據優勢，但絕對不能讓他得逞。
「不，我不知道也不會有什麼問題。只是你說的交易無法成立而已。」
勝俁揚起單側臉頰笑了笑。
「……沒錯。但是，你一旦聽了之後，就無法再回頭了。」
「那我還是不聽為妙。」
「別這麼說。這可是矢吹正在進行的軍用地轉賣清單。上面清楚地記錄了矢吹向誰購買，又賣給了誰。上岡這個狗仔，做事還真不馬虎。」
他另一隻手伸進了大衣口袋，拿出捲起的牛皮紙信封。打開之後，差不多是A4的大小。
「我把部分清單列印出來了。而且還為你把特別需要注意的部分用紅筆畫了出來……拿去吧。」
說完，他把信封丟了過來。東也不加思索地伸手接住了。既然已經接住了，當然不可能不看。
拿在手上時，發現頗有分量。東翻開信封確認，果然是A4的紙。差不多有三十張左右。

他抽出一半，隨手翻了一下。確實有數十個地方畫了紅線。而且多次出現了「蘭道千藝」這個名字。搞不好這個名字的出現頻率最高。

「……蘭道、千藝？」

勝俁微微點頭。

「他歸化了日本籍，原本名叫賽爾蓋・布拉德雷諾維奇・拉朵爾夫……我不知道這樣的發音對不對，反正他是俄羅斯人。以當時的時代來說，應該說是蘇聯人。」

什麼意思？

「……矢吹打算把沖繩的軍用地賣給俄羅斯？」

「光看那個部分，可能會這麼想，但事情沒這麼簡單。因為蘭道千藝這傢伙很愛日本。聽說最近還被俄羅斯鎖定為反政府運動人士，列入了黑名單。根據上岡的調查，他大量收購沖繩軍用地，也是因為擔心日本和沖繩的現狀。真是太令人感動了……可惜千藝已經死了，在三年前的秋天死了。」

東再度看著清單。

「我還是看不出是怎麼回事。」

「別著急。我會仔細說分明，讓四流大學畢業的你也能聽懂……所以呢，矢吹經手轉賣之後，不久之前還屬於普天間機場使用的土地中，有百分之二十七的土地集中在三名地主的手上，其中一人就是千藝，另外兩個人也已經不在人世。千藝是生病死亡，另外兩個人一個是自殺，一個是意外身亡。沖繩縣警的結論是，都和犯罪無關。」

有一個人意外身亡——。

「該不會是指那位反基地運動家的死亡車禍？也就是那場遊行的導火線？」

「不，」勝俁搖了搖頭。

「你想太多了。是另一場車禍，但這並不是重點。這三個人死後，名下的土地當然經過了繼承，但最後都落入了外人的手中……說是外人似乎有語病。因為其中一個是養女，不完全算是外人。」

東漸漸瞭解了狀況。

「有查到這兩個外人和那個養女嗎？」

「他們的名字寫在最後。安里龍二、花城數馬、蘭道昭子。」

花城？矢吹說，負責處理沖繩土地轉賣事宜的那個當地人，不是就姓「花城」嗎？如果是同一個人，就代表花城仲介軍用地轉賣生意，等到新的地主去世之後，又把那些土地買了回來。雖然聽起來有點大費周章，但並非完全不可能。將細分後的土地進行買賣，將來源不明的黑錢慢慢加入買賣的利潤，是洗錢最常用的手法。

勝俁繼續說道：

「更奇妙的是，花城數馬不久之後和蘭道昭子結了婚，但又馬上離婚了。在這段期間，蘭道昭子把土地的權利轉移到花城數馬手上。所以，這百分之二十七的土地集中在安里和花城兩個人的手上。」

難怪公安總務課會注意這件事。

勝俣看著東說：

「……你好像終於感興趣了。」

「嗯，因為我從矢吹口中聽過花城這個名字。」

「沒錯。花城是矢吹開的那家貿易公司『日本箭作』的員工。只不過花城最近下落不明。搞不好已經躺在泥土下了，土地說不定也已經變更到安里的名下。」

東看了資料最後的部分。

上面的確寫了【安里龍二】、【花城數馬】和【蘭道昭子】的名字。

不，等一下。資料上顯示，這個【蘭道昭子】一度和花城數馬結婚，變成了【花城昭子】，之後又恢復了舊姓【土屋】。

土屋、昭子——。

是那個女人？之前向東告密，說陣內陽一是「歌舞伎町七刺客」成員的獨立記者土屋昭子嗎？

5

陣內正準備離開土屋昭子家。

「……陣內先生，先等一下。」

土屋看著手機螢幕，追著陣內來到走廊。

「怎麼了？」

「你看……怎麼會有這麼巧的事？」

土屋把手機螢幕拿到陣內面前。上面顯示了訊息。最上方是寄件人的名字。

「生田……」

在這個時間點接到生田治彥的聯絡的確令人驚訝。雖然不知道他和土屋是什麼關係，但從訊息內容來看，他們之前應該曾經多次聯絡。

最新的訊息內容如下。

【好久不見。土屋小姐，妳認識上岡先生，對嗎？我有急事找妳商量，請和我聯絡。】

寄件時間是凌晨五點零三分。是三十分鐘前。

陣內把手機還給土屋。

「妳和生田是什麼關係？」

「啊喲，你嫉妒了？」

「我是在問妳正事。這個時間聯絡妳，你們是什麼樣的關係？」

土屋調皮地微微偏著頭說：

「你問我是什麼樣的關係……我有三次請他在我負責編輯的頁面寫稿，之後他也說，希望我介紹工作給他，所以有一次我檔期太滿時，把一個案子轉介給他……差不多一年半之前，他說想採訪歌舞伎町，但沒有任何人脈關係，希望我可以幫他介紹。所以我告訴他說，有一位上岡先生對歌舞伎町很熟。我不知道之後怎麼樣。……啊，對了，當初也是上岡先生告訴我『艾波』這家店。」

不能完全相信這個女人說的話。也難以判斷是不是該相信剛才曾經聊到的生田治彥剛好聯絡她這件事。她可能事先用生田的名字輸入另一個手機的號碼，然後請別人傳訊息到她自己的手機。如果她自己準備兩支手機，甚至不需要別人幫忙，就可以動這樣的手腳。

但如果真有其事，就是絕佳機會。

「妳要和生田聯絡嗎？」

土屋難得露出認真的表情。

「通常會聯絡吧？還是你覺得不需要？」

「妳能見到他嗎？」

「這要和他聯絡之後才知道。」

「那妳和他聯絡。」

「現在？這麼大清早？」

「他三十分鐘前傳訊息給你。我相信他應該也不會跑去睡覺吧。」

「那倒是。」土屋說完，拿起了手機。

陣內指著客廳的沙發說：

「坐去那裡打電話。」

「……喔，好。」

土屋走去沙發，陣內也在她旁邊坐了下來。土屋撥打生田的號碼後，陣內把身體靠過去，以便聽他們談話的內容。

第三次鈴聲響到一半時，對方接起了電話。

『喂？土屋小姐嗎？』

陣內在一旁聽到電話中傳來的聲音比他想像中年輕。也許是因為目前狀況緊急，他說話的速度很快。

「嗯，剛才收到你的訊息，發生什麼事了？」

土屋果然很會演戲。說話的語氣好像什麼都不知道。

『我在簡訊中也提到，妳認識上岡先生，對嗎？』
「對啊，當初不就是我告訴你上岡先生的事嗎？」
『是啊……妳當然也知道上岡先生遇害的事吧？』
「知道啊。這件事在歌舞伎町很轟動。」
『我想也是……關於上岡先生的事……妳認識上岡先生的朋友嗎？』
這個問題很奇怪。土屋似乎也有同感，瞥了陣內一眼。陣內對她點了點頭。
「……嗯，我們有幾個共同的朋友。」
『那……我現在沒辦法詳細說清楚，但我遇到麻煩了。』
可能是陷阱。但是，即使是陷阱，現在也必須孤注一擲。陣內再度向土屋點了點頭，希望兩人繼續說下去。
「你沒辦法詳細說明，我也不方便說什麼。」
『我、知道……不久之前，上岡先生曾經對我說，如果遇到麻煩事，可以去找他……尤其歌舞伎町很複雜，有些事有內幕，還有內幕的內幕，在事情無法收拾之前，可以找他商量……當時，他對我說，他有可以搞定的朋友……他是這麼對我說的。』
上岡最近可能會說這種話。事實上，收拾渕井敏夫等人的事就是由他負責。他身為「歌舞伎町七刺客」的「眼」，可能很主動地接觸麻煩事。
陣內再度點頭，土屋也對他點了點頭。

「喔，朋友……我大致可以猜到是哪些人，請問是什麼事？」

『可不可以請妳介紹我認識？』

這個問題的回答是「NO」。陣內搖了搖頭，土屋點頭。

「這……我還不知道是什麼狀況，你就要我介紹，我也很為難。你不能先把情況告訴我嗎？」

生田似乎在猶豫。他們的對話停頓了幾秒鐘。

土屋不知道想到了什麼妙計，露出淡淡的笑容說：

「上岡先生說的朋友……搞不好就是我啊。」

原來如此。這個方法不錯。

生田似乎也在某種程度上相信了土屋的話。

『那我就……告訴妳。』

但是，生田說完這句話之後『啊』了一聲，電話就掛斷了。土屋確認了手機螢幕，顯示通話已經結束。

他們互看了一眼。

「……到底是怎麼回事？是不是發生了什麼狀況？」

「他說話很急促，而且好像很緊張。他平時就這樣嗎？」

「不，完全不是。平時很正常，說話很爽快，感覺很開朗。」

可能他偷偷打這通電話，或是躲在哪裡打電話。
土屋看著已經變黑的手機螢幕。
「不要回撥給他比較好吧？」
「是啊，因為不瞭解對方的情況。」
他們盯著手機看了五分鐘、十分鐘，生田仍然沒有打電話過來。
土屋猛然站了起來。
「……我來泡咖啡。」
「好啊。」
土屋把手機放在吧檯前的桌上，走進了廚房。陣內不經意地看著她在水壺裡裝了水，然後將水壺放在瓦斯爐上。
土屋轉頭看著陣內說：
「生田……可能和砂川在一起。」
「有可能。」
「我這麼說，你可能不相信，我認為生田只是被砂川利用而已。」
聽說在命案發生之前，他並沒有和那三個蒙面人在一起。
「妳的意思是，他只是剛好在上岡遇害的現場而已，他不是幫凶嗎？」
「我也不是很清楚……只是根據我的想像，也許他現在也和安里在一起……應該是這種情況。在這種情況下，我能夠理解他想要向外界求助的心情，因為生田根本不是安里的對手。」

這時，土屋放在桌上的手機震動起來。

「喂，響了。」

「喔，好。」

土屋走出廚房，拿起手機。

「是訊息……」

她打開訊息，拿到陣內也可以看到的位置。

【請預約文秋社的談話室今天十一點】

他面臨這麼緊急的狀況，連標點都來不及打嗎？

文秋社是出版《文秋週刊》的知名出版社。

「……為什麼約在文秋社的談話室？」

土屋不置可否地點了點頭。

「那裡的一樓是咖啡店……嗯，算是談話室，是一個可以談事情的寬敞空間，桌子的間隔也很寬敞，如果想要在那裡聊一些不想被別人聽到的事，應該沒問題。」

「要去這種普通的咖啡店聊這種事？」

「不，入口處有警衛，普通人不能隨便進去。所以他才決定要去文秋社吧。不知道是砂川還是安里，反正如果有人監視他，只要他進入文秋社內，其他人就進不去了。出版社的門禁很嚴格。」

「地點在哪裡？」

「麴町。離車站大約走兩、三分鐘。」

「我可以一起去嗎？」

「我會和文秋社的員工打聲招呼，應該沒問題。他約在十一點……出版業界的人通常都很晚起床，預約上午應該沒問題。問題在於不知道能不能在十一點之前聯絡到那個人。」

離生田指定的時間還有五個小時。在此之前，必須監視土屋，以免她做出意想不到的事。

最後，陣內決定在土屋家裡打發時間，和她一起去文秋社。土屋利用這段時間持續和認識的編輯聯絡，陣內傳訊息給小川，問了他幾件事。

【你那裡有沒有在調查名叫生田治彥的人？】

可能因為是清晨的時間不太忙，小川也在短時間內回了訊息。

【已經開始調查。你怎麼知道這個名字？】

【晚一點再向你說明。你們有沒有派人去出版社監視？】

【有派人去瞭解情況，但沒有派人監視。】
【今天沒有人去麴町的文秋社監視吧？】
【沒有。】
【如果有新的動向，記得通知我。】
小川沒有再回覆，代表應該沒有問題。
土屋似乎也聯絡到了人，十點離開了赤坂的公寓。因為外面下雨，所以決定搭計程車去麴町。
在路上時，土屋從皮包裡拿出東西，遞給陣內。
「……我覺得你還是不要露臉。在附近看著我們就好。這個可以聽到我們的談話。」
那是一個薄型接收器，比手機更小。上面繞著耳機。
「麥克風呢？」
「……在這裡。」
土屋翻開左邊袖子的內側。她今天穿了一件咖啡色的繭型大衣，灰色的長褲套裝，裡面穿了一件黑色的內搭衣。內搭衣的袖口上有一個像黑色鈕扣的東西，線也是黑色。如果不仔細看，根本不知道裡面藏了東西。陣內並沒有監視土屋換衣服，所以完全沒想到她準備了這種東西。

「妳竟然有這種東西。」

「一個女人在外工作，很不容易呢！」

陣內不太瞭解她這句話的意思，但並沒有多問。

十點半之前就到了文秋社。那是一棟都心常見的花崗石和玻璃大樓。周圍的感覺也和新宿完全不同。既沒有霓虹燈，也沒有排氣扇吐出的油煙味。整體感覺很清潔。

他們從大樓的中央走進玄關。

玄關大廳感覺像高級公寓。左側是櫃檯，前方是通往大樓裡面的通道，身穿制服的警衛站在前面。右側那道對開的玻璃門似乎是談話室的入口。

土屋走向櫃檯。

「我姓土屋，來這裡和《文秋週刊》的牧村先生談事情。我早到了，可以先去談話室等嗎？我想牧村先生應該很快就到了。」

「好的，沒問題。請進。」

土屋點頭行禮後，離開了櫃檯。陣內也向櫃檯的小姐欠了欠身，跟著土屋走了進去。

走進玻璃門，打量了談話室。這裡的確很寬敞，雖然不知道到底有幾張榻榻米大，或是幾平方公尺，但至少有「艾波」的二十倍大。整個空間內放了一、二——總共放了六張桌子和椅子。

土屋指著後方靠窗邊的桌子說：

「陣內先生，你可以坐那裡。」

「好……我一個人坐在那裡不會奇怪嗎？」

「我暫時也會一個人坐在那裡，沒問題。」

原來是這樣。

陣內走向土屋說的那張桌子。土屋坐在正中央的座位，無論出入口和陣內的位置，都可以清楚看到她。

一個身穿像銀行櫃檯服務人員制服的女人來問要點什麼飲料。陣內雖然不渴，但還是點了熱咖啡。

那個女人離開後，陣內拿出剛才那個接收器，把耳機塞進右耳。他把音量調大後，立刻聽到了土屋的聲音。

《……我要紅茶。》

《要不要附檸檬或鮮奶？》

《不，紅茶就好。》

接收器的敏銳度似乎不錯。

陣內喝著偏濃的咖啡，聽著衣服的摩擦聲和土屋偶爾發出的咳嗽聲，十點四十五分時，一個矮小的男人走進了談話室。他穿了一件深咖啡色的皮夾克，米色棉長褲。左肩背了一個灰色的尼龍背包。那應該就是生田治彥吧。土屋馬上站了起來。

《你好。》

《……早。》

雖然一開始打招呼的話沒聽清楚，但當生田在土屋的斜前方坐下後，就清楚聽到了他們的對話。也可以看到生田的臉。他臉上冒著鬍渣，但有一張娃娃臉。這樣就覺得和部落格上簡介的照片很像。

《不好意思，臨時把妳約出來。》

聽土屋說，生田今年三十八歲。土屋三十四歲。

《那倒是沒關係……》

土屋說話的語氣有點「高高在上」的感覺，是不是因為她當獨立記者的資歷比較長？

生田點了熱咖啡後，立刻進入正題。

《呃，不瞞妳說……我目前、被人……監視……或者說是失去了人身自由……今天來這裡，也謊稱是很久之前就約好要和別人談事情，非出門不可。我說如果不去，反而可能引起懷疑，就這樣硬生生的出門。所以，我並沒有太多時間。》

陣內看到土屋點了點頭。

《那我就直截了當問你，誰在監視你？首先要搞清楚這個問題。也許我也知道那個人。》

很可惜，陣內看不到生田的表情。

《不，這……》

《我會幫你。我不會害你的。所以請你說清楚。》

《但是，這會給妳帶來麻煩……》

《不給我添麻煩，要怎麼解決問題？還是必須由我來猜？》

生田的咖啡也送上來了。

等那個女人離開後，生田點了點頭。

《好吧……是一個叫安里龍二的男人。》

《我知道。所以，砂川雅人也和你們在一起？》

即使坐在陣內的位置，也可以感受到生田的驚訝。

《土屋小姐，妳怎麼……》

《現在沒時間解釋。總之，你先說明你的情況。》

《喔，好……那個……其實，上岡先生遇害時，我也在現場。》

土屋輕輕點頭。

《我先確認一下，並不是你下的手，對嗎？》

《當然啊，如果是我下的手，我就不會來這裡了。》
《那是誰下的手？》
《我並沒有親眼看到，所以無法斷言，但應該是安里……和另一個人。》
如果土屋沒有猜錯，另一個人就是花城數馬。
《砂川和我在一起，所以不是他……但是，》
生田喝了一口咖啡，用手背擦著嘴。
《……那個，我真心覺得很對不起遇害的上岡先生。但現在情況更糟了。上岡先生遇害已經很糟了，但現在……》
《嗯，我聽你說，你慢慢來。》
生田再度伸手拿起咖啡杯。
《那個……砂川、和安里計畫……我也被迫協助，綁架了那個……民自黨、參議院議員的、現在、擔任、內閣、官房副長官的、世良芳英先生、的千金……。她現在仍然在砂川他們的手上。》
綁架？為什麼要綁架官房副長官的女兒？
土屋似乎也很驚訝。《啊？》了一聲之後，臉上的表情都僵了。
《……十三歲，讀中學一年級。名字叫世良麻尋。他們覺得綁架首相的家人很困難，但官房副長官的女兒應該……他們真的做到了……目前並沒有遭受到性暴力。但是，拍了不少照片，還有錄影。如果世良先生不答應他們的要求，安里應該會毫不猶豫殺了麻尋。但是，按照他們的計畫，只要世良先生同意他們的要求，麻尋就會回到世良先生身邊……可以活著回去。》

土屋終於微微向前探出身體問：

《砂川和安里的要求是什麼？》

生田用力吞了一口口水。

《……廢除《日美安保》。》

《啊？》

《他們要求世良先生遊說西野首相。》

《但是，這……》

《不，根據條約，這並非絕對不可能的事。無論日本還是美國，都可以單方面通知對方中止《日美安保》。這樣一來，一年之後，條約就會中止。美軍就必須撤退……

《日美安保》就是這樣的條約。》

《即使這樣，也不可能做到吧。》

《我也這麼認為。因為面對美國，事情沒這麼簡單，而且以目前的現狀，很多人認為仍然需要《日美安保》。所以他們才會在全國發動反美軍基地遊行。那其實……說憲兵隊的車子撞到了老年社運人士，也是捏造的。但目前新聞大肆報導，引起了輿論的

討論。》

但是，這樣有辦法廢除《日美安保》嗎？

土屋似乎也有相同的想法。

《你真的認為能夠成功嗎？》

《我不認為。雖然不這麼認為，但世良先生的立場會很痛苦……雖然麻尋目前還沒有遭到性暴力，但比這還要不堪的是，已經被拍下難以入目的照片和影像……正因為這樣，他們才會讓麻尋活著回去。說起來，麻尋之後的人生才是人質。砂川他們會以此要脅世良先生。他們打算之後持續控制世良先生。》

生田把臉湊到土屋面前。

《……我想做點什麼。但想不到好方法。》

《報警就好了啊，這是最好的方法。》

《一旦報警，安里一定會殺了麻尋。他說，已經殺過好幾個人。我認為他是說真的。》

土屋也說過相同的話。

《即使這樣，除了警察以外……》

《土屋小姐……妳知道「歌舞伎町七刺客」嗎？》

陣內也沒想到生田會在這種情況下提到「歌舞伎町七刺客」。

土屋面無表情。

《……上岡先生雖然沒有明說，但我猜想應該是這麼一回事。他說，如果在歌舞伎町遇到什麼麻煩，可以去找他。還說歌舞伎町有些事有內幕，還有內幕的內幕……我在採訪過程中，經常聽到他們的名字。之前連黑道都很頭痛的混混消失時，酒店小姐也說……那傢伙實在太囂張了，一定是被「歌舞伎町七刺客」做掉了。我猜想，上岡先生說的朋友，應該就是「歌舞伎町七刺客」。》

生田當場深深鞠躬，好像磕頭般，額頭幾乎碰到了膝蓋。

《土屋小姐，拜託妳。不能靠警察。即使抓到他們，也不可能判處他們死刑。幾年之後，他們一定會出獄。只要這段期間，把照片和影片藏在某個地方就好。他們已經想到了這一步。還說大不了等出獄之後再勒索世良先生……正因為這樣，必須趁現在阻止他們。土屋小姐，拜託妳……請妳為我和「歌舞伎町七刺客」牽線。》

雨不知道什麼時候停了。

陽光從背後的窗戶照了進來。

陽光也照在陣內的左腳。

他不由地覺得是某種神祕的力量顯靈。

此刻，陣內很希望那是上岡。

第五章

1

我把當時的情況一五一十地告訴了上岡。

「原本我以為他是為沖繩現狀擔心的熱血青年。但是，沒想到……他竟然擅自竊取我電腦裡的照片加工，把和照片完全無關的死亡車禍，嫁禍給憲兵隊。」

上岡一臉嚴肅地聽我說。

「我也沒想到遊行的規模會這麼大，是喔……原來有這些來龍去脈。」

當時，遊行隊伍經常和警方發生衝突，遊行人士也經常毆打那些罵他們「吵死了」、「鬧夠了沒有」的路人，可以說糾紛頻傳。媒體也認為，一旦衝突造成遊行人士或路人死亡，將會演變成無法收拾的動亂。

當時，上岡得出了這樣的結論。

「我認為，還是必須老實公布捏造照片這件事。即使沒有辦法證明是砂川所為，即使別人一開始會懷疑是生田你幹的也沒辦法，如果不先公開這件事，恐怕沒辦法解決。」

我知道，但是，當時我覺得上岡根本不知道這麼做的後果有多麼可怕。

當時，連我自己都很難說已完全瞭解。

砂川那時候還努力掩飾，也試圖維持和我之間的關係。他會來我家玩，也會像之前一樣，和我討論《安保》與《地位協定》，或是整體的政治局勢。

但是，自從砂川開始帶朋友來我家之後，我們之間的關係就再也回不去了。

他經常帶池內、平畠、尾上這三個二十幾歲的成員，還有砂川從小就認識的安里來我家。他們的前輩，一個姓花城的四十多歲男人也偶爾會出現。

我並沒有在大家面前提揑造照片的事。因為氣氛不對。那裡雖然是我的住家，但已經漸漸變成了他們的指揮中心。

「中尾那些人最近有點鬆懈，也不來開會……即使去他家，他也假裝不在家，不出來開門。我看要教訓他一下。」

尾上這麼說之後，平畠火上澆油地說：

「他最近交了女朋友。你們知道是誰嗎？就是之前帶來參加遊行的那個女的，我忘了她的名字……就是他們同一所大學的，比他小一屆的學妹。」

「我知道了，是不是那個叫實苑的女生？」

「沒錯沒錯。那個王八蛋，只不過交了女朋友，有什麼好神氣的。我看真的要好好教訓他一下。」

在討論這個話題時，安里提出了最惡質的提議。

「……要不要輪暴她？」

尾上和平畠聽了都說不出話。因為他們發現安里絕對不是在開玩笑。

安里見狀，更加口沫橫飛地說：

「這種事，要在一開始就當著他的面操他的女人才有效。……喂，你這是什麼眼神！」

我不知道那是不是叫反手拳。安里用拳背打在平畠的臉上。

「……啊……好痛！」

「如果你不敢上，在旁邊看就好。你們兩個人按住中尾，我在他面前操他的女人……我隨時都可以。只要把他們兩個人帶來這裡就好。」

開什麼玩笑。為什麼要在我家聊這種事？

我忍不住這麼想，安里也看到了我臉上的表情變化。

「怎麼樣？生田，你也有意見嗎？我覺得你是裡面最鬆懈的。每次都跑到隊伍外面一直拍照。你不是還可以做其他事嗎？像是在報紙上寫報導，還有雜誌，你要發揮一點像樣的作用，嗯？」

雖然他沒有打我，但安里平時就常常莫名其妙打人，或是抓住別人的頭髮，把人甩出去。他對政治話題完全沒有興趣，當砂川討論政治時，他就突然安靜下來喝酒，但是，當討論稍微停頓下來，他就會推身旁的人說：「不要悶不吭氣，說話啊！」

但是，安里從來不會對砂川或花城動手。

「那我們就先告辭了。」

「嗯，晚安……路上小心。」

我故作老成，裝出若無其事的樣子目送三個二十幾歲的年輕人離開，但其實對接下來的時間怕得要死。

砂川、花城和安里。和他們三個人在一起的時間，簡直就像不慎闖入魔界般充滿恐懼和瘋狂。

「嗯……生田，你也喝吧。」

花城雖然說話很客氣，但他的存在、他的威嚴最令我害怕。

他把一頭長髮挽在後腦勺，看起來像是幕末的愛國志士。他的皮膚曬得很黑，感覺不像日本人，總是留著鬍渣。每次和他視線相遇，他絕對不會先移開視線。雖然經常加入討論，但很少像砂川那樣談論理念和理想。他那具有謀略家的性格，總是提議該如何達到目的。

「想要撤銷《日美安保》，首先必須引導輿論，否則就不可能成功。生田是這方面的專家……我們必須充分運用你的人脈和經驗……生田，好好加油，我們很期待你。」

現在回想起來，那個時候，所有的陣容都已經齊全了。

二月之後，事態突然發生了變化。

「他媽的，公安終於動手了。警察也開始鎮壓了。」

砂川一踏進我家的門，就大聲叫囂著。和他一起進來的安里，雙眼也露出不尋常的怒火。

「砂川，你說話聲音太大了……到底發生了什麼事？」

我剛熬完夜，腦袋還有點昏沉。時鐘指向五點，我還以為是凌晨五點。但我錯了，是傍晚五點。

砂川把脫下的皮夾克用力丟在腳下的榻榻米上。

「矢吹先生被逮捕了。雖然是新宿分局抓的人，但一定是警視廳公安部的指示。警方想要斷絕我們的資金來源。」

矢吹近江。被稱為是「左翼大老」，或者說是「幕後黑手」的那個男人。花城就是在矢吹的公司工作，我也認為砂川和矢吹是因為這樣的關係才會認識。

安里摟住砂川的肩膀說：

「我們差不多該採取行動了。」

砂川用力點了點頭。

「當然，既然他們已經出手，我們也必須不擇手段。雖然並非出於本意，但只能出擊了。」

那時候的氣氛就已經非比尋常了。

「……生田先生，我們接下來要綁架世良芳英的女兒，請你協助我們。」

聽到這句話時，我真的差一點昏倒。

「啊？不……綁、綁架……」

「別擔心。他女兒會平安無事。我們也不會對她動粗。我們知道這不是從正面進攻，但現在已經沒有充足的時間考慮手段了。必須用世良女兒的生命，來誘導世良為撤銷《日美安保》積極奔走。他不是原本就對《地位協定》抱著質疑的態度嗎？只要和他溝通，他應該能夠理解。我們只是促使他採取行動。別擔心。一切都會順利。」

太荒唐了。我不得不這麼認為。

「但這不是犯罪嗎？」

「這種事，我們當然知道。但是，矢吹先生被抓了。他到底做了什麼？他只是提供我們資金而已。我們的遊行都事先申請，都是合法進行。不都完全遵守警方的指示嗎？雖然他們覺得我們礙眼，但我們一直都從正面進攻。正因為這樣，警察也沒有方法可以治我們。最後只能用妨礙公務執行這種小家子氣的罪嫌逮捕矢吹先生……是他們先用卑鄙的手法。所以我們也必須讓他們知道，我們也有殺手鐧。」

砂川露出充滿危險的眼神。和之前談論照片時一樣。

「這種事，我沒辦法、提供協助。」

「是嗎？但是，世良芳英的所有資料都來自你的電腦。他住家的地址、家庭成員、家裡的電話、手機和電子郵件信箱，我們都已經掌握了，計畫也已經出爐了。事實上，已經派人清查了他女兒……喔，她叫世良麻尋。長得挺可愛的。有那種豬頭豬腦的爸爸，她算長得很不錯了……總之，已經派人調查世良麻尋的行動模式。包括了上下學的路徑、才藝班、交友關係，很快就會來報告了。不光是這樣。也查了他太太的行蹤。據說她常出席學校相關的活動，還有後援會，每天都很忙。反正等報告交上來之後，就會擬定具體的行動計畫。」

這一次，換成砂川摟住了我的肩膀說：

「……生田先生，你應該知道。我們骨子裡並不是罪犯。我們是憂國之士。綁架只是為了開拓管道的權宜方法……我當然知道，知道這種手法很粗暴。正因為這樣，所以才需要你的協助。萬一其他人失控……比方說，像安里這個人，萬一他失控，不是很困擾嗎？到時候，我們就真的變成了犯罪集團。有像你這樣冷靜誠懇，有常識的人協助，我們的計畫才有意義。即使第一步走錯了，只要結果理想，就是正義。革命不就是這麼一回事嗎？生田先生，請你協助我們。這個任務只有你有能力完成。」

無論他怎麼說服，我都無意提供協助。但既然他認為我還是他們的朋友，我認為可以加以利用。

砂川開始往危險的方向暴走，但我很瞭解他的優點、他的熱情，以及許許多多。我們曾經一起為國家擔憂，一起討論，一起談論理想。我內心也覺得他是難能可貴的朋友。如果可以，我希望可以拯救他。這就是我當時的想法。

必須在發生最糟的事態之前，阻止他們的計畫——。

當時，我認為這是唯一的方法。

我再度找上岡商量，我們約在新宿車站附近的咖啡店見面，他當然露出了非常凝重的表情。

「……是啊。我也覺得逮捕矢吹很不妙。我前天也和一位認識的刑警提到這件事，那位刑警完全不知道有這回事。但是……綁架真的很不妙。要不要和我認識的其他刑警討論一下？」

現在，我知道這是最好的方法。但是，當時我以為自己還有能力解決，以為自己有辦法阻止砂川他們。

「既然這樣，能不能請他們立刻釋放矢吹先生？一旦釋放了矢吹先生，這件事可能有轉寰的餘地……」

上岡搖了搖頭。

「這不太可能。因為警方很少會對妨礙執行公務的人手軟。矢吹至少會被拘留二十三天。之後如果是在宅起訴，也就是在不羈押被告的情況下起訴，就會釋放他，但很難說……可能會直接送去東京拘留所。因為他是被警方盯著不放的人物。」

我抱著頭，上岡從對面伸出手，摸了摸我的肩膀。

「生田……你太善良了。人好固然沒什麼不好，但目前的狀況，已經不是你能夠處理的了。不如你先離開砂川和安里。」

「不可能，他們知道我住在哪裡。」

「不讓他們進屋不就好了嗎？」

「我之前曾經把備用鑰匙借給砂川，之後他就沒還我……現在他都自己進來，簡直當成自己的家了。」

「遇到這種狀況你怎麼沒有抗議？」

「當時覺得……他好像需要我。」

「這已經不是善良，是濫好人了。」

上岡叫我別再回家。並說服我要先斷絕和他們之間的關係。然後，他還為我安排了週租公寓。地點位在代代木。代代木月租公寓二〇五室。他還說，為了安全起見，用「齊藤雄介」的名字登記。

上岡陪我一起去了週租公寓。

「我有一個緊急的工作要處理，結束之後，我會馬上再過來。」

「不好意思，什麼事都麻煩你。還向你借了錢。」

「你別放在心上……總之，我可能會忙到半夜，還是明天上午再過來比較好？」

「不，沒關係。我晚上也不怎麼睡。」

「對啊，我們是同行嘛。」

上岡用力拍了拍我的肩膀，轉身離開了。

我覺得上岡很可靠。然後突然覺得自己很無力、也很沒用。

凌晨四點，對講機的門鈴響了。一看螢幕，發現上岡的臉脹得老大。

「好，我馬上開門。」

當時，我覺得只能靠上岡了。當他來到週租公寓時，我鬆了一口氣。

「……我們來研究一下最妥善的解決方法。」

上岡把沉重的肩背包放在地上，把椅子從桌子下拉出來，坐了下來。

「我回家之後查了一下。覺得與其一個人看，還不如兩個人一起看比較快，所以就帶來了。」

說完，他拉開背包的拉鍊，把什麼東西拿了出來。那是薄薄的綠色L形文件夾。

裡面有十幾張A4大小的資料。看起來像是什麼一覽表。

「……這是什麼清單？」

「你不要問，這只是為了以防萬一。你看一下，這裡面有沒有你認識的人。」

那份資料看起來像是什麼名冊。

最初的項目可能是編號，有英文字母和數字組成不連續的文字列。接著是姓名、職業和所屬團體的簡單說明，最後是大頭照。有些人有照片，有些人沒有。每一頁上有十三行，也就是十三個人。

「好……」

偶爾也會有政治人物，我大部分都認識，但都是以前的職稱，所以我猜想這份名單是五、六年前製作的。

「我當然認識船越幸造啊。」

「不，不是這個意思。」

上岡似乎想要瞭解這份名冊上有沒有和這次遊行有關的人。所以透過媒體認識的人，或是私下認識的人都可以略過。

名冊上總共有兩百數十個人。乍看之下，並沒有發現和這次遊行有關的人物。但是，上岡再度把名冊推到我面前，叫我再仔細看清楚。

「這次你仔細看照片。」

「好……」

沒想到……。

「啊！」

我發現一個熟悉的人。

「怎麼了？」

「這個，這個人。」

「嗯……這個江添怎麼了？」

「這張照片上的髮型不一樣……」

就在這時。

對講機的門鈴突然響了，螢幕亮了起來。

我和上岡互看了一眼。

「你去看看。」

「……喂？」

但是，當我站在螢幕前時，螢幕上沒有人影，而且變黑了。

我還是按了應答的按鈕。

「……喂？請問是哪位？」

《我是砂川，請你開門。》

我旋即看向上岡。他皺著眉頭，微微偏著頭。

《生田先生，請你開門。我有事情要和你談，生田先生！》

室內響起巨大的聲音。

為什麼？砂川怎麼會知道這裡？我內心產生了疑問。

《生田先生，生田先生。》

我不能讓他繼續在門口大喊大叫。

「好……我這就開門。」

上岡也無可奈何地點了點頭。

「我先躲起來。」

「好……」

雖然上岡說要躲起來，但這裡是套房，只能躲去浴室或是陽台。上岡罵了一句：

「媽的！」抱起包包和名冊，沒有開燈，就走進了浴室。

兩、三秒後，房間的門鈴響了。

事後回想起來，我真的太大意了，但我當時沒有確認，就打開了門。

我沒有想到，除了砂川以外，還有另外兩個人。

「喂，喂。」

三個人都戴著頭套。看起來像是把豬皮還是其他動物的皮用黑線縫起來，看起來很可怕。應該是塑膠玩具，但正常人不會用這種東西。

三個人沒脫鞋子就闖了進來。我從身材判斷，走在最前面的是砂川。但不知道第二個和第三個人是誰。其中有一個應該是安里，但那兩個人都穿著我沒看過的飛行夾克，所以我一時無法判斷。

走在前面的砂川巡視室內。

「……你不是一個人吧？」

砂川的話音剛落，第二個男人打開了浴室的門。正確地說，是廁所兼簡易浴室。

「啊，在這裡，在這裡。」

是安里的聲音。我站的位置看不到，但第二個和第三個男人突然走進浴室毆打上岡，似乎還用腳踹他。

下一剎那。

「……王八蛋！」

那兩個人倒退著走出浴室。接著看到上岡的雙手伸了出來。他手上拿著刀子。

「咻！」

不知道是第二個還是第三個人，應該是安里的蒙面人以絕佳的機會、完美的時機，用手肘打向上岡的臉。只聽到啪喀或是嘎沙一聲，上岡頓時倒在地上。

安里立刻踩在上岡的手腕上，奪走了他的刀子，然後抵住上岡的喉嚨。他雙手戴著皮手套。應該一開始就料到會發生眼前的狀況。

「嘿嘿……外行人怎麼可以拿這種東西。」

安里笑了起來，頭套的嘴巴周圍抖動著。仔細一看，眼睛的位置有兩個小洞，雖然視野很差，但安里並沒有遭到上岡的攻擊。雙方的戰鬥能力顯然有很大的落差。

安里騎在上岡身上，扭著他的右手臂。上岡的鼻子已經被打塌了，但還是對著我的方向大喊：

「生……生田……快……快……逃……」

「為什麼要說這種話？」

安里的刀子沒有刺向上岡的喉嚨，而是抵著他的臉頰。

「嗚呃……」

「你這個老頭，別再說話了。」

安里笑得頭套不停顫抖，用刀子在上岡的臉上時左時右地亂刺。貫穿臉頰的刀子在嘴裡發出撞到牙齒的聲音。上岡瞪大了眼睛，眼珠子幾乎快掉出來了，但聲音像小貓叫般微弱。他的嘴裡不斷流出鮮血，好像紅酒瓶打翻了。灰色的地毯漸漸被染黑了。

安里拔出刀子後，血流得更多了。

「……老頭，你太礙事了。」

安里的另一隻手抓住上岡的頭髮，用拿著刀子的手抓住衣領，把上岡的身體拖了過來。

砂川在我的耳邊說：

「生田先生，我不想說這種難聽話，但你應該也不想落到這種下場吧？你不要讓我們費工夫。乖乖跟我們走。」

我只能服從。在那一刻，我沒想到他們會殺了上岡。

砂川帶著我出了走廊。我覺得我們兩個人在那裡等了很久，但可能只有十分鐘，也可能只有兩、三分鐘。

不一會兒，那兩個人也走了出來，頭套上都是血。其中一個人，應該不是安里的那個人手上拿著那份名冊，肩上背著上岡的背包。

室內完全沒有任何聲音。

走出週租公寓後，到了轉角處，他們叫我坐進停在那裡的廂型車。但是，砂川沒有上車，一個人不知道去了哪裡。

車子停在附近的投幣式停車場前，其中一個蒙面人下了車。車子再度開了出去，這時，駕駛終於開口，我才知道他是安里。

「……生田先生，如果你輕舉妄動，就會像剛才你看到的那樣。所以，你就乖乖聽我們的話。你也希望世良的女兒平安回去，不管是砂川還是其他人都一樣……只有我例外。」

我只想問關於上岡的情況。

「他、他……上岡先生怎麼了?」

安里又在頭套裡噗哧噗哧笑了起來，笑得肩膀抖個不停。頭套上濺到的血不知道什麼時候已經擦乾淨了。

「我說啊……都已經打到那種程度，如果還讓他活著回去，之後不是會很麻煩嗎?所以別問這種蠢話……反正警察遲早會發現，我們也沒那麼傻。沒有留下任何證據，所以不必擔心。如果在沖繩……我知道埋在哪裡不會被人發現，但東京就……東京沒有山，所以我也不太清楚哪些地方不會被人發現，哪些地方會有危險。還是說，你知道這種地方?如果知道的話，我們兩人現在就回去處理屍體?」

完了。我無法逃出他們的魔爪。

事後回想起來，我才知道當時應該鼓起勇氣，衝進警察局。如果我能夠更冷靜，想到世良的女兒遭到綁架有多麼可怕，就可以做出正確的判斷。

但是，我無法冷靜思考。我的身心都被恐懼占領，完全失去了自由。

每次都這樣。每一次都這樣。當伊佐勝彥和庭田愛都在我面前遭到美國士兵攻擊時，我也失去了冷靜的判斷力，身體無法動彈，沒有積極蒐集必要的資訊，採取了錯誤的行動，讓庭田愛都失去了生命。

沒錯。我永遠都是這種愚蠢又懦弱，狡猾又自私的人渣。

2

東的手上突然多了好幾條線索。

生田治彥以「齊藤雄介」的名義，租用了成為上岡命案現場的週租公寓，同時他也是成為遊行導火線的、那張車禍照片的原拍攝者。只是不知道是生田本人，還是砂川，或是其他人，把那張照片加工成是憲兵隊撞死了老人。但是，是砂川把老人變成殉教者，煽動了這場遊行。砂川不可能和加工照片這件事無關。

矢吹提供金援給砂川。這些金錢當然是用於反美軍基地遊行。同時，矢吹要求花城數馬這個男人轉賣沖繩的軍用地。但目前大部分土地都落入了花城和安里龍二的手上。矢吹知道這件事嗎？他知道那個叫花城的男人，和歸化日本籍的蘭道千藝的養女結了婚，以及掌握了那些土地的事嗎？

假設反美軍基地運動成功，美軍撤離沖繩，或者只是從普天間撤離，會有怎樣的結果？基地舊址的土地有百分之二十七都屬於花城和安里。如果安里轉賣給花城，那片廣大土地的三分之一便都會被花城一個人獨占。曾經讓日本政府疲於奔命的普天間基地，竟然有三分之一都由一個人支配。

即使不是公安總務課的人，也想要確認到底是怎麼一回事。
花城數馬到底是何方神聖？
最快的方法，就是問矢吹近江。
東將手上的公文處理到一個段落後，正打算去拘留管理課，卻被篠塚統括叫住。
「東哥，現在方便嗎？」
「嗯，可以啊。」
東以為又要去局長室，但這次不同。篠塚帶他走去昨天和姬川談話時用的會議室隔壁的房間。
篠塚敲了敲門。
「我是篠塚。」
「進來。」
東鞠躬致意後，也跟著走了進去。三上副局長和飯坂刑事課長兩個人坐在那裡。
「來，坐吧。」
東聽從三上的指示，和篠塚並坐在會議桌旁。這回是飯坂先開了口。
這次又有什麼事？
「……剛才接到總部的通知，發生了綁架案。」
東完全沒想到發生了綁架案。

「什麼時候的事？」

「二十分鐘前。」

「不，我是問被害人失蹤的時間。」

「據說是三天前。」

已經過了相當長的時間。

「現場在哪裡？」

「赤坂。」

「人質是小孩子嗎？」

「說是小孩子的話，的確是小孩子……而且是民自黨參議院議員世良芳英的女兒。」

怎麼會——。

「世良芳英不是目前內閣的官房副長官嗎？」

「沒錯，世良的老家在和歌山，但之前讓獨生女報考東京的私立中學，而且順利考上了……去年和妻子、女兒三個人一起住在赤坂租的公寓。」

這件事非同小可。但為什麼要告訴東，而且特地把東叫到會議室。發生綁架事件後，通常由刑事部搜查第一課特殊犯罪搜查股主導，在極機密的狀態下展開搜查。雖然東不認為和自己這個新宿分局的刑警無關，但至少沒理由被指名要求提供協助。

他問飯坂：

「……發布特別警戒了嗎？」

一旦發生綁架事件，可以由刑事部長發布「因發生營利目的的綁架事件，進入特別警戒狀態」的特別警戒。一旦發布，警視廳轄區內所有分局的警察在下班之後，仍然必須在分局內待命一段時間。但是，這樣也不太對。照理說應該同時通知分局內的所有人。如果只對東一個人說也沒有用。

果然不出所料，飯坂搖了搖頭。

「不，目前還在研究是否要發布特別警戒。官房副長官的女兒遭到綁架的確是大事，但是……綁匪的要求似乎並不是贖金。」

原來是這樣。只有當發生「營利目的的綁架事件」時，才會發布特別警戒。如果綁匪要求的不是贖金，可能就不適用了。

但是。

「如果綁匪的目的不是贖金，那是什麼？」

「目前還沒有掌握。而且……目前也不知道綁匪到底是單獨犯案還是有同夥，似乎是一個名叫生田治彥的獨立記者通知世良芳英，他女兒遭到了綁架。」

東一時說不出話。

「……生田、治彥嗎？」

飯坂瞇起眼睛問：

「你曾經向矢吹打聽過這個人。」

他怎麼知道？筆錄上並沒有提這件事。

「恕我請教一下，課長，你怎麼知道？」

「我聽到了，經過偵訊室門口時剛好聽到了。因為你的聲音很大聲，門外也聽得到。」

確實，偵訊室的牆壁和隔板差不多，談話時根本就沒什麼隱密性。

飯坂繼續問：

「矢吹怎麼回答？」

他沒有聽到答案嗎？

「他說不知道。」

「你為什麼會問矢吹生田的事？」

東猶豫了一下，不知道該說多少實話，但還是覺得關於這點應該據實以告。

「……是，搜查一課的姬川主任昨天來找我，她目前在上岡命案的特搜總部。她當時告訴我，名叫生田治彥的獨立記者租用了成為上岡命案現場的那個房間。」

「喔，一課那個不聽話的女人昨天好像來過……姬川來找你有什麼事？」

「她來打聽以前我偵辦的案子。但和上岡命案沒有直接關係。」

「是喔。」飯坂垂下眼睛，微微低下了頭。

三上看著東說：

「東股長，你可以再去問問矢吹關於生田治彥的事嗎？」

「雖然以搜查手法來說，會有很大的問題，但並非不可能。」

三上點了點頭。

「沒關係，無論律師說什麼，即使監察來這裡，我也會頂住。我會負起所有責任。」

東第一次聽到三上說出像幹部該說的話。只是對於副局長有沒有這麼大的能耐，抱持高度的懷疑。

矢吹一如往常被帶到偵訊室。他的一頭白髮和鬍鬚似乎長了些，不過身體狀況看起來似乎仍然很不錯。一個七十八歲的老人，這樣的身體算很硬朗。

東首先向他低頭致意。

「矢吹先生，我接下來要問你的問題，和逮捕你的嫌疑完全無關。如果要說是違法偵訊，我也無話可說。即使這樣，我仍然必須問這些問題，希望你瞭解這一點。」

矢吹一臉嘲笑地挑起眉毛，垂著嘴角說：

「……為什麼突然特別聲明？你之前不也問了很多妨公以外的事嗎？」

「不好意思，目前的狀況和昨天完全不一樣了。」

「喔？發生什麼事了？」

「發生了一起綁架案。很可能和名叫生田治彥的人有關。」

「生田……」矢吹偏著頭。

「那不是你昨天問我的那個人嗎？」

「對。我昨天向你請教，砂川周圍有沒有一個叫生田治彥的人。」

「我已經回答說，我不知道。」

「可不可以請你再仔細回想一下？」

「嗯……生田、治彥，他的名字漢字怎麼寫？」

「生命的生，農田的田，治療的治，彥根城的彥。」

「生田治彥喔……」

矢吹閉上眼睛，再度偏著頭。

「我沒聽過這個名字。我雖然提供金援給砂川，但他舉行的活動，完全跟我無關。」

「那我稍微向你透露一下目前正在偵辦的事件。矢吹先生，你認識一個名叫上岡慎介的獨立記者嗎？」

「那個生田不就是獨立記者嗎？」

「你記性真好。沒錯。所以他們是同行。那個姓上岡的記者不久之前遇害了。我剛才提到的生田治彥和另外三個人出現在命案現場。目前查明，其中一人是砂川雅人。」

三上、飯坂和篠塚應該都在偵訊室外聽東偵訊矢吹。不知道他們聽到剛才這番話，有什麼感想。

矢吹的表情愣住了。

「……砂川殺了那個姓上岡的嗎？」

「不知道是不是他下的手。目前只知道他出現在命案現場。所以，目前偵辦的方向是認為他應該瞭解某些情況。」

「嗯，」矢吹輕聲說著，點了點頭。

「砂川和生田出現在那個記者遇害的現場。生田又綁架了某人。所以你認為砂川也可能和這起綁架事件有關。」

矢吹竟然根據剛才的說明，就想到了這些事。矢吹一定認為這只是沒什麼根據的推理罷了。

「不僅如此，憲兵隊車輛造成的死亡車禍，被認為是那場反美軍基地遊行的導火線，但目前已經瞭解到，那是毫無事實根據的謠言。那張車禍照片是將毫無關係的車禍意外，加工成好像是憲兵隊的車子撞到了人。」

矢吹用力皺緊了眉頭。

「……東先生，你應該不是覺得我在鳥籠裡沒報紙可看，所以才信口開河吧？」

東歪了歪頭，表示無法同意。

「我能夠理解你的心情。因為我一開始也沒想到那張照片是捏造的。但這應該是事實。目前還不知道誰是主謀。總之，有人加工了照片，作為引發這場遊行的導火線……原本那張照片是生田治彥拍攝的。我認為是砂川加工了照片，引爆了這場遊行。」

矢吹發出低吟，閉上了眼睛。

東繼續說：

「遭到殺害的上岡也在採訪沖繩軍用地轉賣這件事。矢吹先生，就是你的公司做的生意。」

「……沒錯。你昨天也提過這件事。」

「對，也從你口中得知，是一個姓花城的人在沖繩實際進行買賣交易。花城數馬先生。」

「沒錯。」

「請問你知道，這些轉賣的土地大部分都二度轉賣，最後都集中在花城先生的名下嗎？」

矢吹睜開了眼睛。他瞪著桌上某一點之後，抬眼看著東的臉。他似乎並不知道這件事。

「這是……怎麼回事？」

「不知道。這不是警察調查的內容，是姓上岡的獨立記者調查後寫下的內容，警方還沒有加以確認。但是，如果真的是這樣，請問你有什麼看法？花城先生為什麼這麼做？」

兩道白眉下混濁的眼睛看著半空中的某一點，似乎想要看出什麼端倪。

「……如果是這樣，倒是有一點頭緒了。」

「希望你能夠把這些想法告訴我。」

矢吹的雙眼仍然瞪著半空。不知道他看到了普天間的藍天，還是花城數馬的臉。

「花城著手進行的土地交易，並不是國道三三〇號，或是五十八號沿線……也就是說，並不是普天間基地外圍的土地，大部分都是內側，基地裡面沿著中心線的地方。以實地來說，就是跑道那一片土地。花城喜歡做那些土地的交易。雖然靠近國道的土地日後的利用價值更高，但他刻意挑選正中央那些搞不好根本無利可圖的土地。你知道為什麼嗎？」

東完全不知道，只能搖搖頭。

「不，我完全無法想像。」

「如果我問你沖繩缺什麼，你會想到什麼？」

東對沖繩這個地方並不熟，所以只能回答說不知道。他只能想到亂猜的答案。

「……就業機會嗎？」

矢吹露出為難的表情，似乎在嘲笑東的答案。

「沖繩的就業機會的確不足，但並不是這件事，而是物理條件……如果我說基礎建設，也許比較容易想到。」

基礎建設。沖繩是觀光勝地，也有很多人居住，該有的基礎建設應該都有吧。

「對不起，我完全沒概念。」

「這樣啊。日本本島人對沖繩的認識差不多就是這種程度……你聽我說，沖繩雖然有單軌電車，但完全沒有鐵路網。」

原來是鐵路——。

矢吹繼續說了下去。

「單軌電車只有從那霸機場到首里城所在的首里車站而已。雖然有計畫延長，但目前即使坐到終點，也只要三十分鐘左右。以沖繩的南北距離來說，不到十分之一。對沖繩縣民的工作和生活完全無法發揮作用。而且馬路永遠都在塞車。尤其現在有大批海外觀光客都湧向沖繩。夏天的時候，除了飯店客滿以外，如果不事先預約，就完全租不到任何車子。這些車子全都一口氣開進原本就慢性塞車的道路，徹底影響了縣民的生活。也許有人覺得，有觀光客上門，沖繩人應該嘴上叫苦連天，卻又暗爽在心裡，但事實上並沒有這麼輕鬆。」

就連東，也曾經聽說過沖繩的塞車很嚴重。

矢吹探出身體說：

「我並沒有和花城聊過這件事。但我曾經聽一名政府官員提過，在討論沖繩基地的相關問題，聊到振興預算和基地舊址再開發的話題時，確實有人提到了開設鐵路的方案。好像是沖繩縣之前的知事曾經向政府『請願』……我記得這件事，所以看到花城專門轉賣中心線上的土地，就覺得很有意思。認為他很有遠見，可能在哪裡得知了鐵路的事，然後作為轉賣時的賣點。我覺得他這個人很厲害……只不過完全沒想到他竟然自己收購那些土地，我至今仍然難以相信。」

矢吹看起來不像在說謊。應該可以認為，矢吹真的不知道花城在收購軍用地的事。

「是嗎……那我們繼續談下去。昨天你說，砂川和花城先生沒有交集，如果他們背著你有交集，你認為會是什麼狀況？」

矢吹正視東。

「是什麼狀況……你認為花城、砂川，還有那個生田都參與了綁架案嗎？」

「我只是假設。假設他們兩個人認識，一連串的事件就可以連起來了。砂川利用了生田的照片，煽動遊行，製造了反美軍基地的輿論。花城應該也以某種方式進行協助。因為花城的土地，必須在美軍基地撤離之後，才能夠賺錢，所以這對花城也是利多的事。但是，光靠遊行無法把美軍趕出沖繩。必須使用更政治性、具體的和法律的力量……所以就有了這次的綁架案。」

矢吹咬緊牙關不發一語。

「遭到綁架的是世良麻尋，十三歲……她是民自黨參議院議員，現內閣官房副長官世良芳英的獨生女。目前被視為綁匪的生田治彥並沒有提出贖金的要求。既然不是為了錢，生田到底要向世良提出什麼要求？我認為這是充滿政治意味的行動。」

十秒、二十秒——。

矢吹用力注視著東的雙眼，好像要將他看穿，最後，才緩緩開了口。

「……威脅官房副長官，就可以推翻《日美安保》嗎？」

「這我就不知道了。但的確有政治人物請了外國籍的祕書之後，政治方針就大轉向。許多政治人物因為派系或是議員聯盟的關係，對中國或韓國特別友善。事實上也有政治人物在出國遊玩時收賄，或是因為女人的關係被抓住把柄，而成為那個國家的傀儡。這些都是外交領域的事，但內政也完全可能發生相同的情況。女兒遭到綁架，在綁架期間會發生什麼事……女兒被綁架是否就此變成弱點，就看世良先生怎麼想了。而且，並不是只有世良先生一位政治人物會遭遇這種情況，如果有兩個、三個……五個人遭到同樣的陷害，也許《日美安保》就會被撼動。雖然不知道會不會發生這種狀況，但無論如何，我們都必須營救麻尋小妹妹。」

東向矢吹鞠躬。

「……拜託你。如果你知道有可能成為砂川和花城落腳處的地方，請你告訴我。花城在東京有沒有做房屋的買賣，或是有沒有他負責管理的房子？」

矢吹抱著雙臂，收起下巴沉思起來。

但是，當他開口時，不是回答有可能成為落腳處的地點，而是新的疑問。

「但是，東先生……我有一件事不太明白。假設花城之後又買回了自己經手的土地，把軍用地的所有權集中在自己手上，那些錢到底是誰出的？雖說是在沖繩，但仍然需要一筆龐大的資金。就連我也無法籌到那麼多錢。這和遊行的資金相差三、四位數。到底是哪裡的誰籌措了這麼多錢？」

事實上，花城做到了這件事。

3

生田假裝和出版社開會，和土屋見面了將近一小時後結束了。生田最後把安里等人藏身的公寓地址告訴了土屋。

《埼玉縣朝霞市膝折町二丁目……》

陣內立刻把地址傳給市村。要求馬上派聖麒或次郎前往，但對方手上有人質，所以務必謹慎行事——只要這麼說，那兩個曾經當過警察的人就能夠瞭解。

生田也很小心謹慎。從談話室的沙發上站起來時說：

《我先獨自回公寓。因為砂川除了安里和花城以外，還有其他幫手，所以我也不知道他會派誰跟蹤我。土屋小姐，請妳把我們剛才談話的內容轉告上岡先生的朋友。拜託妳了。》

說完，他快步走出談話室。

土屋目送著生田離去的背影，悄悄地告訴陣內。

《……我們也先在這裡分手。請你從後門離開。那裡有警衛室，但白天離開的話，警衛不會多問什麼……另外，從這裡到朝霞，一個小時應該夠了……但可能有人跟蹤我……所以，我們一個半小時之後在朝霞車站見面。》

土屋拿起大衣和皮包，也走出了談話室。

隔了五分鐘後，陣內也站了起來。門口附近有一個收銀台，陣內走到收銀台旁時，身穿制服的女人面帶笑容地對他說：

「你朋友已經結帳了。」

陣內這才知道，原來這裡要收錢。

從麴町車站搭有樂町線，竟然不需要換車，就直接到了朝霞車站。抵達車站時剛好下午一點，離和土屋約定的時間還有三十分鐘。

車站有北口和南口兩個出口，陣內去兩個出口看了一下。

北口和南口都有公車、計程車停靠的圓環。周圍有好幾棟十層樓左右的大廈公寓，雖然看不到超市的招牌，但有不少家庭餐廳、居酒屋等餐廳的招牌。

陣內拿出手機。思考著到底該和聖麒或是次郎聯絡。以說話的對象來說，當然是聖麒比較理想，但目前的情況，應該是次郎更能夠發揮作用。

但是，他撥打了次郎的手機，沒想到竟然是聖麒接電話。

『……喂，陣哥，你目前人在哪裡？』

「我在朝霞車站，你們呢？妳和次郎兩個人嗎？」

『不，組長也在。總指揮也說，等打工的人來接班後，就馬上趕過來。』

「你們開車嗎？」

『對，開組長的廂型車。』

原來是那輛銀色的日產Caravan。正確地說，那並不是市村名下的車子，聽說是用一個開設計事務所的朋友的名字買的。

「生田回去了嗎？」

『大約十分鐘前，有一個像是部落格照片上的男人走進去了。是三樓倒數第二個房間。』

「好，我還有三……二十分鐘左右，就會和土屋會合。然後再決定要怎麼做……我會看情況和你們聯絡。」

土屋只知道陣內和聖麒兩個人是「歌舞伎町七刺客」的成員。所以，最好避免她和其他成員接觸。

不到十分鐘後，就接到了土屋的電話。

『我到了朝霞車站，你呢？』

「我在南口。」

『南口的哪裡？』

「車站正對面的星巴克。」

『好，我馬上過去。』

不一會兒，就看到土屋繞過圓環，從斑馬線走過來的身影。然後直接走進星巴克。看起來不像有人跟蹤。

「……讓你久等了。」

「這個給妳。」

陣內剛才為她買了一杯熱咖啡，但並不是為了還剛才在文秋社那杯咖啡的人情。

「謝謝，但我們趕快走吧。」

「好。」

土屋拿起那杯咖啡，走回門口的方向。陣內已經喝完了，把杯子丟去垃圾桶之後，跟在她的身後。

土屋再度走在斑馬線上。

「因為還有一段路，所以我們搭計程車過去，但在此之前……剛才接到生田的聯絡，他回到公寓時，公寓的門已經鎖了，他進不去了。按了門鈴也無人應答，停車場裡也沒有他之前搭的那輛車子。」

這是怎麼回事？生田出門的那段期間，砂川他們發生了什麼事？還是他們只是踢開了生田而已？

「生田在問他要怎麼辦？」

「說這些都太早了……他似乎也六神無主了。」

他們坐上正在等候客人的計程車，報上了膝折町二丁目的地址。雖然車子只開了不到十分鐘，但如果走路，可能要二、三十分鐘。

「司機先生，請在下一個紅綠燈停車。」

他們在過了膝折公園前的路口下了車。先拿出皮夾的土屋付了錢。

剛才在朝霞車站前就覺得，和東京相比，埼玉的天空比較開闊。空氣似乎也比較清澈。

土屋四處張望，用眼神示意前方二五四號國道的對面說：

「公寓應該就在過了這條馬路之後，稍微往裡面走一小段路的地方……我叫生田去那裡。」

原來是馬路對面的居家修繕中心。

「陣內先生，剛才的接收器還在吧？」

「對，還在。」

「你用那個聽我們談話，我會向他問清楚是什麼情況。」

一陣風吹來，吹起了土屋中長的黑髮。

土屋單手按著頭髮，打電話給生田。

「……喂，我是土屋……嗯，我已經到附近了，如果我去你那裡，可能會有突發狀況，所以請你過來。你知道國道旁有一家居家修繕中心嗎？……沒錯，我們在那裡見面。我會在延長線賣場等你……好。」

陣內今天多次覺得，土屋辦事能力很強。雖然不知道她涉入「新世界秩序」有多深，但即使做普通的工作，應該也是優秀的人材。

土屋把手機放回皮包。

「我們走吧。」

「好。」

斑馬線的號誌燈剛好轉綠。

那是東京都內也有多家分店的居家修繕中心。店外放了很多建材和園藝用品。店內有很多木材、工具、照明器具、汽車用品、戶外用品等從普通的生活用品，到陣內一輩子也無緣接觸的商品。

土屋看著從天花板垂下的指示牌，走向【配線材料】的專區。雖然並沒有事先說好，但陣內跟在她身後，和她保持了一段距離。

土屋可能找到了延長線，在配線材料賣場中間停下了腳步。陣內走去隔壁賣日光燈的地方等生田出現。

不知道是否站的位置不佳，陣內並沒有看到生田出現。

耳機中突然傳來他和土屋的對話。

《……不好意思，我沒想到會變成這樣。》

《你知道其他人可能去什麼地方嗎？》

《來這裡之前，我們去了上野和東京車站附近的商務飯店，我不知道是否還有其他……像公寓或是獨棟房子的地方。》

《當初怎麼把麻尋帶去那棟公寓的？》

《趁她補習班放學時，把她拉上了車子。去公寓的時候，就把她硬塞進行李箱。之後就一直在這裡……啊！》

停頓數秒之後，生田繼續說道：

《我知道他們車子的車號。》

他可能把紙條之類的交給了土屋，並沒有實際說出車牌號碼。

《是什麼車子？》

《是速霸陸的Legacy，顏色是金屬藍。這輛是本田的廂型車，顏色是金屬灰……但這輛車還準備了假車牌，就是這個。我們是坐Legacy來這裡的。但不是旅行車，而是像普通轎車的款式。》

再度停頓了片刻後，土屋問：

《生田先生，你接下來打算怎麼辦？》

《……我該怎麼辦呢？我一直等在門口也很奇怪，但回自己家裡也……》

《你一旦回家，應該馬上會被警察抓走。》

《啊，是這樣嗎？》

《那我該怎麼辦？》

《雖然很同情你，但週租公寓一定裝了監視器，你的身分應該已經曝光了。》

《你最好躲起來……但該怎麼辦呢？》

《還有，不好意思……趁我還記得時先交給妳。這個放在妳那裡。》

《這是什麼？》

土屋似乎又接過什麼東西。

《上岡先生借給我的，叫我拿去用……我認為這才是正當的使用方法……拜託妳，請妳和這幾個車牌號碼一起拿去用。》

《好……你等我一下。你站在這裡，絕對不要離開。》

耳機內傳來一陣窸窸窣窣的衣服摩擦聲。陣內回頭一看，發現土屋繞過陳列架，快步走了過來。

她的雙眼發出妖豔的光芒。

和陣內擦身而過時，她像扒手一樣，把手伸進陣內飛行夾克的口袋，想必是把紙條和剛才生田給她的東西塞了進來。

《……接下來的事就拜託了，別忘了和我的約定。》

當她的背影消失在陳列架後方，又很快聽到了她和生田說話的聲音。

《生田先生，在事情結束之前，你和我在一起。我會聯絡該聯絡的人，這樣好嗎？》

《……好，那就拜託妳了。》

陣內摸了口袋裡的東西，發現有三張紙和一個皺巴巴的白色信封。

看信封的形狀和厚度，應該有一百萬。

陣內和市村他們約在往東京方面的汽車用品店的停車場見面。

他在停車場立刻看到了那輛銀色的日產Caravan。

他從左側的滑門上了車，車內的暖氣開得太強，一路走過來的陣內覺得有點悶熱。

次郎坐在駕駛座上，市村和聖麒坐在第三排。陣內上車後，就直接坐在第二排。

市村問：

「陣哥，請你先說明一下到目前為止的來龍去脈，我完全搞不清楚狀況。」

陣內盡可能簡潔地說明了至今為止的過程。

土屋和生田透過上岡有了交集。三個蒙面人分別是砂川和安里，另一個可能是花城數馬。砂川等人要脅生田協助他們綁架了民自黨議員世良芳英的女兒。他們原本躲藏在附近的公寓，但不知道什麼原因失蹤了。砂川等人的目的似乎是想要廢除《日美安保》。

市村斜偏著頭，但目前無暇仔細說明。

「總之，我們必須把世良的女兒從砂川他們的手上救出來。之後再好好為上岡報仇。」

「等一下，」市村向陣內伸出手掌。
「假設我們把世良的女兒救出來了，誰付我們報酬？」
聖麒突然探出身體說：
「叫世良付不就好了嗎？因為這筆帳是為了要救他女兒。」
「笨蛋，」市村用手肘戳了戳聖麒。
「如果對世良說，我們去把你女兒救回來，你付我們錢，這下子我們不就變成了以營利為目的的綁匪。」
「……啊，對喔，你說的有道理。」
陣內不理會他們的一搭一唱。
陣內從口袋裡拿出剛才的信封。
「如果是這件事，有這個……雖然金額並不足夠，這是生田交給土屋的，應該有一百萬。這筆錢是上岡的，他給生田……叫他用這筆錢，應該是打算給他跑路用的。」
市村接過信封，確認了厚度。
「……所以說，如果追溯源頭，這次的委託人是上岡。」
「沒錯，還有，」
陣內拿出了便條紙。
「生田雖然不知道砂川他們躲在哪裡，但他知道他們的車牌號碼。」

總共有三張，分別是巧克力之類的包裝紙，和記事本上撕下的紙，還有一張家庭餐廳的餐巾紙。記錄車牌號碼的筆也各不相同，有的用鉛筆，有的用原子筆。

市村的眉毛皺得一高一低。

「要我們做什麼？」

「調查之後，希望找到他們的去處……」

聖麒拿起那張包裝紙。

「這要用警方的N系統，日本只有警方有設備可以追蹤行進的車輛。至於國外的情況我就不知道了。」

既然這樣，陣內他們就只有一個選項了。

「要不要找小川幫忙？」

聖麒把紙一丟說：

「別開玩笑了，他不久之前還是派出所的警員，好不容易才被拔擢當上刑警，怎麼可能有資格隨便查詢N系統。」

原來是這樣啊。

「使用N系統這麼困難？」

聖麒一臉不耐煩地點了點頭。

「那當然。如果阿貓阿狗都可以查詢，不是侵犯了被調查者的隱私嗎？當然不可以這麼隨便。必須有足夠的理由才能獲准使用。比方說，在搜查過程中，查到了這個車牌，如果可以追查這輛車的下落，將有助於破案。必須有這樣的根據，才能獲准……次郎，我說的沒錯吧。」

坐在駕駛座上的次郎沒有吭氣，但用力點了點頭。

聖麒繼續說：

「如果小川為了報仇，不惜丟飯碗，那又另當別論。如果他做好了被開除的心理準備，也許有辦法做到。但這樣的話，小川也未免太可憐了。就連我也這麼覺得。」

市村斜眼瞪著聖麒問：

「……那該怎麼辦？」

「最快的方法，就是乖乖交給警察吧？也不會浪費時間。」

「如果砂川他們被警方逮捕怎麼辦？那我們要怎麼收拾他們？要怎麼為上岡報仇？」

「這樣就沒辦法報仇了。」的確傷腦筋，該怎麼辦？」

不能請小川做這件事，陣內大致瞭解了原因。但同樣是刑警，如果是東的話呢？他會不會有其他方法，或是透過其他蒐集情資的管道？

陣內正在思考這件事，坐在駕駛座上的次郎轉過頭，看著陣內。

「……嗯？」

「你是不是在想，換成是東的話怎麼樣？」
「啊？」
「你是不是覺得，即使小川不行，但東可能有辦法搞定吧？」
這傢伙——。
市村看了看陣內，又看了看次郎。
「喂，陣哥，再怎麼說，這麼做也太危險了。」
「我什麼都沒說。」
「東至少知道你的真實身分，還知道你的綽號是『呵欠龍』。」
「這和目前的情況有關係嗎？」
「先不管你的綽號，你把這個車牌號碼交給東，即使他願意調查，如果知道是砂川他們的車子，東一定會親自去逮人。」
「嗯，」聖麒插嘴說：
「綁架案由總部的特殊犯罪組負責偵辦。即使知道是砂川他們的車子，東也未必會親自出馬。可能會把情資提供給總部……而且和砂川相關的情資，可能會提供給代代木的特搜。」
代代木的特搜。小川在那裡，那個姓勝俣的刑警也在那裡。他和東合不來，甚至可說是水火不容，兩個人之間的火藥味簡直一觸即發。即使這樣，也無法保證東不會把這個情資提供給代代木特搜。東很關心上岡的命案，也許他一心想要破案，搞不好會向代代木特搜提供協助。

但是，真的不值得賭賭看嗎？

想要在東這個人身上孤注一擲，真的沒有意義嗎？

「……市村，我……」

我想把這個情資交給東——。

只是這麼簡單的一句話，卻遲遲無法說出口。

喉嚨深處好像塞滿了枯草。

話語混在枯草中，只有毫無意義的呼吸好像從縫隙鑽進來的風，微微滲了出來。

4

矢吹遲遲沒有說出明確的答案。

即使如此，東仍然必須繼續偵訊。

「花城是不是曾經管理東京的房子？可不可以請你回想一下這件事？」

矢吹發出低吟，偏著頭說：

「即使你這麼問我，我的生意並不是只有不動產而已，雖然是一家小公司，但也是貿易公司……只有沖繩的人想買東京的房子時，才會做不動產生意。這些生意都由花城負責，雖然談不上管理，如果要問有沒有做過這種生意，我想應該有過。」

還有沒有其他的？有沒有什麼線索可以查到花城和砂川可能出沒的地方？

偵辦綁架案的指揮總部應該已經在東京都內的飯店和週租公寓布下了天羅地網。除非有內應，否則他們不可能躲藏在這種地方。警方應該也監視了砂川和生田的住處。只是，警方應該還無法這麼快掌握大部分時間都在沖繩的花城在東京的住處。

差不多快中午了。

必須將矢吹送回拘留室。

回到刑事課辦公室，看到篠塚在桌上貼了字條，叫他去今天早上的會議室。他撕下字條，立刻走去會議室。

「……我是東。」

「進來。」

局長高柳也在會議室內，和三上、飯坂與篠塚四個人坐在桌子旁。

高柳指著篠塚旁邊說：

「你先把肚子填飽。」

一人份的餐盤上放了一碗丼飯。原本以為是豬排飯，靠近一看，發現蝦尾巴露了出來。原來今天豪氣地叫了炸蝦飯。

「謝謝……那我就不客氣了。」

所有警察，尤其是刑警在辦案期間都不吃麵類食物。蕎麥麵、烏龍麵、拉麵都稱為「長飯」，被認為是不吉利的食物。為什麼？因為吃麵的時候會拉得很長，讓人聯想到「案子會拖很長」，遲遲無法偵破。所以刑警都不吃「長飯」，像今天這種日子就要吃丼飯。

坐在對面的飯坂低頭看著手邊的資料。

「總部陸續傳了一些消息進來。當初是輔佐內閣官房副長官的內閣參事官長村育夫警視長發現了這起綁架案，他察覺世良議員的樣子和平時不太一樣，不經意地問了一下。世良議員要求他絕對不能報警，然後把麻尋遭到綁架的事告訴了他。目前綁匪並沒有要求贖金，世良議員也和平時一樣出入官邸……只是根本無心工作。」

東雖然知道邊吃飯邊點頭很失禮，但目前的狀況顧不了那麼多。高柳他們似乎已經吃完了，面前都只有茶杯。

飯坂繼續說了下去。

「這麼重大的事，長村警視長當然不可能知情不報，世良議員應該也知道，如果不靠警方，根本無法解決問題，但官房長官、總監和刑事部長得知這件事後，應該都緊張得發抖吧。因為當時距離綁架案發生已經兩天了，現在即將超過七十二小時。」

東在聽飯坂說話時，發現自己上衣的衣襟微微發光。

放在內側口袋的手機似乎收到了訊息。因為剛才在偵訊嫌犯，所以聲音和震動都關了，只能從口袋上側的縫隙看到螢幕的亮光。從閃爍的時間來看，應該是收到了電子郵件。是誰傳來的？

飯坂繼續說著，但總而言之，目前的狀況就是「束手無策」。綁匪沒有聯絡。之前使用的手機已經關機，所以無法追蹤到目前的位置。世良議員堅稱，綁匪「沒有提出任何要求」。只是一再重複「女兒遭到綁架」、「是一個叫生田治彥的人打電話來」、「警察不要有任何引人注意的行動」，所以一點頭緒都沒有。搜查一課特殊組已經悄悄進駐了世良的住家和官邸，但目前沒有發現任何異常。

看來這次綁架的目的並非要在短時間內得到什麼，而是試圖長期控制世良。

東趁飯坂的話告一段落時站了起來。炸蝦飯還剩下一半。

「對不起，我失陪一下……要去廁所。」

「好。」

走出會議室，東立刻看了手機。原來不是電子郵件，而是有人打電話給他。

一看通話紀錄，發現是陣內打來的。

他走到廁所附近，按下了通話鍵。

陣內立刻接起了電話。

『喂？』

「我是東，你剛才打電話給我？」

『對，現在方便講話嗎？』

「我在開會，溜出來一下，沒有太多時間。」

『那我就直截了當地說……請問你有沒有辦法私下查詢N系統？』

陣內掌握了上岡命案使用車輛的車牌號碼——原來是這樣。

「……我不知道你說的私下是什麼意思。」

『就是你私下去查的意思，不讓搜查總部等掌握這個情資的方法。』

陣內想要偷偷查車輛的動向，得知結果後，到底有什麼打算？可能性最高的當然就是打算藉此「了斷」上岡的命案。

照理說，這個要求無法辦到。之前某縣警曾經利用N系統調查一位警察下班後的行動，結果引發了問題。N系統基本上只能用於犯罪的搜查工作。

但是，並不是沒有其他方法。

「如果我回答說有辦法呢？」

『希望你協助調查某個車牌的動向。』

「為什麼？」

陣內停頓了數秒之後回答：

『……為了救人。』

難道不是為上岡報仇？

「要救誰？」

『如果你答應提供協助，我才能告訴你。』

雖然不太可能，但萬一真的就是自己想的這麼一回事，就無法拒絕這個要求。因為一旦拒絕，很可能無法拯救陣內說的「人命」。所以，不問，不提供協助，這樣好嗎？如此一來，當然可以守住身為警察，身為公務員的立場，至少不會違反「警視廳警察職員服務規程」。

但是，東沒有時間考慮。剛才他說自己「正在開會，偷溜出來」。遇到這種情況，只能回歸本質做出決定。

到底要救人，還是自保？要尊重倫理，還是遵守法理？

答案只有一個。

「……我試試。」

陣內在電話另一端也鬆了一口氣。

『……好。我們打算救的人是……世良、麻尋，民自黨世良芳英先生的女兒。』

果然是這麼一回事。

「陣內先生，你怎麼知道這件事？」

『你最好不要知道太多，我也會盡可能避免給你添麻煩。』

剛才是誰要我非法使用N系統？東雖然這麼想，但現在沒時間說這些。

「好，我要怎麼做？」

『我會告訴你三個車牌號碼，請你調查一下車子的動向。三個車牌中，有一個是偽造車牌，所以實際上可能只有兩輛車。到時候請你告訴我，那兩輛車目前的位置。』

「你不能用電子郵件傳過來嗎？」

『會留下痕跡。』

我去查N系統之後，也會留下痕跡。但這或許也是陣內的目的之一。

他要讓東成為共犯──。

想到這裡，東反而下了決心。

沒問題。自己下了決心。人命最重要。

「好……我拿紙筆。」

沒想到，自己的手竟然在顫抖。太沒出息了。雖然打開了記事本，握住了筆，但他不知道自己是否能夠正確記下車牌。

『東股長，你不能用這個車牌號碼查到之後，自己先衝去現場。這樣會讓我的處境很為難。』

「我知道，我欠你一份人情……但是，救了麻尋之後，你們有什麼打算？要怎麼交人？」

『等救出來之後再告訴你。好了嗎？我要說了。』

陣內說了橫濱3的車牌、品川5和八王子5的三個車牌。沒問題，確實記下來了。為了以防萬一，東又復誦了一次。

『……對，沒錯，那就等你的消息。』

陣內掛上了電話。東有滿腦子的疑問，但現在必須開始行動。

雖然無法排除陣內基於完全不同的目的，要求自己查這個車牌的可能性，但至少他掌握了世良麻尋遭到綁架這個事實。目前，警視廳內部也有很多人不知道這件事，在代代木特搜的小川應該也不知道。

陣內是怎麼知道的？

陣內不可能和世良接觸，顯然是透過其他管道掌握了這個情資。他可能和綁匪身邊的人接觸，掌握了情資，並向東提供了這個情資，只是還有附帶條件。目前只能信任他。

眼前的問題是，要怎麼查。

只有掌握了車輛用於犯罪的證據，才能使用N系統調查，而且調查之後，就必須有相應的搜查結果。

但是，也有部門可以在不符合這些基本的情況下使用N系統。

那就是警視廳公安部。

為了掌握監視對象的動向，公安平時就靈活運用N系統。也不需要報告結果。因為公安的工作並不是搜查事件，即使無法逮捕嫌犯或是移送檢方，也可以使用N系統。

雖然東平時對公安部心生厭惡，但這次不妨充分利用公安部的不同立場。

而且，當然要找那個人幫忙。

「喂，川尻嗎？」

『……東兄，有沒有掌握什麼新情況？』

「我已經從矢吹口中大致問到了可以向你報告的情況。但是，在此之前，我也有一事拜託你。」

『什麼事？說來聽聽。』

「希望你用N系統幫我查三輛車子，我想要這四天和目前的位置。」

『理由呢？』

「你不需要瞭解。」

川尻只想了一下，就回答說：

『……好，給我五分鐘。要怎麼告訴你結果？』

「我等一下把我手機的郵件信箱傳給你，麻煩你傳去那裡。」

『好，那給我一點時間。』

川尻目前和東一樣都是警部補。他竟然可以當場決定用N系統查詢其他部門的人提供的情資，而且五分鐘後就能夠通知結果。

公安果然讓人討厭。

東回到了會議室，但並沒有需要報告的事。因為飯坂和篠塚剛才已經在門外聽到了偵訊矢吹的所有內容，東根本不需要重複。

他吃完剩下的炸蝦飯。

「……謝謝款待，我再去努力一下。」

說完，他走出了會議室。

這段時間內，已經收到了川尻的回答。

他打開郵件，發現並不是文章，而是羅列了一排資訊，用手機螢幕看起來很費力。

【橫濱332　ぬ　44-＊＊

十五日上午十點零七分，港區赤坂二丁目二十三。十五日下午五點二十八分，港區虎之門五丁目十一。十五日下午五點五十七分，從西神田上了五號首都高速公路池袋線。十五日下午六點十分，從首都高高島平往四四六號都道──】

乍看之下，就連東也無法想像正確的動線。真希望川尻可以貼心地將資訊換行顯示。但至少知道車子在十五日到達了埼玉縣。

【十五日晚上七點零二分，埼玉縣朝霞市膝折町一丁目。】

之後，這輛橫濱車牌的車子就沒有活動。那輛車是深藍色的Legacy。

N系統沒有發現品川5車牌的車子這四天的任何行蹤，只有八王子5車牌有動靜。根據目前的資料，無法判斷哪一個車牌是假的。這輛車子是金屬灰的廂型車。

八王子車牌的車輛在十五日的動向幾乎和Legacy相同，但之後回到東京，十六日在赤坂周圍多次出沒，十七日前往千葉方面，在松戶市稔台一丁目追蹤到這輛車。

有趣的是今天十八日，Legacy這輛車子的動向。

【十八日上午十一點二十四分，埼玉縣和光市新倉的和光北號誌燈往東京外環高速公路。】

車子行駛到三鄉南交流道，然後在埼玉縣三鄉市高州二丁目再度追蹤到這輛車。接著是千葉縣松戶市小山、松戶市松戶新田，最後在中午十二點五十三分，和廂型車一樣，經過了松戶市稔台一丁目。

之後，N系統就沒有再追蹤到任何動向。

綁匪躲藏的地點顯然在稔台一丁目附近。但反過來說，目前只知道最後在那裡追蹤到車輛，並無法確定綁匪藏匿的具體地點。雖然請求警察廳協助，動員松戶警察分局的刑事課、地域課和警備課的所有人員，在附近展開地毯式搜索，或許有辦法找到，但目前當然不可能這麼做。因為綁匪手上有人質。如果人質在搜索過程中遭到殺害，到底該由誰負責？

必須趕快和陣內聯絡。

『……喂？東股長，情況怎麼樣？』

「嗯，大致已經知道了……廂型車在昨天十七日，Legacy在今天中午左右都經過千葉縣松戶市稔台一丁目附近。之後，至少系統沒有追蹤到任何動向，我認為應該還在那裡。」

『所以說，兩輛車都在松戶市稔台一丁目，對嗎？』

「不，目前只知道附近的讀取裝置追蹤到這兩輛車而已，不知道是不是在一丁目。」

陣內陷入了沉默。

東又補充說：

「……雖然我不想這麼說，但這些情資應該發揮不了作用吧？」

『不，我會想辦法，謝謝。』

「喂，不要亂來，他們……」

他們手上有人質。東正想這麼說，陣內已經掛上了電話。

東當然曾經想過要把情資提供給綁架案的指揮總部。但是，他對指揮總部是否會採取行動，抱持很大的疑問。

你從哪裡得知車牌號碼？有人提供線報。對方是什麼人？不知道。總部並沒有查到你使用自己的ＩＤ查詢的紀錄，這是怎麼回事？我請公安部的熟人幫忙查詢。那個人是誰？我不能透露他的名字——。

不行，無論怎麼樣，這些回答都無法取信於人。而且連東也不知道世良麻尋是不是就在稔台一丁目附近。

東無可如何，目前只能做力所能及的事。

午休結束，再度去拘留管理課把矢吹帶出來。

偵訊的重點只有一個。

「矢吹先生，你聽到千葉縣松戶市稔台這個地名，能不能想起什麼？」

因為飯坂他們在門外豎起耳朵，所以東小聲地問。

矢吹摸著留了白色鬍子的下巴。

「松戶……松戶市的哪裡？」

「稔台。花城是否曾經經手那附近的房子？」

「松戶，松戶。」矢吹偏著頭嘀咕著。

「花城喔……我記得好像沒有。」

「請你仔細回想一下。也許不是稔台，而是在那附近。應該是新京成線和武藏野線交會的地方……」

東同時準備了地圖。分別是大範圍的地圖和可以瞭解門牌號的詳細地圖。矢吹也目不轉睛地看著地圖，手指指著國道、縣道和鐵路路線，好幾次都好像想起什麼似地「啊！」地叫了一聲，但隨即又搖搖頭說：「不對。」

一無所獲的時間一分一秒地過去。

東覺得好像沙子堆起的小山在漸漸崩塌，剩下的時間一秒一秒減少。肉眼無法看到的時限慢慢逼近。

「嗯。」這時，矢吹又突然發出低吟。

雖然東已經不抱太大的希望，但還是探出身體。

「怎麼了？你想到什麼了嗎？」

矢吹滿是皺紋的手指指向了稔台偏東的區域。

「不……不是花城，我想起砂川曾經找我商量……說他有朋友從沖繩來東京，想為他介紹住的地方。但是，那個朋友沒什麼錢……我當時開玩笑說，既然這樣，就只能介紹他去住和廢棄屋差不多的破房子，而且不在東京。砂川說，沒關係，麻煩介紹一下，我就只好介紹了。我記得在……」

「松戶市的這一帶嗎？」

矢吹抱著手臂，再度偏著頭說：

「嗯……好像是這裡，又好像不是……」

拜託。你就說是這裡吧。

5

陣內和其他幾個人在朝霞車站和杏奈會合後，立刻直奔松戶。

當他們下了東京外環高速公路，沿著二九八號國道直線行駛時，接到了東的電話。

『已經查到了砂川他們可能躲藏的地方。』

東壓低聲音說。這也是理所當然的事，東內心一定很糾結，必定希望極其謹慎處理目前的事態。

「在哪裡？」

除了坐在駕駛座上的次郎，所有人的視線都集中在陣內身上。

『在此之前，想先問你一件事。如果世良麻尋在那裡，你們真的有辦法營救她嗎？』

答案只有一個，但並不是「我們」。

「可以，一定可以，即使用我的性命作為代價。」

『難道你沒想過可能會失敗嗎？即使對警察來說，營救人質也是極其困難的，全都是很細膩的作業。』

那是因為你們想要活逮綁匪，但我們不一樣——雖然這句話已經到了喉嚨口，但即使對東這麼說，也沒有任何意義。而且，他心裡應該也很清楚了。

「我不會造成你的困擾。但是，萬一我失敗了……到時候，我會乖乖投案，至於用什麼罪名逮捕我，就由你決定。我早就做好了這樣的心理準備。」

瞬間，只見眼角的杏奈露出凝重的表情，但陣內假裝沒有察覺。

東沉默片刻，不知道他在衡量什麼。但最後似乎也下定了決心。

『……好吧，你記一下。千葉縣松戶市河原塚四之◎的一棟老舊獨棟房子。』

陣內還來不及道謝，東就繼續說道：

『但是，我也會馬上趕過去。一個半小時後就會到，我只能給你這點時間，這樣可以嗎？』

車子已經進入五十四號縣道，導航系統顯示十三分鐘後抵達。包括進入那棟房子的時間在內，陣內他們只有一個小時多一點的時間。目前是下午四點二十分。無法牛步等到天黑之後再行動。

「……救出來之後，我會再通知你。」

陣內不等東的回答，就掛上了電話。

雖然一方面是因為時間所剩不多而焦急，但不光是因為這個原因。

陣內感到鬆了一口氣，但也不光是如此而已。

他內心充滿了不尋常的興奮。

這些情感相互呑噬，在內心翻騰。

*

移到松戶之後，主要由我負責監視世良麻尋。

是花城決定要換地方的。

十點半左右，花城突然來到我們所在的朝霞那棟公寓。

「喂，他去哪裡了？」

他在問生田的去向。砂川回答說：

「他說要去出版社開重要的會，所以就讓他去了。」

「他一個人嗎？」

「怎麼可能？派了一個人跟蹤他，不必擔心。」

「笨蛋，什麼叫不必擔心！」

「你在激動什麼？太不像你了。」

「聽好，」花城一把抓住砂川的胸口，之前從來沒有發生過這種事。

「你們倉促幹掉的那個獨立記者是『歌舞伎町七刺客』的成員。」

我完全不知道他在說什麼，但發現砂川臉色大變。

「啊……怎麼會？」

「那些人的同伴被幹掉，不可能沒有動作，他們一定會找你們報仇……」

花城瞥了我一眼，但我不瞭解是什麼意思。

「……他們光靠七個人，就敢和上面的人對抗。而且至今仍然活得好好的。你應該知道，這代表什麼意義。」

花城一把推開砂川，看著手錶。

「這裡已經不安全了。既然那傢伙離開了，我們只能在他回來之前離開這裡。」

「離開這裡之後該怎麼辦？」

「提前執行下一步。再修正之後的計畫。」

花城看著我說：

「喂，趕快收拾收拾。把她塞進行李箱。然後，別管那傢伙了，聯絡跟蹤的人，叫他直接去松戶。來不及中途去接他了。」

「但是，」砂川不肯罷休，「至少要去接那傢伙啊。因為目前他是綁匪，萬一事情……」

花城推開他的手說：

「現在沒時間考慮這些了。你又不是不知道以營利為目的的綁架最高判幾年。區區十年而已。但是，如果被那些人逮到了，就只有死刑了，他們不會留下活口。因為他們是職業殺手中的高手。」

說完，他慌忙收拾東西，拖著裝了麻尋的行李箱走去停車場。

把行李箱裝上車之後，就立刻朝松戶出發。

松戶的房子比我最後一次來的時候更破舊了。

發黑的木板外牆多處腐爛剝落，屋頂所有的瓦片都像荒地的沙子般乾裂。落水管到處都彎成「ㄟ」字形。只有遮雨窗最像樣。不知道是否因為遮雨窗是用鐵皮做的關係，雖然有幾個地方的油漆剝落導致生鏽，但和其他地方的嚴重毀損相比，幾乎沒什麼大礙可言。

雖然三年前只在這裡住了幾個月，但想到自己曾經住在這裡，就覺得實在太令人感傷了。但遇到目前的情況，這裡確實是躲藏的理想地方。

花城用我事先交給他的鑰匙打開了門。即使是這種破房子的鑰匙，好好保存，還是有機會派上用場。但其實只是我擅自去打了一把備用鑰匙，掛在鑰匙圈上而已。

把行李箱拖進屋後，砂川不知道去哪裡停車了。這棟房子沒有停車場，所以只能停在其他地方。

江添很快就到了，花城問他：

「那傢伙怎麼樣？」

「他和一個女性編輯見了面。」

「怎樣的女人？」

「長得很漂亮，留著齊肩的長髮，瘦瘦的，身材很好。」

「他們聊了些什麼？」

「這我就不知道了，因為我沒辦法進那棟大樓。門口有警衛。因為接到通知，要我馬上來松戶，所以我只在那裡停留了兩、三分鐘而已。」

花城難掩焦躁，咂著嘴，看了一下手錶。

「這裡也無法久留……我去安排接下來的事，你們要小心別讓外面看到燈光，知道了嗎？」

花城說完這句話就離開了。

說奇怪，這棟房子的格局的確很奇怪。

一走進玄關，就是一間六張榻榻米大的和室。右側是廚房，左側是八張榻榻米大的和室。沿著走廊有三個房間，對面是廁所、浴室和樓梯。二樓也有兩間六張榻榻米大的和室，但我之前住這裡的時候，從來沒有用過那兩個房間。為了避免外面看到屋內的燈光，我們四個人都在八張榻榻米大的房間。沒有打開遮雨窗，還關上了通往玄關的六張榻榻米大房間的紙拉門。

快五點了，但因為看不到外面，感覺像是深夜。

江添問砂川：

「接下來要怎麼辦？」

「接到指示之後就放了她。然後宣告結束。」

「什麼時候會接到指示？」

「我怎麼知道？只要世良接受要求，應該馬上吧。但要安排怎麼送回去，所以應該還需要一點時間。」

「世良怎麼說？」

「目前還不清楚。但他不得不接受吧。因為他女兒的生死掌握在我們手上。即使現在沒辦法馬上接受，早晚也會接受……只是到時候不知道是不是由我負責這件事。」

正當他們在聊這些事時，二樓似乎有動靜。

「喂，你們有沒有聽到聲音？」

砂川和江添都抬頭看著天花板。

「……不，沒有。」

「沒聽到什麼聲音啊。」

之後我也沒再聽到聲音，但還是有點在意。

「……我去看看。」

「不要開燈，否則外面會看到。」

「我知道。」

我來到走廊上，沿著旁邊的樓梯上了樓。雖然很暗，但並不是伸手不見五指。位在轉彎處的樓梯口有窗戶，外面的光線照了進來。

來到樓梯口，我抬頭看向二樓。樓梯盡頭是牆壁，左右兩側是紙拉門，兩扇紙拉門都關著。當然沒有人影，也沒有任何動靜。

我走上二樓，猶豫著該往左還是往右，最後決定往右走。以房子的格局判斷，剛好位在八張榻榻米大的和室正上方，如果剛才真的發出了聲音，應該是這裡有狀況。

我向一旁推開滑動很不順暢的紙拉門，發出了嘎啦嘎啦的聲音。室內當然一片漆黑。只聞到灰塵味和霉味。原本想要開燈，但好像遮雨窗沒有關緊，有一條像線一樣的細光照進來，所以打消了開燈的念頭。既然可以看到外面的光，只要一開燈，外面就會看見。如果有手電筒就方便多了，但我忘了帶，只能用打火機湊合了。

我這麼想著，把手伸進口袋。

「……噢呃！」

有什麼東西繞在我的脖子上，耳邊響起好像雷擊般的巨大聲響，在感受到木柴被劈開般衝擊的同時，天靈蓋一陣劇痛，好像被壓碎了。我想要大叫，想要發出慘叫聲求助，但是，我做不到。我的嘴巴闔不起來，下巴完全無法動彈。在巨大的聲響和衝擊之後，只覺得自己的臉變得很長，同時有一種好像被大象踩到般無法逃離的疼痛。

「……喔……嗯……啊……」

「下去，如果你不下去，就當場殺了你。」

我無法點頭，只能聽任擺布，把身體轉向樓梯的方向。我的雙手不知道什麼時候被扭到背後。

我極度小心謹慎地一級一級走下樓梯，每走一步，被扭到背後的雙手和崩壞的臉部都痛得讓我快昏過去，但我無法反抗，因為事情沒這麼簡單。

我想起花城說的話。

因為他們是職業殺手中的高手——。

這個人就是嗎？這個人就是那個「歌舞伎町的什麼」嗎？

終於到了一樓，有人打開紙拉門，我看到了砂川他們。他們也立刻瞭解了我身處的狀況。兩個人抱著麻尋，把刀子抵向她的喉嚨。

這時，我才終於發現，我身後並不是只有一個人，總共有三個人。而且，經過我的右側，走進八張榻榻米大和室的兩個人中，有一個是女人。因為她穿的衣服有點像黑色潛水衣，我根據她的體型知道是女人。

「……幹嘛！想動手就動手啊。只要這個女孩死了，我們會在兩秒內殺光所有人。屍體剁成碎塊，丟進下水道。」

砂川完全被女人的氣勢嚇到了。

女人毫不猶豫地用像是靴子的鞋底踢向砂川的臉。砂川手上的刀子好像玩具般掉在榻榻米上。女人左手撿起刀子，右手抓住麻尋的右手，將她輕輕拉到自己身邊。

「……門口有一個姊姊，妳去找她。」

麻尋聽了之後，搖搖晃晃地經過我身邊，走去走廊。

另一個身穿黑色飛行夾克，戴著毛線帽的男人站在江添身旁。

「……我先問一件事，是誰殺了上岡？用手指給我看。」

江添已經哭得整張臉皺成了一團。雖然我看不到他的下半身，但看他的表情，應該已經屁滾尿流了。

「嗯，等……等一下，等我一下。」

「我說要你用手指，不許說話。」

「所、所以、等……」

「不許說話。」

有一根像細線的東西插進了江添的嘴巴。從上面直直插了下去，貫穿舌頭，一直刺到了下巴。

「……我再問你一次，是誰殺了上岡？用手指給我看。」

江添看著自己雙眼之間冒出來的東西。不，沒有線那麼細，是一根針。是一根閃著光的長針。

江添的一雙鬥雞眼緩緩看向我的方向，顫抖的右手舉了起來，用食指指向我的臉。

騙人，不是，他在騙人。雖然一開始是我出手打了上岡，也是我用刀子刺他。我的確用刀子刺他的臉，刮他的嘴，但是，是砂川命令我殺了他。當砂川經過我身旁準備走出去時，雖然沒有說話，但用右手大拇指做了割喉的動作，命令我殺了他。之後，砂川問過我好幾次，是怎麼殺了上岡，我每次都眉飛色舞地把當時的情況描述給他聽。

這也不對，不是這樣。並不是我殺了上岡，是江添給他最後的致命一擊。當我舉起刀子時，江添說，讓他來，然後從我手上拿過刀子，一次又一次刺向已經失去意識，也無力抵抗的上岡。大概是看不太清楚吧！中途還把頭套拿了下來。完全不顧血濺到臉上，一次又一次刺向上岡，還語帶嘲笑地說，他快死了，這個人快死了。當上岡真的死了之後，他又刺向上岡的心臟，當血不再噴出來之後，他才終於住手。當時，江添還笑著說，啊，他死了。

所以，人不是我殺死的——。

這時，右手的壓迫感減輕，我可以活動右手了。雖然還有點麻木，也有點疼痛，但可以自由活動了。

原來我也有機會指認。

我也可以說，是誰殺死上岡的。

我毫不猶豫地指向江添。

江添泣不成聲地搖著頭，但我並沒有放下手指。

拜託，相信我。真的不是我殺了那個叫上岡的——。

拿針的男人看了看我，又看了看江添。

「……看來見解有分歧啊。但是，這種時候要各打五十大板。到底是誰最後奪走他的性命並不重要。看來是你們兩個人聯手殺了他……是不是這樣？」

男人拿出幾張照片，然後對照著砂川的臉。

「砂川，對不對？」

砂川跌坐在地上，用手捂著鼻子，拚命點著頭。

幹！我忍不住這麼想。至今為止，你不知道讓我做了多少齷齪的勾當。馴服那些年輕人，只要有人敢違抗，都由我出面教訓他們。以前在沖繩時，你嗑藥強暴了女人，結果人家的男朋友來找你報仇，當初還不是我幫你幹掉了他？屍體不也是我去埋的嗎？

王八蛋，沒想到在緊要關頭，你竟然出賣我！
拿針的男人再度巡視我們三個人。
「好，那我換一個問題，是誰下令殺了上岡？」
沒錯，好問題——。
我立刻將原本指著江添的手指向砂川。江添也幾乎同時指向砂川。
砂川用力搖了一下手。
「王、王八蛋。」
「你給我閉嘴！」
旁邊的女人立刻用膝蓋踢向砂川的臉。骨頭和骨頭用力撞擊，昏暗的和室內響起其中一側的骨頭粉碎的聲音。
拿針的男人把照片放回口袋的同時點了點頭。
「……所以，你們三個人殺了上岡，沒錯吧？」
沒有人回答。
拿針的男人左手一把抓住江添的頭髮。
「我……無法原諒壞人。」
那個男人不知道有幾根針，他又拿出了另一根，無聲無息地刺向江添的後腦勺。
「嗯呃……」

針尖從嘴巴穿了出來。

那根針貫穿了脖子——。

男人把剛才的那根針和第二根針在江添的嘴裡交叉成十字後，一根一根從江添嘴裡拔了出來。

江添微閉著眼睛，好像睡著了。

他死了嗎？

「……下一個輪到你了。」

那個女人說完，抱住了砂川的下巴，將左腳伸進砂川的兩腿之間，固定了他的上半身。

然後漸漸用力，硬是把砂川的脖子扭向一旁。

砂川的臉朝向正面，橫向轉了九十度。

「只用兩秒就殺了你太可惜了……要一根一根扭斷你的筋……這是你這條命的聲音……是你的命慢慢撕裂的聲音。」

砂川面對著我，他的下巴已經朝向斜上方，右眼被女人的手臂壓扁了，左眼抽搐著，睜大成扭曲的形狀。

「五……四……」

即使隔著潛水衣，也可以知道女人的肩膀在用力。

「三……二……」

她將在砂川耳邊握住的雙手重新握好。

「一……」

女人看著我。

「零。」

噗喀。隨著一聲沉悶的聲音，砂川的臉完全上下顛倒。

在我身後的男人用力拍了拍我的肩膀。我的左右手又無法活動了。

「你是最後一個。」

男人走到我面前。他很高大，而且也很壯。我練過空手道，所以對自己的力氣很有自信，但是光看一眼就知道，我絕對不是他的對手，絕對打不贏他。

男人揮起像黑色鐵球般的拳頭。

然後揮向我的胸口正中央。

我看到自己的胸骨折斷，胸腔凹陷了下去。

男人收回拳頭，但這次用手刀插進相同的位置。

他直接捏爆了我的心臟。

終章

東看著地圖，終於在傍晚五點五十分抵達了「河原塚四-◎」。四周已經一片漆黑。

左側是一片黑暗的竹林，右側是用滿是鏽斑的鐵板圍起的空地。沿著中間那條小徑走二十公尺的地方應該就是「四-◎」。

但是，東並不需要走去那棟老舊的房子。

沒有路燈的碎石子路上有黑色的人影。不是一個人，兩個人依偎著站在那裡。

個子比較高的是男人。頭上的毛線帽壓得很低，起初認不出是誰，但一聽到對方的聲音，立刻就知道了。

「……我遵守了約定。」

是陣內。所以，站在他身旁的是世良麻尋。

「不是說好結束之後要通知我嗎？」

「因為剛才忙壞了，不小心忘了，對不起。」

陣內說完，稍微彎下膝蓋，看著身旁女孩的雙眼說：

「他是東京的刑警，妳可以放心。要不要請這位刑警出示他的警察證？」

陣內鎮定的態度令人討厭，但仔細想一想，發現的確沒有任何讓世良麻尋相信自己的證據，這也是無可奈何的事。

東從口袋裡拿出警察證，打開繞在上面的繩子。光線太暗了，可能看不清楚，所以他用筆燈照在警察證上。

「我是新宿分局的東，請問是世良麻尋妹妹嗎？」

她的身高大約一百五十公分左右。身材偏瘦，一頭長及肩膀的頭髮。和出發前拿到的照片上的人很像，應該就是世良麻尋。

她用力點了點頭。

「對……我是世良麻尋。」

「我會負責保護妳。我們先去附近的派出所，好嗎？」

「好，那就……拜託你了。」

只因為是政治人物的女兒，就這麼堅強嗎？至少東不認為自己的女兒遇到相同的狀況，能夠像她那樣從容鎮定。

陣內微微欠了欠身。

「那我就告辭了。」

「等一下。」

東忍不住抓住了他的手臂，但立刻鬆了手。因為想起以前曾經做過相同的事，結果被陣內反過來握住了手腕。

即使在黑暗中，也可以看到陣內臉上帶著笑容。

「……有什麼事？」

「砂川他們呢？」

「逃走了，和安里，還有另一個同夥一起逃走了，總共有三個人。」

這三個人被「歌舞伎町七刺客」幹掉了——原來是這樣。

「生田呢？另一個同夥是生田治彥嗎？」

「不，不是，是另一個人。」

「生田治彥呢？」

「過一段時間，等他想通之後，可能會主動投案吧，這我就不清楚了。」

「既然不是生田，那是花城數馬嗎？」

「不，也不是他，已經確認過了。」

即使繼續追問，他應該也不會再回答了。

「……好，謝謝，我會負責把這個小女孩交到她父母手上。」

「麻煩你了。」

陣內再度欠身，然後走向馬路。他看了看竹林，又看了看空地，然後轉向竹林的方向。他的腳步很輕盈，一副只是要去附近買菸的樣子。

過了一會兒，東對世良麻尋說：

「……那我們也走吧。」

東只說了這句話。他什麼都沒問，也沒有刻意製造讓世良麻尋主動說話的氣氛。

但是，走在路上時，世良麻尋主動開了口。

「……我什麼都沒看到，什麼都沒聽到。他們沒有對我做任何事，我也沒有受傷……我也不知道去了哪些地方，也不知道有幾個人。我……什麼都不記得了……也完全想不起來。」

走到路燈附近時，發現她的臉頰濕了。她一定不安得要死，害怕得要死，可能也感到絕望。以年紀來說，東和她的父親年紀相仿，雖然可以對她說些安慰的話，但東覺得這樣反而會傷害她。

「……我知道了。在妳回家之前，我不會問妳任何事。」

走了十幾、二十步，她彎下腰低頭說道：「謝謝。」

東請稔台派出所叫了一輛貓熊（黑白雙色警車），然後坐警車去了松戶警察分局。

雖然東只聯絡了新宿分局，但新宿分局聯絡了警視廳總部，然後消息分別傳到了刑事部總務課、刑事部搜查一課、綁架事件指揮總部，在晚上八點時，世良夫婦搭警視廳的車子來到了松戶分局，世良麻尋順利回到了父母身邊。

但是，老實說，這起事件的事後處理很麻煩。
尤其是總部監察官的調查很煩人。
「你是怎麼救出人質的？」
「有人打電話提供線報。」
「打到新宿分局嗎？」
「不，直接打到我的手機。」
「所以是知道你手機號碼的人。」
「在新宿分局的轄區內，各行各業的人都知道我的手機號碼。餐廳店員、區議會議員、一般民眾、幫派分子、色情行業的小姐……而且，我在留電話時都會說，告訴別人也沒關係。所以即使有人向我提供線報，也未必是我認識的人。」
「可以請你把手機交出來嗎？」
「我拒絕。而且也請你們不要去電信公司調閱通話紀錄，我有義務為提供線報的人保守祕密。尤其本案發生後，在刑事部長領導下，成立了由四百人組成的搜查總部，卻沒有任何有效的作為。在這種情況下，我幸運地保護了人質……這次可不可以請你們不要再多追究了。而且我也不知道綁匪集團的下落。」
不知道是否這番話帶來了影響，日後東被刑事部總務課的幹部找去聊了一下，但既稱不上是調查，也不算是抱怨，更不像是封口，只對東說：

「……請你不要有任何節外生枝的行為。」

所以我一開始就叫你們不要亂問。東好幾次都想這麼大叫。

東也接到了川尻的電話。

『要不要聊一聊？』

「好啊，你什麼時候方便？」

『今天也可以。』

雖然是週末，又是休假，但東接受了他的提議。

一個小時後，川尻開著車，出現在東位在五反田的家門口。

「上車吧。」

那是一輛亮閃閃的黑色Lexus，但東沒有問他，是不是他自己的車子。

東一坐上副駕駛座，川尻就開向目黑的方向。

「……聽說你很辛苦啊。」

目前是十一點半，但川尻並不打算和東共進假日午餐。

「是啊，你也幫了大忙，必須向你道謝……請你照會的車牌發揮了作用，謝謝。」

車子右轉，進入了四一八號都道。

川尻露出意想不到的溫柔表情。

「不客氣，能夠發揮作用真是太好了。只是你還沒回應我的要求。」
「別擔心，我沒忘。」
「聽說矢吹被釋放了嗎？」
川尻是公安部的人，當然會知道這件事。
「是啊，當初是我們分局的股長捅出的漏子。把他放回去，你們做事也比較方便。」
「是在宅起訴，還是不起訴？」
「應該不起訴吧。至少我在移送書上是這麼寫的。證據並不充分，雙方的供述也有模糊的地方，我認為不起訴比較妥當。」
川尻閉嘴笑了起來。
「你還是這麼強勢。」
「警察的面子不就是這麼一回事嗎？事情就這麼簡單。」
「原來如此……那就進入正題吧。」
東當然知道。
「好，是關於轉賣軍用地的事吧……我覺得矢吹真的沒有參與這件事，當然，從做生意的角度，他參與了這件事，但並不是由矢吹主導。他的手下有一個叫花城數馬的人，這件事由他主導。」

川尻微微點頭，繼續聽著。

「花城轉賣的大部分都是普天間基地中心線上的土地，矢吹以為他是以日後會建鐵路為賣點進行推銷，事實上，矢吹也從政府官員的口中聽過興建鐵路的事。」

「但是，」

「等一下，這件事還有後續……花城又買下了自己經手轉賣的土地，目前先不談他的手段……根據不久之前的資料顯示，民間所有土地的百分之二十七都落入了花城和他的同夥手上，買下這麼大片土地，當然需要龐大的資金。矢吹也無法理解花城去哪裡籌措到這麼多錢……這就是我從矢吹口中問到的所有情況。我也無意干涉你的工作，但如果要持續監視，我認為比起矢吹，花城更值得監視。」

川尻再度點頭。

「我們也已經掌握，花城數馬在轉賣軍用地這件事上扮演了重要的角色。也瞭解他掌握了某個資金來源，將土地的所有權集中到自己的名下。」

東突然覺得很可笑。

「……既然這樣，你根本不需要出現在我面前，要求我去打聽目的。」

「不，既然你認為矢吹毫無關係，這就是一大收穫。但是，事情沒這麼簡單。這個叫花城數馬的人，雖然戶籍上的確有這個人……」

東覺得有什麼東西沿著背脊往下爬。

「……他假冒這個人嗎？」

「目前發現了這個可能性。雖然相貌也很接近，但如果說是不同人，也的確有微妙的不同。有人說他可能整過型。另外，有人證實，巧遇中學同學，聊起以前的事時，他完全狀況外。包括我在內，當局還沒有人和他直接接觸過，所以無法判斷他是否真的曾經整型。如果有人假冒花城數馬的身分，將軍用地的所有權集中在自己的名下……就不能輕忽。」

東的想像已經超越了川尻說的情況。

「……川尻，公安對NWO有興趣嗎？」

川尻改變了行進方向，駛向首都高速公路的入口。

「NWO……你是說引發『歌舞伎町封鎖事件』的『新世界秩序』嗎？」

「對。」

「那個組織在封鎖事件之後不是消滅了嗎？」

「我原本也這麼以為。至少在不久之前這麼以為……現在仍然半信半疑。應該還有餘孽逍遙法外。事實上，在那起事件中遭到逮捕的成員中，甚至包括了當時的代理首相。也有多名警視廳內部的人員，我完全不認為能夠在那起事件之後就徹底殲滅他們。」

「的確有道理。」

不知道是否因為週末的關係，首都高速公路有點塞車。

東繼續說道：

「剛才聽到你說有人假冒身分，我就想起了ＮＷＯ。想到花城數馬可能是ＮＷＯ的成員之一，我的卵葩都縮起來了。雖然不知道現在是否還叫『新世界秩序』這個名字，但如果類似的組織在進行這件事，那麼，就算有一天……沖繩突然遭到封鎖也不無可能。」

川尻看著勾勒出緩和弧度的前方車陣。東並不討厭他臉上的表情。雖然今後也無意和公安合作，但如果是川尻，也許可以視情況為他破例。

「對了……你有花城的照片嗎？」

「有他高中的畢業照，和幾張這幾年拍的照片。」

「可不可以給我？我想私下調查看看。」

「好。這一、兩天就會送去新宿分局。還是寄到你家比較方便？」

「都可以。」

右側的車道開始動了起來，但川尻仍然停在左側車道。

「對了，那件綁架案……聽說幾名綁匪逃離了現場，至今仍然下落不明。」

「是啊。」

「另外，生田治彥主動向代代木分局投案，聽說已經開始供述『上岡慎介命案』和『世良麻尋綁架案』的相關情況。」

「是啊，怎麼了嗎？」

「這只是推測……有人認為，那三名綁匪已經不在人世。是背後操控的人斷尾求生……」

東沒想到川尻突然問這件事。而且完全不知道他對這件事到底掌握了多少情況。即使如此，東也只能裝糊塗。

「如果和NWO有關，或許有這種可能。」

「即使這樣，你仍然想要花城數馬的照片嗎？」

原來他的重點在這裡。這個提問太高明了。

「……是啊，兩者有什麼關係？」

「這意味著花城數馬還活著。這樣解釋沒問題吧？」

傷腦筋。被他擺了一道。

「是你剛才說，綁匪可能被幹掉，我可不知道。」

川尻露出了笑容，不知道是不是勝者的從容。

「……算了，沒關係。」

川尻終於轉動方向盤，駛入了右側車道。

這時，有什麼東西飄落在擋風玻璃上。

川尻打開了雨刷。

起初只是水滴，但水滴漸漸夾雜著好像棉花般的東西。抬頭一看，有東西在直直滴落的雨滴中飄舞。

「……下雪了。」

「對啊，小心車子打滑。」

東突然想到，不知道沖繩會不會下雪。

然後又忍不住想到，如果問上岡，不知道他會怎麼回答。

他會洋洋得意地賣弄他的雜學知識嗎？還是會笑著喝一口燒酒兌熱水說，他也不知道？

兩種情況都有可能，但兩種情況應該都不會發生。

因為東和上岡之間並沒有那麼熟。

即使這樣，東看到外面下起了雪，還是忍不住想起他。

*

復仇結束的幾天之後，六個人都一起來到「艾波」。

陣內把經常拿來給上岡喝酒的威士忌杯放在吧檯中央，把地瓜燒酒倒進了杯子。

其他六個人也有各自的杯子，倒了相同的酒。

市村最先和上岡乾杯。

「喂，狗仔。我們親手為你報了仇。別變成鬼來找我們……再見了。」

杯子旁放了七個信封，上面六個信封中各裝了十萬圓，最下面的信封中裝了四十萬圓。市村拿走了最上面的信封。

接著，杏奈也和上岡乾了杯。

「上岡先生，對不起，我說了很多不中聽的話……我每年都會去掃墓……」

杏奈也拿了一個信封。上岡的老家位在岐阜，剛才討論後決定，雖然無法參加葬禮，但去掃墓應該沒問題。

接著換小川。

「上岡先生，謝謝你……謝謝你的照顧。對不起，我直到最後都無法發揮作用。我也會去掃墓。」

陣內並不認為小川沒有發揮作用。因為小川在搜查總部，「七刺客」才能完成這次復仇，而且他還提供了砂川的照片。如果沒有照片，很可能無法確認砂川的長相。

接著是次郎。

「……再見，我們很快就會去找你。」

次郎乾杯後，一口氣喝完了酒。

接著是聖麒。

「是啊……無論哪條路，都是走向地獄。只是你早去了一步而已。」

聖麒把萬寶路菸和菸灰缸放在杯子旁。可能覺得這樣還不足夠，她打開菸盒，點了一支菸。

「……再見。」

然後，她把那支菸放在菸灰缸上。

最後輪到陣內。

「上岡……」

如果說，沒有後悔當初把上岡拉進「七刺客」，那是假的。但是，陣內並不認為上岡希望自己為這件事道歉。如果上岡願意告訴自己更多事，自己也許可以助他一臂之力。但也許有人認為，這種想法只是活著的人的傲慢。

在所有成員中，上岡最常來這家酒吧。每次打開門，只要看到他，陣內也會忍不住鬆一口氣。對陣內來說，上岡具有這樣的作用。因為他的存在，歌舞伎町這個地方似乎多了一點善良。也許他現在還是會笑著說，雖然歌舞伎町就像是金錢和慾望橫流的臭水溝，但這樣也無妨。這是一個讓人無法離開的地方。

「……謝謝，我不會忘記你。」

小川還有工作，喝了一小口燒酒後就離開了。市村接到聯絡，似乎發生了什麼緊急的狀況，帶著次郎一起離開了。

過了一會兒，有其他客人上門，杏奈留下五千圓，說了聲：「謝謝款待」，為其他客人讓了座。上岡的那四十萬，將由杏奈用某種方式送去上岡的老家。

難得獨自留下的聖麒也在抽了四、五支菸之後，拿起上衣說：「我也差不多該走了。」

「謝謝，歡迎再度光臨。」

「嗯……我還會再來。」

她穿上的那件黑色皮夾克後背押了「PITBULL」幾個字，比特犬是美國的一種鬥犬。既覺得穿在她身上很適合，又好像玩笑開過了頭，總之，很有聖麒的作風。

不知道為什麼，聖麒走出去後沒有關門，就直接走下樓梯。隨即聽到了上樓梯的聲音。原來她看到下面有客人。

沒想到走進來的客人竟然是東。

陣內內心頓時有一種不祥的感覺，但不能不開口說話。

「……歡迎光臨。」

東看著樓梯下方，遲遲沒有走進來。

陣內完全不想問，但不能不問。

「東股長，怎麼了嗎？」

「不，沒事……剛才那個女人是誰？」

東終於關上門，走了進來。

「對不起，我也不認識。」

「是嗎……她長得很像我以前認識的一個人……但應該是我認錯了吧，因為那個人不可能出現在歌舞伎町。」

東的大衣上積了一層薄薄的雪。

中午開始下起的這場雪，在陣內開店的時候，已經積了不少雪。如果繼續下，明天又要費力掃雪了。

掃雪——。

陣內突然為自己感到好笑。

即使失去了夥伴，即使刑警露出懷疑的眼神看著其他夥伴，自己卻想著明天這個即將到來的未來，擔心掃雪的事。

東坐在聖麒剛才坐的座位上，點了麥燒酒兌熱水。

陣內若無其事地為東準備酒，然後遞到他面前。

歌舞伎町再度迎接了夜晚的來臨。

即使少了什麼，即使又增加了什麼，平淡的日常仍然會持續下去。

陣內覺得，這並不是一件壞事。

《完》

主要參考文獻

《「日中韓」外交戦争》讀賣新聞政治部（新潮社、二〇一四年）
《本当は憲法より大切な「日米地位協定入門」》「戦後再発見」双書2 前泊博盛編著（創元社、二〇一三年）
《GHQ作成の情報操作書「真相箱」の呪縛を解く》櫻井よしこ（小學館文庫、二〇〇二年）
《安倍官邸の正体》田﨑史郎（講談社現代新書、二〇一四年）
《警視庁科学捜査最前線》今井良（新潮新書、二〇一四年）
《沖縄の不都合な真実》大久保潤・篠原章（新潮新書、二〇一五年）
《日本の敵》宮家邦彦（文春新書、二〇一五年）
《最新軍用銃事典》床井雅美（並木書房、二〇〇〇年）
《本土の人間は知らないが、沖縄の人はみんな知っていること》須田慎太郎／照片、矢部宏治／文、前泊博盛／監修（書籍情報社、二〇一一年）
《政治の急所》飯島勲（文春新書、二〇一四年）
《政府は必ず嘘をつく》堤未果（角川SSC新書、二〇一二年）
《日米同盟の正体》孫崎享（講談社現代新書、二〇〇九年）
《密約 日米地位協定と米兵犯罪》吉田敏浩（毎日新聞社、二〇一〇年）
《ハーツ・アンド・マインズ ベトナム戦争の真実》ピーター・デイヴィス導演（DVD、KING RECORDS、二〇一〇年）

譽田哲也

1969年，出生於日本東京。2002年，以《妖之華》獲得第二屆《MU》雜誌傳奇小說大獎優秀獎。2003年，以《ACCESS》獲得第四屆恐怖懸疑小說大獎特別獎。
主要系列作品有《紀戊I・II・III》、《國境事變》、《Hang》、《歌舞伎町七刺客》、《歌舞伎町詛咒》的〈紀戊〉系列，《草莓之夜》至《索引 INDEX》的姬川玲子系列，還有《武士道十六歲》等武士道系列，以及《DOLCE》等魚住久江系列，有多部作品拍成電視劇及電影。

玻璃太陽Noir

2018年1月1日初版第一刷發行

作　　著　譽田哲也
譯　　者　王蘊潔
副 主 編　陳正芳
封面設計　鄭佳容
內文排版　黃郁琇
發 行 人　齋木祥行
發 行 所　台灣東販股份有限公司
＜地址＞台北市南京東路4段130號2F-1
＜電話＞(02)2577-8878
＜傳真＞(02)2577-8896
＜網址＞http://www.tohan.com.tw
郵撥帳號　1405049-4
法律顧問　蕭雄淋律師
總 經 銷　聯合發行股份有限公司
＜電話＞(02)2917-8022

Printed in Taiwan

國家圖書館出版品預行編目資料

玻璃太陽Noir / 譽田哲也著；王蘊潔譯.
-- 初版. -- 臺北市：臺灣東販, 2018.01
384面；14.7×21公分
ISBN 978-986-475-545-5 (平裝)

861.57　　106022544